Pro/Engineer Wildfire 3.0 案例精讲

肖 乾　杨迎新　主 编

张 海　麻春英　曾国民　副主编

彭 莉　周慧兰　唐晓红　周大路　参 编

周新建　主 审

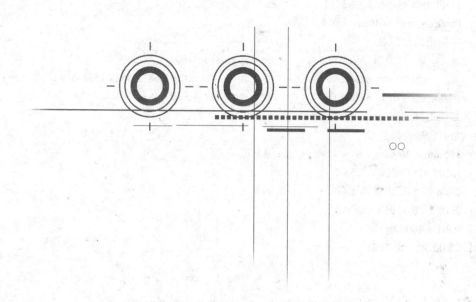

中国电力出版社

www.cepp.com.cn

内容提要

三维造型技术是 Pro/Engineer 实现其他功能模块的基础，是 Pro/Engineer 的核心技术，因此对于 Pro/Engineer 的用户来讲，熟练并精通 Pro/Engineer 的造型方法是非常重要的。本书从基础造型方法出发，通过大量实例由浅入深地介绍各种造型技术以及操作技巧，特别是详细介绍了一些常见的机电产品的建模方法，对于机械类专业的高校学生和从事相关专业工作的技术人员有值得借鉴的地方。而大量的非机电产品设计实例主要通过曲面造型技术来实现，本书中提供的实例可为从事模具设计、玩具设计、电器设计及其他产品设计的用户提供参考。

本书语言通俗易懂，讲解深入浅出，可以作为高等学校和技工学校机械相关专业的教材，也可以作为工程技术人员以及相关培训班的参考用书。

图书在版编目（CIP）数据

Pro/Engineer Wildfire 3.0 案例精讲 / 肖乾，杨迎新主编. —北京：中国电力出版社，2008

21 世纪高等学校规划教材

ISBN 978-7-5083-7258-7

Ⅰ. P⋯　Ⅱ. ①肖⋯　②杨⋯　Ⅲ. 机械设计：计算机辅助设计—应用软件，Pro/ENGINEER Wildfire 3.0 —高等学校—教材　Ⅳ. TH122

中国版本图书馆 CIP 数据核字（2008）第 109421 号

丛　书　名：21 世纪高等学校规划教材
书　　　名：Pro/Engineer Wildfire 3.0 案例精讲
出版发行：中国电力出版社
地　　址：北京市三里河路 6 号　　　　　邮政编码：100044
电　　话：（010）68362602　　　　　传　真：（010）68316497，88383619
服务电话：（010）58383411　　　　　传　真：（010）58383267
E-mail：infopower@cepp.com.cn
印　　刷：航远印刷有限公司
开本尺寸：185mm×260mm　　　印　张：15.75　　字　数：356 千字
书　　号：ISBN 978-7-5083-7258-7
版　　次：2008 年 8 月北京第 1 版
印　　次：2008 年 8 月第 1 次印刷
印　　数：0001—4000 册
定　　价：28.00 元（含 1CD）

前　　言

Pro/Engineer 是目前在我国应用最广泛的三维高端机械设计软件，由美国 PTC 公司推出，以其强大的单一数据库体系结构、基于特征的实体建模、独特的相关性及比较完善的功能等特点著称，它的内容涵盖了工业产品从概念设计、工业造型设计、三维模型设计、计算分析、运动学分析、工程图的输出乃至加工成产品的全过程。产品设计师可利用该软件的实体建模、曲面建模、自由造型、图形渲染等功能轻松实现构思与创意；结构设计师可使用该软件的虚拟装配、运动学仿真、动力学分析快速实现产品的优化设计。

三维造型技术是 Pro/Engineer 实现其他功能模块的基础，是 Pro/Engineer 的核心技术，因此对 Pro/Engineer 的用户来讲，如何熟练并精通 Pro/Engineer 的造型方法，是非常关键的。本书从基础造型方法出发，通过大量实例由浅入深地介绍各种造型技术以及操作技巧，特别是详细介绍了一些常见的机电产品的建模方法，对于机械类专业的高校学生和从事相关专业工作的技术人员有值得借鉴的地方。而大量的非机电产品设计实例主要通过曲面造型技术来实现，本书中提供的实例可为从事模具设计、玩具设计、电器设计及其他产品设计的用户提供参考。

本书共分 4 章。第 1 章主要介绍拉伸、旋转、扫描、混合等基础特征造型实例，以及孔、壳、圆角、倒角等放置特征造型实例。第 2 章则通过具体的案例详细阐述了 Pro/Engineer 的高级特征使用方法。第 3 章重点介绍了机电产品中常见的标准件和常用件的建模方法，并通过具体的案例介绍了典型机电产品如箱体类零件、叉架类零件等的建模过程。第 4 章侧重于介绍曲面造型技术，通过案例讲解提高用户对曲面造型技术的综合应用能力。本书所有章节的案例模型均附在随书光盘中。

本书是多人智慧的结晶，第 1 章由华东交通大学麻春英编写，第 2 章以及第 3 章的前两节由华东交通大学肖乾编写，第 3 章第 3 节由江西理工大学杨迎新与华东交通大学肖乾共同编写，第 4 章由华东交通大学张海编写。参加本书校核并提供帮助的有江西赣江职业技术学院曾国民老师，华东交通大学彭莉、周慧兰、唐晓红、周大路老师以及吴健、贾庆、吴海辉、彭蓓等研究生。全书由华东交通大学周新建教授主审。对于本书能够顺利的出版，还要特别感谢中国电力出版社。

由于时间仓促，加之作者水平有限，书中疏漏之处在所难免，欢迎广大读者批评指正！

作　者
2008 年 5 月

目　　录

第1章 基础造型应用实例

三维基础实体造型方法主要包括拉伸、旋转、扫描、混合等基础特征,孔、壳、筋、拔模、圆角、倒角等放置特征,复制、镜像、阵列等编辑特征。使用这些基本方法可以完成许多简单零件的建模,用户需通过大量的实例练习来熟练掌握。

1.1 拉伸特征建模

用"拉伸"方法建立如图 1-1 所示的实体零件。

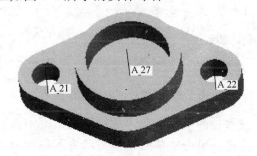

图 1-1 拉伸特征模型

1. 建立新文件

启动 Pro/Engineer,单击"文件"|"新建"命令或者单击 按钮,系统弹出"新建"对话框,选择"零件"|"实体"类型,输入文件名,并取消选择"使用缺省模板"复选框,确认后在弹出的"新文件选项"对话框中选择 mmns_part_solid 模板,进入实体建模环境。

2. 创建拉伸实体

(1) 两种方法进入拉伸模式:单击"插入"|"拉伸"命令或单击屏幕右侧基础特征工具栏中的拉伸工具按钮 ,进入"拉伸"操控面板,如图 1-2 所示。

图 1-2 "拉伸"操控面板

(2) 单击"放置"|"定义"按钮,打开"草绘"对话框,选取 TOP 面作为草绘平面,RIGHT 面作为参照,如图 1-3 所示。其他接受系统默认设置,单击"草绘"按钮,进入草绘模式,绘制如图 1-4 所示的二维截面。

图1-3 "草绘"对话框

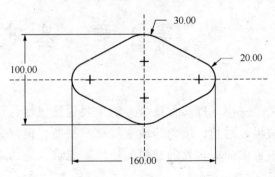

图1-4 草绘二维截面

（3）截面绘制完成后，单击确定按钮 ✔ 退出草绘模式。回到拉伸模式，在"拉伸"操控面板中设置拉伸方式为 ，深度为20，如图1-5所示，其余接受默认设置。单击 ✔ 按钮，创建增料拉伸实体，如图1-6所示。

图1-5 设置拉伸方式和深度

（4）单击 按钮再次进入拉伸模式，在"草绘"对话框中选取刚拉伸的实体上表面为草绘平面，其余接受默认设置，单击"草绘"按钮，进入草绘模式。单击模型显示工具栏中的 按钮，使所绘特征以线框形式显示，便于绘图。绘制如图1-7所示的二维截面图，单击 ✔ 按钮结束截面的绘制，返回拉伸模式。

图1-6 拉伸实体特征

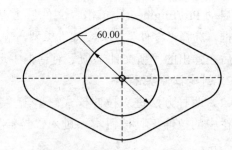

图1-7 绘制二维截面

（5）在"拉伸"操控面板中，按下 按钮，设置壁厚值为8，其余接受默认设置，如图1-8所示，建立薄壁实体，预览拉伸结果，拉伸方向如图1-9所示。单击 ✔ 按钮，生成薄壁实体特征，如图1-10所示。

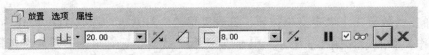

图1-8 设置薄壁实体方式

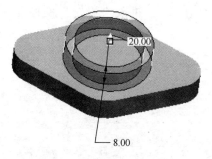

图 1-9 选择拉伸方向

图 1-10 生成薄壁特征

（6）单击 按钮，进入拉伸模式。在"草绘"对话框中，仍然选取第一次拉伸的实体表面为草绘平面，其余接受默认设置，绘制如图 1-11 所示的二维截面图。单击确定按钮 结束草图的绘制，返回拉伸模式。

（7）在拉伸特征操控面板中，按下 按钮，将拉伸方式改为 ，其他接受默认设置，如图 1-12 所示，单击 按钮生成孔特征，得到如图 1-13 所示的拉伸实体。

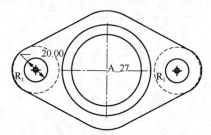

图 1-11 绘制孔特征的二维截面图

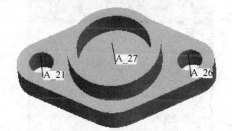

图 1-13 生成孔特征

图 1-12 设置特征工具栏

1.2 旋 转 特 征 建 模

用旋转方法建立如图 1-14 所示的实体特征。

1. 建立新文件

启动 Pro/Engineer，单击"文件"｜"新建"命令或者单击 按钮，系统弹出"新建"对话框，选择"零件"｜"实体"类型，输入文件名并取消选择"使用缺省模板"复选框，确认后在弹出的"新文件选项"对话框中选择 mmns_part_solid 模板，进入实体建模环境。

2. 创建旋转实体

（1）两种方法进入旋转模式：单击"插入"｜"旋转"命

图 1-14 旋转特征模型

令或单击屏幕右侧基础特征工具栏中的旋转工具按钮 ，进入"旋转"操控面板，如图 1-15 所示。

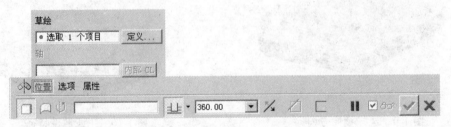

图 1-15 "旋转"操控面板

（2）单击"旋转"操控面板中的"位置"｜"定义"按钮，在弹出的"草绘"对话框中选取 TOP 面作为草绘平面，RIGHT 面作为参照，如图 1-16 所示。其他接受系统默认设置，单击"草绘"按钮，进入草绘模式，绘制一条中心线及如图 1-17 所示的二维截面。

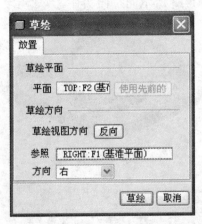

图 1-16 "草绘"对话框

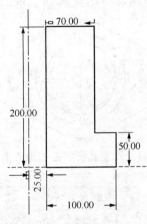

图 1-17 草绘二维截面

（3）截面绘制完成后，单击确定按钮 退出草绘模式，返回旋转特征模式，设置旋转特征工具栏中的各个参数，如图 1-18 所示。单击 按钮，创建旋转实体，如图 1-19 所示。

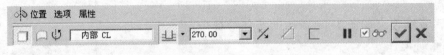

图 1-18 设置旋转特征操控面板

（4）单击 按钮，再次进入旋转模式，单击"草绘"对话框中的"使用先前的"按钮，选取上一特征建立时所选择的面作为草绘平面，其余接受默认设置。绘制一条铅垂的中心线和如图 1-20 所示的二维截面图，单击 按钮结束草绘截面。

（5）系统返回到旋转特征模式，在"旋转"操控面板中，按下 按钮，其他接受默认设置，如图 1-21 所示，预览材料去除的方向，如图 1-22 所示，单击 按钮，生成如图 1-23 所示的旋转特征实体。

图 1-19 旋转实体

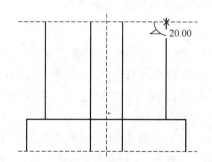

图 1-20 绘制二维截面

图 1-21 旋转操控面板

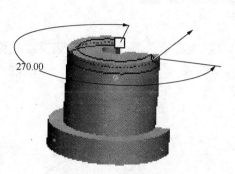

图 1-22 材料去除的方向

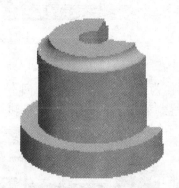

图 1-23 生成旋转特征

1.3 扫 描 特 征 建 模

用扫描方法建立如图 1-24 所示的实体特征。

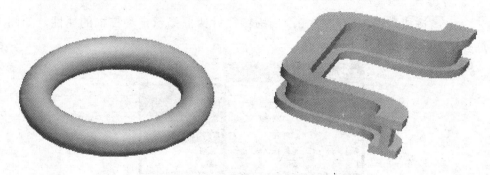

图 1-24 扫描特征

1.3.1 草绘轨迹建立扫描轨迹

1. 建立新文件

启动 Pro/Engineer，单击"文件"｜"新建"命令或者单击 □ 按钮，系统弹出"新建"对话框，选择"零件"｜"实体"类型，输入文件名并取消选择"使用缺省模板"复选框，确认后在弹出的"新文件选项"对话框中选择 mmns_part_solid 模板，进入实体建模环境。

2. 创建扫描实体

（1）单击"插入"｜"扫描"｜"伸出项"命令，进入扫描特征模式，弹出如图 1-25 所示的对话框。

图 1-25 扫描特征对话框

（2）选择"草绘轨迹"，进入草绘模式设置，按系统提示选取 TOP 面作为草绘平面，RIGHT 面作为参照，方向为"正向"，草绘视图为"缺省"，如图 1-26 所示。系统进入草绘模式，绘制如图 1-27 所示的扫描轨迹线。

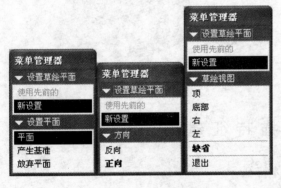

图 1-26 设置草绘截面

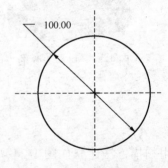

图 1-27 绘制扫描轨迹线

（3）单击 ✔ 按钮，退出草绘模式，扫描特征对话框提示定义扫描的属性，如图 1-28 所示，选择"无内部因素"｜"完成"。

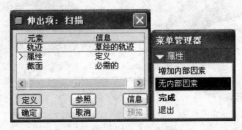

图 1-28 定义扫描属性

（4）系统进入草绘模式，根据扫描特征对话框如图 1-29 所示的提示，在原点绘制如图 1-30 所示的二维截面。单击 ✔ 按钮，退出草绘模式，扫描特征对话框显示所有项定义完成，如图 1-31 所示。单击"确定"按钮，生成如图 1-32 所示的扫描实体。

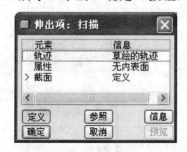

图 1-29　定义扫描截面

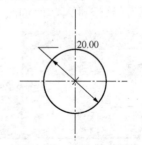

图 1-30　绘制扫描截面

图 1-31　所有项定义完成

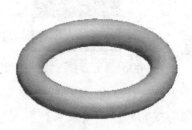

图 1-32　生成扫描实体

1.3.2　选取轨迹建立扫描轨迹

1. 建立新文件

启动 Pro/Engineer，单击"文件"｜"新建"命令或者单击 □ 按钮，系统弹出"新建"对话框，选择"零件"｜"实体"类型，输入文件名并取消选择"使用缺省模板"复选框，确认后在弹出的"新文件选项"对话框中选择 mmns_part_solid 模板，进入实体建模环境。

2. 创建扫描实体

（1）单击屏幕右侧基准工具栏中的 ▧ 按钮，进入草绘模式，绘制一条如图 1-33 所示的扫描轨迹线。

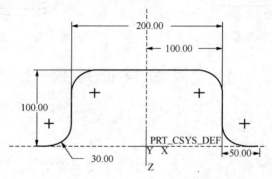

图 1-33　草绘扫描轨迹线

（2）单击 ✔ 按钮，退出草绘模式。单击 "插入" | "扫描" | "伸出项" 命令，进入扫描特征模式，弹出如图 1-34 所示的对话框，选择"选取轨迹"，按图 1-35 所示的方式选取已绘制的轨迹线，系统弹出如图 1-36 所示的"链选项"菜单管理器，选择"选取全部"，单击"完成"，系统进入截面的绘制模式。

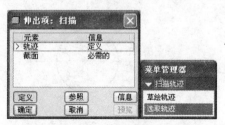

图 1-34 定义轨迹的生成方式

图 1-36 "链选项"菜单管理器　　　　　　　　　图 1-35 设置选取模式

（3）以十字中心线为参照，交点为扫描轨迹的起始点，绘制如图 1-37 所示的扫描截面。完成截面的绘制后，单击确定按钮 ✔，退出草绘模式。

（4）此时扫描特征对话框显示所有项定义完成，单击"确定"按钮，生成如图 1-38 所示的扫描实体。

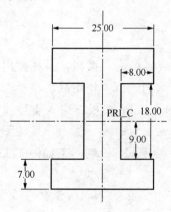

图 1-37 绘制扫描截面

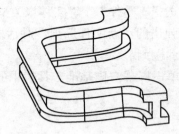

图 1-38 工字钢扫描实体

1.4 混 合 特 征 建 模

1.4.1 平行混合特征

1. 建立新文件

启动 Pro/Engineer，单击"文件" | "新建"命令或者单击 🗋 按钮，系统弹出"新建"对话框，选择"零件" | "实体"类型，输入文件名并取消选择"使用缺省模板"复选框，

确认后在弹出的"新文件选项"对话框中选择 mmns_part_solid 模板，进入实体建模环境。

2. 创建平行混合实体

（1）进入混合模式：单击"插入"｜"混合"｜"伸出项"命令，弹出"混合选项"菜单管理器，如图 1-39 所示。选择"平行"｜"规则截面"｜"草绘截面"｜"完成"，弹出平行混合特征对话框，如图 1-40 所示，选择属性为"光滑"，选取草绘平面，方向接受默认设置"正向"，草绘视图为"缺省"，各参数的设置如图 1-41 所示。

图 1-39　"混合选项"菜单管理器

图 1-40　平行混合特征对话框

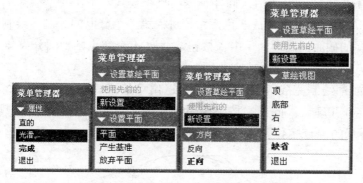

图 1-41　参数设置

（2）系统进入草绘模式，绘制如图 1-42 所示的截面，在圆上绘制两条与水平线夹角为 45°的辅助中心线，单击 按钮，截取四个交点，如图 1-43 所示，把圆分成 4 个部分，以保证生成实体的每个截面具有相同的图元数。

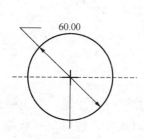

图 1-42　绘制第一个混合截面

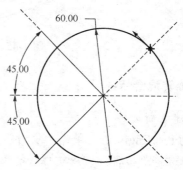

图 1-43　截取第一个截面的四个分割点

9

（3）结束第一个截面的绘制之后，不退出草绘模式，直接单击 "草绘" | "特征工具" | "切换剖面"命令，此时第一个截面变成灰色，系统进入第二个截面的绘制。绘制如图 1-44 所示的截面，保证起始位置的箭头和方向与第一个截面方向相同。

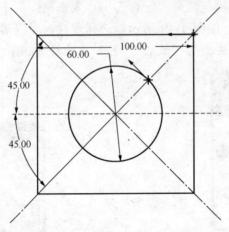

图 1-44　绘制第二个混合截面

（4）第二个截面的绘制结束后，同样不退出草绘模式，单击"草绘" | "特征工具" | "切换剖面"命令，第二个截面变成灰色，系统进入第三个截面的绘制。绘制与第一个截面形状、尺寸完全相同的截面。同样，单击 按钮，截取 4 个交点，把圆分成 4 个部分，保证起始位置的箭头和方向与第二个截面方向相同。

（5）三个截面都绘制完成，单击 ✔ 按钮，退出草绘模式，系统提示输入第 2 个截面的深度，输入数值 30 并确认；同样，按系统提示，输入第 3 个截面的深度数值 30 并确认，得到如图 1-45 所示的混合实体。

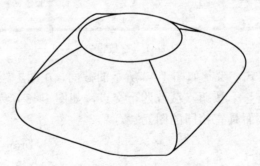

图 1-45　完成平行混合实体特征

1.4.2　旋转混合特征

1．建立新文件

启动 Pro/Engineer，单击"文件" | "新建"命令或者单击 按钮，系统弹出"新建"对话框，选择"零件" | "实体"类型，输入文件名并取消选择"使用缺省模板"复选框，确认后在弹出的"新文件选项"对话框中选择 mmns_part_solid 模板，进入实体建模环境。

2. 创建旋转混合实体

（1）进入混合模式：单击"插入"｜"混合"｜"伸出项"命令，弹出"混合选项"菜单管理器，如图 1-46 所示。选择"旋转的"｜"规则截面"｜"草绘截面"｜"完成"，弹出旋转混合特征对话框，如图 1-47 所示，选择属性为"直的"、"开放"，选取一个草绘平面，方向接受默认设置"正向"，草绘视图为"缺省"，各参数设置如图 1-48 所示。

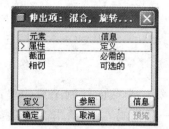

图 1-46　"混合选项"菜单管理器　　　　　图 1-47　旋转混合特征对话框

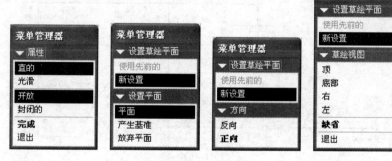

图 1-48　各参数设置

（2）系统进入草绘模式，在草绘环境中使用创建参照坐标系按钮 ↙，在绘图区的任意一点建立一个相对坐标系，并绘制如图 1-49 所示的截面，标注相应尺寸。

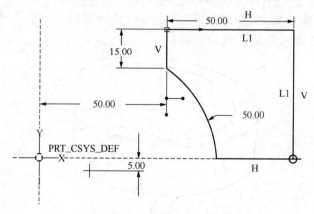

图 1-49　绘制第一个混合截面

（3）第一个截面绘制结束，单击草绘工具栏中的 ✔ 按钮，退出草绘模式，系统提示：
"为截面 2 输入 y_axis 旋转角"，输入 45 并确认，系统再次进入草绘模式。在草绘环境中
使用创建参照坐标系按钮 ⊥，在任意位置建立一个相对坐标系，并绘制如图 1-50 所示的
截面。

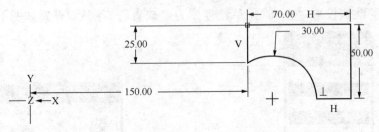

图 1-50   绘制第二个混合截面

（4）第二个截面绘制结束，单击草绘工具栏中的 ✔ 按钮，退出草绘模式，系统提示
"继续下一截面吗？"，单击"是"按钮，按系统提示输入截面 3 与截面 2 的夹角度数 45，
并确认，系统进入第三个截面的绘制。同样，建立相对坐标系并绘制如图 1-51 所示的截
面草图。

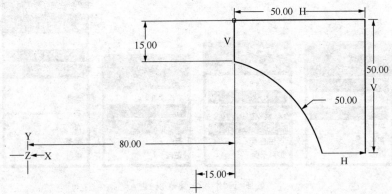

图 1-51   绘制第三个混合截面

（5）单击 ✔ 按钮，退出草绘模式，系统提示是否继续绘制下一个截面，单击"否"
按钮，结束截面的绘制，返回旋转混合模式。单击"旋转混合特征"对话框中的"确定"
按钮，得到如图 1-52 所示的旋转混合实体。

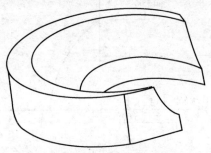

图 1-52   旋转混合实体特征

1.4.3　一般混合特征

1. 建立新文件

启动 Pro/Engineer，单击"文件"｜"新建"命令或者单击 按钮，系统弹出"新建"对话框，选择"零件"｜"实体"类型，输入文件名并取消选择"使用缺省模板"复选框，确认后在弹出的"新文件选项"对话框中选择 mmns_part_solid 模板，进入实体建模环境。

2. 创建一般混合实体

（1）进入混合模式：单击"插入"｜"混合"｜"伸出项"命令，弹出"混合选项"菜单管理器，如图 1-53 所示。选择"一般"｜"规则截面"｜"草绘截面"｜"完成"，弹出一般混合特征对话框，如图 1-54 所示，选择属性为"光滑"，选取一个草绘平面，方向接受默认设置"正向"，草绘视图为"缺省"，各参数设置如图 1-55 所示。

图 1-53　"混合选项"菜单管理器

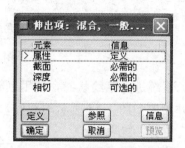

图 1-54　一般混合特征对话框

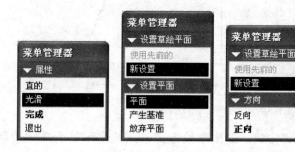

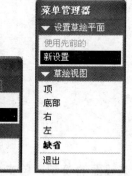

图 1-55　各参数设置

（2）系统进入草绘模式，在草绘环境中使用创建参照坐标系按钮 ，选择任意一点建立一个相对坐标系，并绘制如图 1-56 所示的截面，标注与相对坐标系间的定位尺寸。

（3）第 1 个截面绘制结束，单击草绘工具栏中的 按钮，系统弹出如图 1-57 所示的提示，要求输入第 2 个截面绕相对坐标系 x 轴方向的旋转角度，在文本框中输入 30，单击按钮结束数值输入。同样，按照系统的提示，依次输入第 2 个截面绕相对坐标系 Y 轴、Z 轴方向的旋转角度值 30、30。

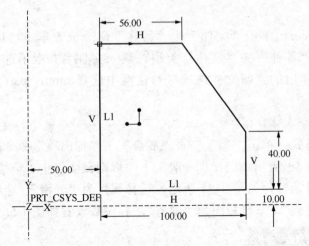

图 1-56　绘制第一个混合截面

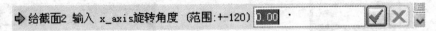

图 1-57　输入旋转角度

（4）系统进入草绘状态，使用创建参照坐标系按钮 ↓，选择任意一点建立一个相对坐标系，并绘制如图 1-58 所示的截面，标注与相对坐标系间的定位尺寸。

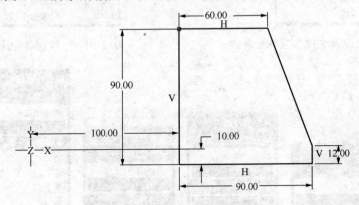

图 1-58　绘制第二个混合截面

（5）结束截面的绘制，单击 ✔ 按钮，退出草绘模式，系统提示是否继续绘制下一个截面，单击"是"按钮，按系统提示依次输入第三个截面绕相对坐标系的 X、Y、Z 轴三方向旋转的角度 30、0、15，绘制第三个截面，如图 1-59 所示。

（6）结束绘制，单击 ✔ 按钮，退出草绘模式，系统提示是否继续绘制下一个截面，单击"否"按钮，按系统提示分别输入截面二与截面一、截面三与截面二之间的距离值为 140 和 100 ，单击一般混合特征对话框中的"确定"按钮，得到如图 1-60 所示的一般混合实体。

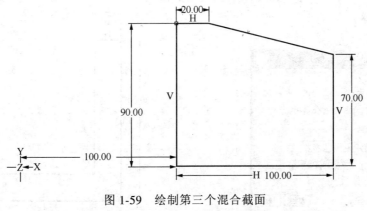

图 1-59　绘制第三个混合截面

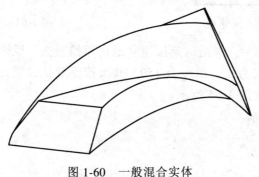

图 1-60　一般混合实体

1.5　筋 特 征 建 模

1. 建立新文件

启动 Pro/Engineer，单击"文件"｜"新建"命令或者单击 按钮，系统弹出"新建"对话框，选择"零件"｜"实体"类型，输入文件名并取消选择"使用缺省模板"复选框，确认后在弹出的"新文件选项"对话框中选择 mmns_part_solid 模板，进入实体建模环境。

2. 创建拉伸实体

（1）单击屏幕右侧基础特征工具栏中的拉伸工具按钮 ，进入"拉伸"操控面板，如图 1-61 所示。

图 1-61　"拉伸"操控面板

（2）单击"放置"｜"定义"按钮，选取 TOP 面作为草绘平面，RIGHT 面作为参照，其他接受系统默认设置，如图 1-62 所示，单击"草绘"按钮，进入草绘模式，绘制如图1-63 所示的二维截面。

图 1-62　"草绘"对话框

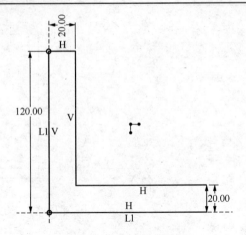

图 1-63　草绘二维截面

（3）完成截面的绘制后，单击确定按钮✔退出草绘模式，返回到拉伸模式，在"拉伸"操控面板中设置拉伸方式为 ⊟，深度为 150，其余接受默认设置，如图 1-64 所示。单击✔按钮，创建增料拉伸，如图 1-65 所示。

图 1-64　"拉伸"特征操控面板的设置

图 1-65　拉伸实体

3．创建筋特征

（1）两种方式进入筋特征创建模式：单击"插入"｜"筋"命令或单击筋工具按钮 ，弹出"筋"操控面板，如图 1-66 所示。单击"参照"｜"定义"按钮，选取 TOP 面作为草绘筋截面特征的平面，参照面为 RIGHT 面，如图 1-67 所示。单击"草绘"按钮进入草绘工作环境，绘制如图 1-68 所示的一条斜线段。

图 1-66　"筋"操控面板

（2）单击✔按钮，完成草绘，输入筋的厚度为 10，其余设置接受系统默认，如图 1-69所示。单击 按钮预览筋特征，打开"参照"上滑面板，单击改变方向的按钮"反向"，改变特征材料生成的方向，如图 1-70 所示，单击"筋"操控面板中的 ⚹ 按钮，改变筋厚度生成的方向，共有 3 种方向，如图 1-71 所示，设置筋厚度生成的方向为在草绘平面的两侧，单击 ✔ 按钮，完成特征的创建，得到如图 1-72 所示的筋实体特征。

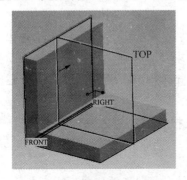

图 1-67　设置草绘筋的平面

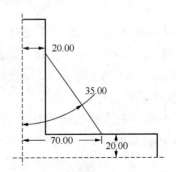

图 1-68　绘制生成筋的斜线段

图 1-69　设置筋的厚度

图 1-70　单击"反向"按钮改变材料生成方向

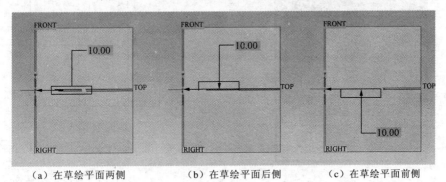

（a）在草绘平面两侧　　　　（b）在草绘平面后侧　　　　（c）在草绘平面前侧

图 1-71　筋的厚度生成方向

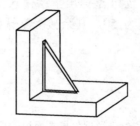

图 1-72　生成筋实体特征

1.6 孔特征建模

1. 建立新文件

启动 Pro/Engineer，单击"文件"|"新建"命令或者单击□按钮，系统弹出"新建"对话框，选择"零件"|"实体"类型，输入文件名并取消选择"使用缺省模板"复选框，确认后在弹出的"新文件选项"对话框中选择 mmns_part_solid 模板，进入实体建模环境。

2. 创建拉伸实体

（1）单击屏幕右侧基础特征工具栏中的拉伸工具按钮，进入拉伸特征模式，"拉伸"操控面板如图 1-73 所示。

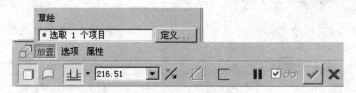

图 1-73 "拉伸"操控面板

（2）单击"放置"|"定义"按钮，选取 TOP 面作为草绘平面，RIGHT 面作为参照，其他接受系统默认设置，如图 1-74 所示。单击"草绘"按钮，进入草绘模式，绘制如图 1-75 所示的二维截面。

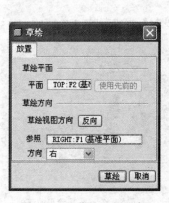

图 1-74 "草绘"对话框

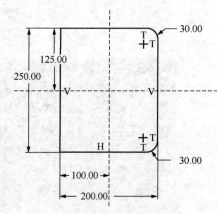

图 1-75 草绘二维截面

（3）截面绘制完成，单击确定按钮✔退出草绘模式，返回到拉伸模式，在"拉伸"操控面板中设置拉伸方式为，深度为 50，其余接受默认设置，如图 1-76 所示。单击✔按钮，创建增料拉伸，如图 1-77 所示。

图 1-76 "拉伸"操控面板的设置

图 1-77 拉伸实体

1.6.1 简单孔特征

（1）两种方式进入孔特征创建模式：单击"插入"｜"孔"命令或单击孔工具按钮，进入孔特征模式，"孔"操控面板如图 1-78 所示。设置孔的直径为 40，生成孔的方式为通孔，单击"放置"按钮，设置孔的放置位置，在"主参照"区域选择孔放置的平面为拉伸体的上表面，并选择"线性"放置方式，在"次参照"列表中按住 Ctrl 键选择两个与放置面相互垂直的垂直平面，即如图 1-79 所示的两个红色平面，与两个次参照面的偏移距离均为 30，各参数设置如图 1-80 所示。

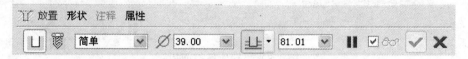

图 1-78 "孔"操控面板

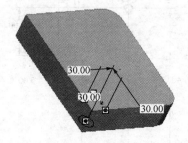

图 1-79 选择两个相互垂直的次参照面

图 1-80 设置孔的放置参数

（2）单击✔按钮，完成特征的创建，得到如图 1-81 所示的孔实体特征。

图 1-81　简单孔特征

1.6.2　草绘孔特征

（1）两种方式进入孔特征创建模式：单击"插入"｜"孔"命令或单击孔工具按钮，进入孔特征模式。选择"草绘"孔特征，"孔"操控面板如图 1-82 所示。单击▨按钮，进入草绘模式，绘制一条铅垂中心线和孔截面，如图 1-83 所示。

图 1-82　"孔"操控面板

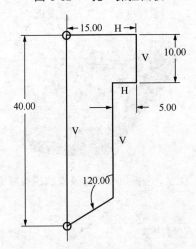

图 1-83　绘制中心线和孔截面

（2）单击"放置"按钮，设置孔的放置位置，在"主参照"区域选择孔放置的平面为拉伸体的上表面，并选择"径向"放置方式，在"次参照"列表中按住 Ctrl 键选择已有孔的轴线和与放置面垂直的侧面，如图 1-84 所示，设置到已知轴的半径为 130，与侧面的夹角为 90°，各参数设置如图 1-85 所示。

（3）单击✔按钮，完成特征的建立，得到如图 1-86 所示的孔特征。

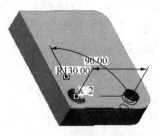

图 1-84　选取已知轴和侧表面为次参照

图 1-86　生成孔特征

图 1-85　设置各放置参数

1.6.3　标准孔特征

（1）两种方式进入孔特征创建模式：单击"插入"｜"孔"命令或单击孔工具按钮 ，进入孔特征模式。单击创建"标准孔"按钮，"孔"操控面板如图 1-87 所示。

图 1-87　"孔"操控面板

（2）单击"形状"按钮，标准孔形状参数设置如图 1-88 所示。

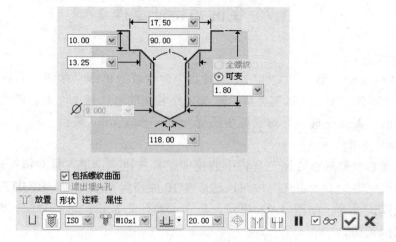

图 1-88　孔形状参数的设置

（3）单击"放置"按钮，设置孔的放置位置，在"主参照"区域选择孔放置的平面为拉伸体的上表面，并选择"线性"放置方式，在"次参照"列表中按住 Ctrl 键选择与放置面垂直的两个相互垂直的侧面，如图 1-89 所示，设置到两侧面的偏移距离分别为 30 和 220，各参数设置如图 1-90 所示。

（4）单击 ✔ 按钮，完成标准孔特征的创建，得到如图 1-91 所示的孔特征。

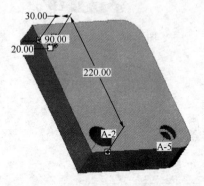

图 1-89　选取两个侧表面为次参照

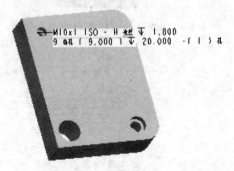

图 1-91　标准孔特征

图 1-90　设置放置参数

1.7　倒圆角特征建模

1．建立新文件

启动 Pro/Engineer，单击"文件"｜"新建"命令或者单击 □ 按钮，系统弹出"新建"对话框，选择"零件"｜"实体"类型，输入文件名并取消选择"使用缺省模板"复选框，确认后在弹出的"新文件选项"对话框中选择 mmns_part_solid 模板，进入实体建模环境。

2．创建拉伸实体

（1）单击屏幕右侧基础特征工具栏中的拉伸工具按钮 ♬，进入拉伸特征模式。

（2）单击"放置"｜"定义"按钮，选取 TOP 面作为草绘平面，RIGHT 面作为参照，其他接受系统默认设置，如图 1-92 所示，单击"草绘"按钮，进入草绘模式，绘制如图 1-93 所示的二维截面。

图 1-92　"草绘"对话框

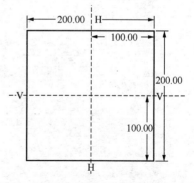

图 1-93　草绘二维截面

（3）截面绘制完成，单击确定按钮☑退出草绘模式，回到拉伸模式，在"拉伸"操控面板中设置拉伸方式为 ⊥ ，深度为 80，其余接受默认设置，如图 1-94 所示。单击☑按钮，创建增料拉伸，如图 1-95 所示。

图 1-94　"拉伸"操控面板的设置

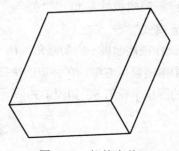

图 1-95　拉伸实体

1.7.1　单一值倒圆角

（1）两种方式进入倒圆角特征创建模式：单击"插入"｜"倒圆角"命令或单击倒圆角工具按钮 ，进入倒圆角特征模式，"倒圆角"操控面板如图 1-96 所示。

图 1-96　"倒圆角"操控面板

（2）选择需要倒圆角的第一条棱边，在操控面板圆角半径下拉列表框中输入圆角半径值 5，单击"设置"｜"新建"按钮，建立设置 2，选择第二条需要倒圆角的棱边，输入半径值 6，如图 1-97 所示，单击操控面板上的☑按钮，完成单一值倒圆角特征的创建，如图 1-98 所示。

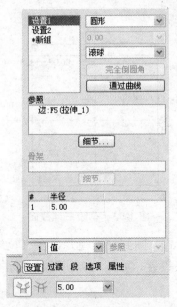

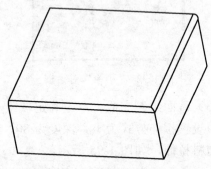

图 1-97　单一值倒圆角设置　　　　　　　　图 1-98　单一值倒圆角特征

1.7.2　变化值倒圆角

（1）两种方式进入倒圆角特征创建模式：单击"插入"｜"倒圆角"命令或单击倒圆角工具按钮，进入倒圆角特征模式。

（2）选择需要倒圆角的棱边，在操控面板下方的圆角半径下拉列表框中输入圆角半径值 6，单击"设置"按钮，在半径列表中单击鼠标右键，在弹出的快捷菜单中选择"添加半径"选项，得到第 2 个半径值点，输入所需的圆角半径值 5，如图 1-99 所示。图形预览如图 1-100 所示。

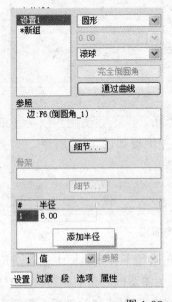

图 1-99　添加第 2 个半径值的点

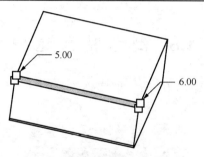

图 1-100 第 2 个半径值模型显示

（3）继续在半径列表内单击鼠标右键，选择"添加半径"选项，得到第 3 个半径值点的位置与半径，修改比率值为 0.8，如图 1-101 和图 1-102 所示，模型显示如图 1-103 所示。

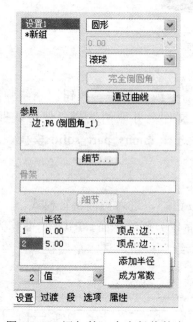

图 1-101 添加第 3 个半径值的点

图 1-102 输入所需半径值

（4）单击☑按钮，完成变化值倒圆角特征的创建，如图 1-104 所示。

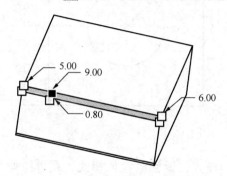

图 1-103 第 3 个半径值模型显示

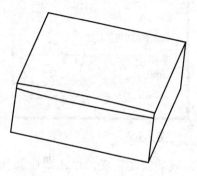

图 1-104 变化值倒圆角特征

25

1.8 倒角特征建模

用"倒角"特征建立如图 1-105 所示的实体模型。

图 1-105 倒角特征

1. 建立新文件

启动 Pro/Engineer，单击"文件"｜"新建"命令或者单击 🗋 按钮，系统弹出"新建"对话框，选择"零件"｜"实体"类型，输入文件名并取消选择"使用缺省模板"复选框，确认后在弹出的"新文件选项"对话框中选择 mmns_part_solid 模板，进入实体建模环境。

2. 创建拉伸实体

（1）单击屏幕右侧基础特征工具栏的拉伸工具按钮 🗗，进入拉伸特征模式。

（2）单击"放置"｜"定义"按钮，选取 TOP 面作为草绘平面，RIGHT 面作为参照，其他接受系统默认设置，如图 1-106 所示，单击"草绘"按钮，进入草绘模式，绘制如图 1-107 所示的二维截面。

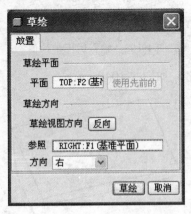

图 1-106 "草绘"对话框

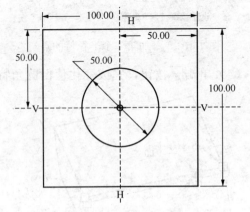

图 1-107 草绘二维截面

（3）截面绘制完成，单击确定按钮 ✔ 退出草绘模式，返回到拉伸模式，在"拉伸"操控面板中设置拉伸方式为 ⬜，深度为 50，其余接受系统默认设置，如图 1-108 所示。单击按钮，创建增料拉伸，如图 1-109 所示。

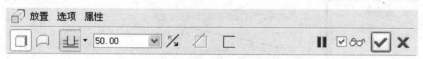

图 1-108　"拉伸"操控面板的设置

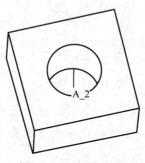

图 1-109　拉伸实体

1.8.1　棱边倒角特征

（1）两种方式进入棱边倒角特征创建模式：单击"插入"｜"倒角"｜"边倒角"命令或单击倒角工具按钮，进入边倒角特征模式。

（2）选择 45xD 的倒角方式，设置 D 值为 7，"倒角"操控面板的设置如图 1-110 所示。

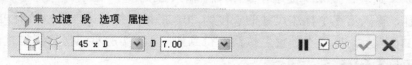

图 1-110　"倒角"操控面板的设置

（3）选择需要倒角的内孔棱边，预览效果如图 1-111 所示，单击按钮，生成倒角特征。

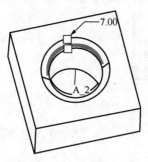

图 1-111　内孔倒角预览

1.8.2　顶点倒角特征

（1）进入顶点倒角的模式：单击"插入"｜"倒角"｜"拐角倒角"命令，系统弹出如图 1-112 所示的对话框。

（2）系统提示"选择要倒角的角"，选择如图 1-113 所示的边，弹出如图 1-114 所示的"选出/输入"菜单管理器。

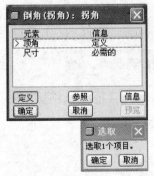

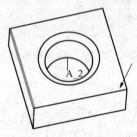
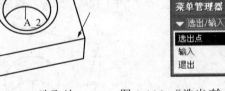

图 1-112 拐角倒角对话框　　　图 1-113 选取边　　　图 1-114 "选出/输入"菜单管理器

（3）系统提示"在绿色边上选择尺寸位置，或从菜单选择'输入'"，在"选出/输入"菜单管理器中选择"输入"选项，按系统提示在文本框中输入 20，如图 1-115 所示。

图 1-115 输入第一条边的标注长度

（4）单击✓按钮，完成第一个尺寸的输入，模型中相邻的一条边高亮显示为绿色，系统提示"在绿色边上选择尺寸位置，或从菜单选择'输入'"，在"选出/输入"菜单管理器中选择"输入"选项，按系统提示在文本框中输入 10。

（5）同样，输入第三个标注尺寸的长度为 20，拐角倒角对话框显示所有内容已定义完成，如图 1-116 所示，单击"确定"按钮，得到如图 1-117 所示的拐角倒角特征。

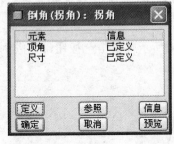
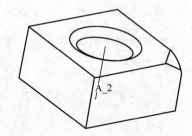

图 1-116 拐角倒角对话框　　　　　图 1-117 生成拐角倒角特征

1.9 壳 特 征 建 模

用壳特征创建如图 1-118 实体模型。

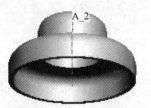

图 1-118 壳特征

28

1．建立新文件

启动 Pro/Engineer，单击"文件"｜"新建"命令或者单击 按钮，系统弹出"新建"对话框，选择"零件"｜"实体"类型，输入文件名并取消选择"使用缺省模板"复选框，确认后在弹出的"新文件选项"对话框中选择 mmns_part_solid 模板，进入实体建模环境。

2．创建拉伸实体

（1）单击屏幕右侧基础特征工具栏中的旋转工具按钮 ，进入旋转特征模式。

（2）单击"放置"｜"定义"按钮，选取 TOP 面作为草绘平面，RIGHT 面作为参照，其他接受系统默认设置，如图 1-119 所示，单击"草绘"按钮，进入草绘模式，绘制如图 1-120 所示的二维截面。

图 1-119　"草绘"对话框

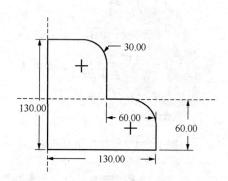

图 1-120　草绘二维截面

（3）截面绘制完成，单击确定按钮 退出草绘模式，返回到旋转模式，在"旋转"操控面板中设置相应的参数，如图 1-121 所示。单击 按钮，创建旋转特征，如图 1-122 所示。

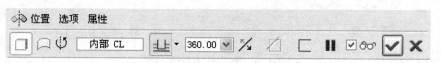

图 1-121　"旋转"操控面板的设置

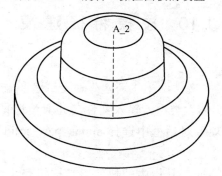

图 1-122　旋转特征实体

29

3. 创建壳特征

（1）两种方式进入壳特征创建模式：单击"插入"｜"壳"命令或者单击右侧工程特征工具栏中的◎按钮，进入壳特征创建模式，如图 1-123 所示。

图 1-123　"壳"操控面板

（2）单击"参照"按钮，设置移出材料的面，选择底端面为移出材料面，如图 1-124 所示，设置壁厚为 10，如图 1-125 所示。

（3）单击操控面板上的☑按钮，生成壳特征，如图 1-126 所示。

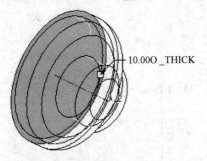

图 1-124　选择移出材料面

图 1-126　生成草绘孔特征

图 1-125　壳特征的参数设置

1.10　拔 模 特 征 建 模

1. 建立新文件

启动 Pro/Engineer，单击"文件"｜"新建"命令或者单击🗋按钮，系统弹出"新建"对话框，选择"零件"｜"实体"类型，输入文件名并取消选择"使用缺省模板"复选框，确认后在弹出的"新文件选项"对话框中选择 mmns_part_solid 模板，进入实体建模环境。

2. 创建拉伸实体

（1）单击屏幕右侧基础特征工具栏中的拉伸工具按钮🗗，进入拉伸特征模式。

（2）单击"放置"｜"定义"按钮，选取 TOP 面作为草绘平面，RIGHT 面作为参照，其他接受系统默认设置，如图 1-127 所示，单击"草绘"按钮，进入草绘模式，绘制如图 1-128 所示的二维截面。

图 1-127 "草绘"对话框

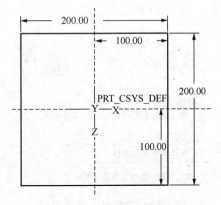

图 1-128 草绘二维截面

（3）截面绘制完成，单击确定按钮✔退出草绘模式，返回到拉伸模式，在"拉伸"操控面板中设置相应的参数，如图 1-129 所示。单击✔按钮，创建拉伸特征，如图 1-130 所示。

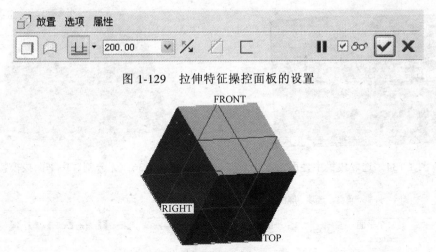

图 1-129 拉伸特征操控面板的设置

图 1-130 拉伸特征实体

1.10.1 创建无分割、中平面的拔模特征

（1）两种方式进入拔模特征创建模式：单击"插入"｜"斜度"命令或者单击右侧工程特征工具栏中的按钮，进入拔模特征创建模式，如图 1-131 所示。

图 1-131 "拔模"操控面板

（2）单击"参照"按钮，打开"参照"上滑面板，如图 1-132 所示。单击 "拔模曲面"列表框，按住 Ctrl 键，用鼠标选择拉伸体的四个侧表面作为要拔模的曲面，如图 1-133 所示。

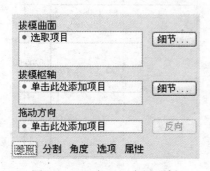

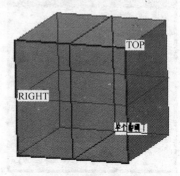

图 1-132 "参照"上滑面板 　　　　　图 1-133 选择要拔模的表面

（3）单击"拔模枢轴"列表框，用鼠标选择 RIGHT 面作为拔模中性面，如图 1-134 所示。在拔模特征操控面板中的角度下拉列表框中输入拔模角度，如图 1-135 所示，单击操控面板上的☑按钮，生成拔模特征，如图 1-136 所示。

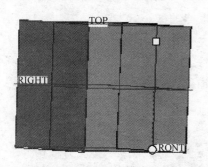

图 1-134 选取拔模中性面 　　　　图 1-136 无分割、中平面拔模特征

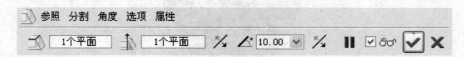

图 1-135 设置拔模角度

1.10.2 创建平面分割、中平面的拔模特征

（1）两种方式进入拔模特征创建模式：单击"插入"｜"斜度"命令或者单击右侧工程特征工具栏中的按钮，进入拔模特征创建模式。

（2）单击"参照"按钮，系统弹出如图 1-137 所示的上滑面板，分别选取要拔模的平面和中性面，如图 1-138 与图 1-139 所示。

（3）单击"分割"按钮，在"分割选项"下拉列表框中选择"根据拔模枢轴分割"选项。在"侧选项"中选择"独立拔模侧面"选项，如图 1-140 所示。

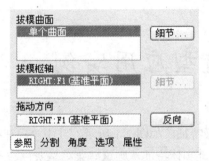

图 1-137　"参照"上滑面板

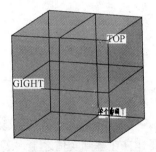

图 1-138　选择要拔模的表面

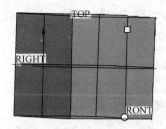

图 1-139　选取拔模中性面

图 1-140　拔模方式的设置

（4）在拔模特征操控面板中的角度下拉列表框中分别输入拔模角度 10、20，如图 1-141 所示，单击☑按钮，生成拔模特征，如图 1-142（a）所示。

（5）同样，在分割选项的侧选项中，分别选择"从属拔模侧面"、"只拔模第一侧"、"只拔模第二侧"等作为拔模方式，生成的拔模特征如图 1-42（b）、（c）、（d）所示。

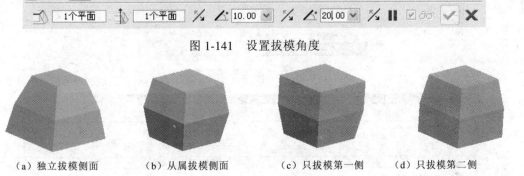

图 1-141　设置拔模角度

（a）独立拔模侧面　　　（b）从属拔模侧面　　　（c）只拔模第一侧　　　（d）只拔模第二侧

图 1-142　各种拔模方式的拔模特征

第2章 高级造型应用实例

"插入"菜单的"高级"子菜单中，有多个高级特征，如图 2-1 所示，其中"局部推拉"等特征需要建立在基础实体之上，若当前模型中无基础实体特征，则这些菜单呈灰色，不可用。

在默认状态下，该菜单中的很多高级特征是不可见的，要使得它们可见，需在配置文件 config.pro 中配置选项 allow_anatomic_features，并且将该选项的值设为 yes，如图 2-2 所示。

图 2-1 "高级"子菜单

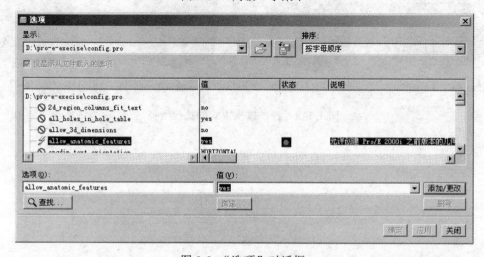

图 2-2 "选项"对话框

2.1　局　部　推　拉

"局部推拉"命令是通过绘制草图而对模型表面进行局部变形。

（1）建立如图 2-3 所示的半圆柱体模型。

（2）建立一个基准平面。

通过单击"插入"｜"模型基准"｜"平面"命令或单击基准工具栏上的 ▱ 按钮，建立与半圆柱体侧面平行的基准面，偏移距离设为 200，如图 2-4 所示。

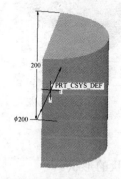

图 2-3　实例模型

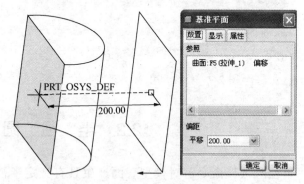

图 2-4　建立"基准平面"

（3）建立局部推拉特征。

单击"插入"｜"高级"｜"局部推拉"命令，选择刚刚建立的 DTM1 作为草绘平面，接受系统默认的方向及参照面，在草绘环境中完成如图 2-5 所示的两个圆。

单击草绘工具栏中的 ✔ 按钮，按照系统提示选择受拉伸影响的曲面，这里选择半圆柱体的圆柱面，可得到如图 2-6 所示的模型。

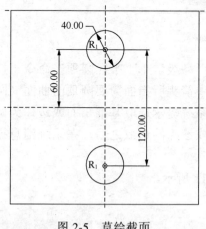

图 2-5　草绘截面

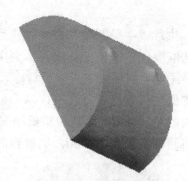

图 2-6　结果模型

（4）修改局部推拉特征。

在模型树中右击局部推拉特征标识符，在弹出的快捷菜单中选择"编辑"选项，此时模型中显示出了尺寸，如图 2-7 所示，修改 95 为 –30。单击工具栏中的 按钮，重新生成模型，得到最后结果如图 2-8 所示。

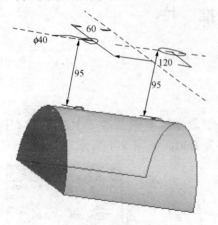

图 2-7　修改尺寸

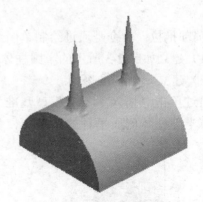

图 2-8　修改后的模型

2.2 半 径 圆 顶

"半径圆顶"命令可对模型表面产生具有一定半径的圆顶盖状的形状。

（1）建立如图 2-9 所示模型。

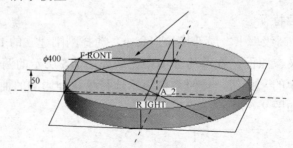

图 2-9　实例模型

　　（2）执行"半径圆顶"命令。执行"插入"｜"高级"｜"半径圆顶"命令，按照系统提示选取要创建圆顶的曲面，本例中选择图 2-9 中箭头所指面为要圆顶的曲面（圆顶曲面必须是平面、圆环面、圆锥或圆柱）。完成之后，系统提示选取基准平面或边作为圆顶的参照，本例中可以选择 RIGHT 基准面为参照。完成参照的选取之后，在系统消息提示区输入圆顶的半径 400，得到的结果如图 2-10 所示。

　　若将圆顶半径改为-400，则得到的结果如图 2-11 所示。

图 2-10　正值圆顶结果

图 2-11　负值圆顶结果

2.3　剖　面　圆　顶

使用"剖面圆顶"命令可以对模型表面产生具有一定剖面形状的圆顶变形，根据圆顶的剖面形状，剖面圆顶分为扫描类型的剖面圆顶和混合类型的剖面圆顶。

2.3.1　扫描类型的剖面圆顶

（1）创建如图 2-12 所示的实例模型。

（2）执行"剖面圆顶"命令。

单击"插入"｜"高级"｜"剖面圆顶"命令，系统弹出如图 2-13 所示的"选项"菜单管理器，选择默认的"扫描"｜"一个轮廓"，单击"完成"。

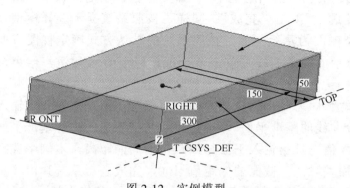

图 2-12　实例模型　　　　　　　　　　　　　　图 2-13　"选项"菜单管理器

按照系统提示选取图 2-12 中箭头所指的模型上表面为要圆顶的曲面，接着系统提示选取或创建一个草绘平面，这里选择图 2-12 中箭头所指模型侧面为草绘平面，以系统默认的方式确定视图方向和参照平面进入草绘环境，绘制如图 2-14 所示的样条曲线。

单击草绘工具栏上的 ✔ 按钮，结束草绘，系统提示选择或创建草绘平面用来绘制圆顶截面，此时可选择如图 2-15 所示箭头所指模型侧面为草绘平面，按照系统的默认方式确定视图方向和参照平面，绘制如图 2-16 所示的样条曲线，单击草绘工具栏上的 ✔ 按钮，结束草绘，最后得到的结果如图 2-17 所示。

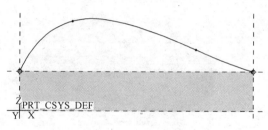

图 2-14　草绘曲线

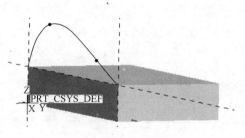

图 2-15　选择草绘平面

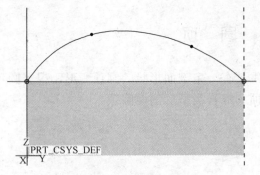

图 2-16　草绘曲线

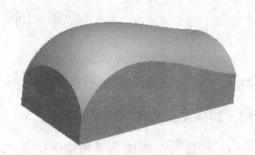

图 2-17　剖面圆顶模型

2.3.2　混合类型的剖面圆顶

仍然以图 2-12 的实例模型为例，执行"剖面圆顶"命令，在弹出的"选项"菜单管理器中选择"混合"｜"无轮廓"，单击"完成"。同样，按照系统提示选择模型上表面为要圆顶的曲面，选择模型侧面为草绘平面，按照系统的默认方式确定视图方向和参照平面，绘制如图 2-18 所示的样条曲线，单击草绘工具栏上的 ✔ 按钮，结束草绘。

系统弹出如图 2-19 所示的"偏距"菜单管理器，用户可选择"通过点"和"输入值"两种方式来确定第 2 条混合曲线的基准平面。"通过点"是指创建的平行基准平面与零件曲面在指定点相交，"输入值"是指输入平面与偏距平面间的距离，本例中选择"输入值"方式，在信息提示区输入对下一截面的偏距值 100，完成之后系统弹出"参照"对话框，选择如图 2-20 所示的参照并绘制样条曲线，单击草绘工具栏上的 ✔ 按钮，结束草绘。

系统提示"继续下一截面吗？"，这里选择"否"，得到的结果如图 2-21 所示。

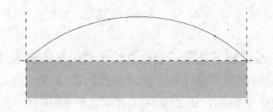

图 2-18　草绘曲线

图 2-19　"偏距"菜单管理器

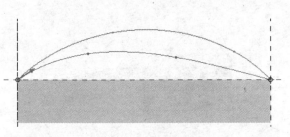

图 2-20　草绘曲线

图 2-21　"剖面圆顶"模型

2.4 实体自由形状

实体自由形状命令是一种利用网格对实体表面进行变形的工具。

（1）创建如图 2-22 所示的实例模型。

（2）执行"实体自由形状"命令。

单击"插入"｜"高级"｜"实体自由形状"命令，系统弹出如图 2-23 所示的"形式选项"菜单管理器，其中"平面草绘"是指通过在平面上草绘来定义自由形式的边界，而"选出曲面"是指通过拾取基准曲面来定义自由形式的边界。本例中选择"选出曲面"选项，单击"完成"，选择图 2-22 中箭头所指的模型上表面为要变形的曲面。

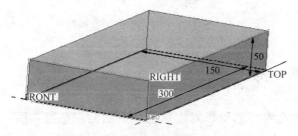

图 2-22　实例模型   图 2-23　"形式选项"菜单管理器

系统提示"输入在指定方向的控制曲线号"，分别输入所选曲面上第一、第二方向的网格线数量为 10 和 6。

接着系统弹出"修改曲面"对话框，如图 2-24 所示。在"区域"栏中选中"区域"复选框，此时系统提示"在绿色箭头所指方向上选取两条控制曲线"，按住 Ctrl 键，在变形曲面上选取第一方向的两条控制曲线，用同样的方法选择第二方向的两条控制曲线，如图 2-25 所示。

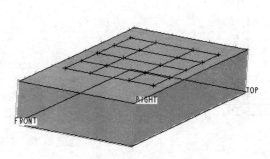

图 2-24　"修改曲面"对话框   图 2-25　控制曲线确定的变形区域

完成后系统提示选择要移动的点，在曲面上用鼠标左键拖动控制点，可使变形区域发生变形，完成操作后，在"修改曲面"对话框中单击 ✓ 按钮，完成变形操作。最后在如图 2-26 所示的自由生成特征信息对话框中单击"确定"按钮，完成特征的创建，如图 2-27 所示。

图 2-26　自由生成特征对话框

图 2-27　实体自由形状模型

2.5　环　形　折　弯

"环形折弯"是一种改变模型形状的命令，它可以对实体特征、曲面、基准曲线进行环状的折弯变形。

（1）创建如图 2-28 所示的长方体。

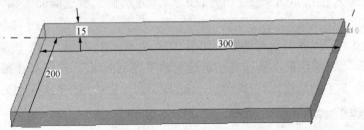

图 2-28　长方体实体模型

（2）在长方体上表面上创建如图 2-29 所示的拉伸特征，拉伸高度为 5。

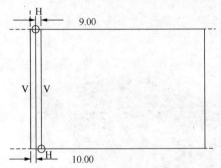

图 2-29　创建拉伸特征

（3）创建拉伸特征的阵列特征（后面的章节中介绍"阵列"操作），如图 2-30 所示。

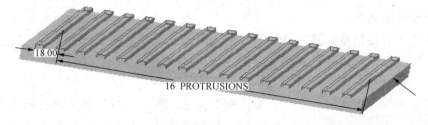

图 2-30 阵列特征

（4）单击"插入"｜"高级"｜"环形折弯"命令，在"选项"菜单管理器中选择 360｜"单侧"｜"曲线折弯收缩"。

（5）单击"完成"，按照系统提示选择模型底面作为要折弯的对象，单击"完成"，系统弹出设置草绘平面的菜单管理器，这里选择图 2-30 中箭头所指的面为草绘平面，接受系统默认的视图方向和参照平面。

在草绘环境中使用 按钮建立一个参照坐标系，使用 按钮绘制如图 2-31 所示的样条线作为弯曲轨迹。

（6）单击草绘工具栏中的 按钮完成弯曲轨迹的绘制，按照系统提示选择图 2-30 中箭头所指端面及其对面的平行面定义折弯长度。完成后的环形折弯特征如图 2-32 所示。

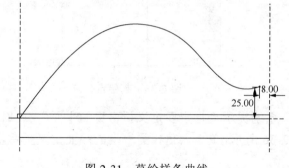

图 2-31 草绘样条曲线

图 2-32 环形折弯特征

2.6 骨 架 折 弯

"骨架折弯"命令通过沿曲面连续重新放置截面来关于折弯曲线骨架折弯实体或面组。

（1）建立如图 2-33 所示的模型。

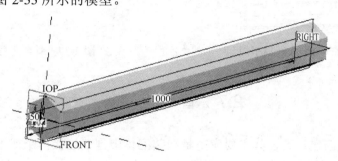

图 2-33 实例模型

（2）草绘骨架线。

单击草绘工具按钮■，选择 RIGHT 面为草绘平面，按照系统提示设置好视图方向和参照平面，进入草绘环境并绘制如图 2-34 所示的骨架线。

（3）执行骨架折弯命令。

单击"插入"|"高级"|"骨架折弯"命令，在"选项"菜单管理器中选择"选取骨架线"和"无属性控制"，单击"完成"，按照系统提示选择六角棒为要折弯的对象。接着通过系统弹出的"链"菜单管理器选择刚刚绘制的曲线为骨架线，并使用"起始点"选项将起始点设置在曲线的下端，如图 2-35 所示。

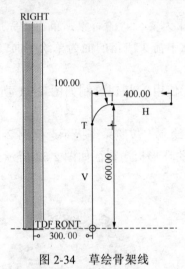

图 2-34 草绘骨架线

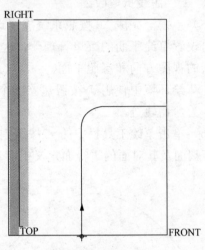

图 2-35 起始点位置

单击"链"菜单管理器中的"完成"，系统提示"指定要定义折弯量的平面"，此时弯曲曲线的起点处自动生成基准平面，如图 2-36 所示，单击六角棒另一端的端面定义折弯量。最后得到的模型如图 2-37 所示。

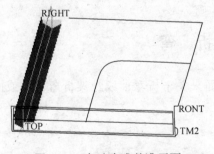

图 2-36 自动生成基准平面

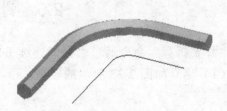

图 2-37 骨架折弯模型

2.7 管　·　道

管道特征用来创建管道，其主要应用是在装配体中创建连接两个或多个部件的管道零件或实心连接件。

（1）创建如图 2-38 所示的实例模型。

（2）执行"管道"命令。

单击"插入"｜"高级"｜"管道"命令，系统弹出如图 2-39 所示的"选项"菜单管理器，选择"几何"｜"中空"｜"常数半径"，单击"完成"，系统提示输入外部半径和管壁的厚度，分别输入 30 和 3。

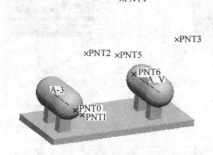

图 2-38　实例模型　　　　　　　　　图 2-39　"选项"菜单管理器

完成后，系统弹出如图 2-40 所示的"连结类型"菜单管理器，选择默认的"单一半径"｜"整个阵列"｜"添加点"，单击"完成"。按照系统提示依次选择 PNT0、PNT1、PNT2，在系统信息提示区输入折弯半径值 25。继续按照顺序选择其余各点。最后单击"完成"，完成管道特征的创建，如图 2-41 所示。

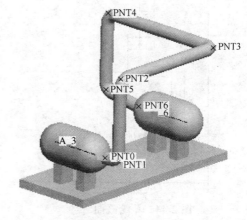

图 2-40　"连结类型"菜单管理器　　　　　图 2-41　管道特征

2.8　轴

创建轴特征与创建草绘孔特征操作方法类似，都必须先草绘旋转截面，然后将其放置在模型上产生特征，因此须先构建基础模型。与草绘孔不同的是，轴特征是从模型上增加材料，而草绘孔特征是从模型中移除材料。

（1）创建如图 2-42 所示的实例模型。

（2）创建"轴"特征。

单击"插入"｜"高级"｜"轴"命令，系统弹出如图 2-43 所示的"位置"菜单管理器，其中"线性"是指通过两个相互垂直的参照来定义轴的位置；"辐射"与"孔"特征定位中的"径向"相似，需要定义与一个轴的距离以及与一个平面的夹角来定义轴的位置；"同轴"是指与一个已知的轴对齐；"在点上"是通过一个已知点来定位轴特征的轴线位置。

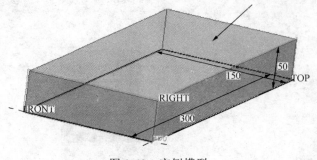

图 2-42　实例模型　　　　　　　　　图 2-43　"位置"选项菜单

本例中选择"线性"｜"完成"，系统进入草绘状态，绘制如图 2-44 所示的截面，单击草绘工具栏上的 ✔ 按钮完成截面绘制。

按照系统提示选择图 2-42 中箭头所指上表面为放置平面，选择模型的两个相互垂直的侧面以定义其放置位置，并分别输入距离为 75 和 150，最后得到的特征如图 2-45 所示。

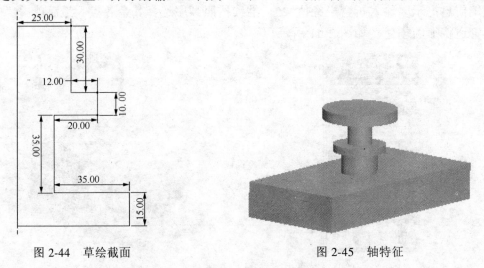

图 2-44　草绘截面　　　　　　　　　图 2-45　轴特征

需要注意的是，特征创建完成后，系统将特征截面的最顶层置于放置平面上。

2.9　唇

唇特征是通过沿着所选模型边偏移匹配曲面来构建的。在产品设计中，唇特征通常用于上下两个零件的边缘连接。

（1）建立如图 2-46 所示的模型。

（2）创建唇特征。

单击"插入"|"高级"|"唇"命令，按照"边选取"菜单管理器中的"单一"选择如图 2-46 箭头 1 所示的圆周边线，单击"完成"。

按照系统提示选择图 2-46 中箭头 2 所指的表面为要偏移的曲面，并输入偏移值为 15，输入侧偏移尺寸为 25，完成后按回车键确认。

按照系统提示选择图 2-46 箭头 2 所指面为拉伸参照面，输入拉伸角度为 30°，按回车键确认，创建完成的唇特征如图 2-47 所示。

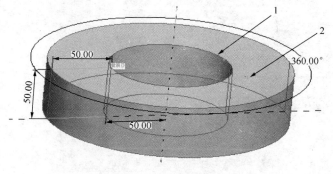

图 2-46　实例模型　　　　　　　　　　　图 2-47　最终模型

（3）修改唇特征。

选中模型树中刚建立的唇特征，单击鼠标右键，在弹出的快捷菜单中选择"编辑"选项，唇特征的相关尺寸会在绘图区中显示出来，如图 2-48 所示，双击尺寸 15，并将其修改为-15，重生成后可得到新的唇特征，如图 2-49 所示。

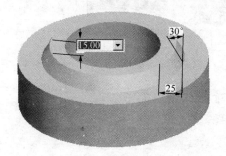 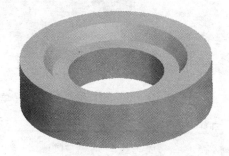

图 2-48　编辑唇特征　　　　　　　　　　图 2-49　修改参数后的唇特征

2.10　法　　兰

法兰特征是附着在模型其他旋转表面上的旋转特征。在零件建模中，法兰特征经常用于在模型上构建旋转的伸出项特征，如轴上的轴肩。

（1）创建如图 2-50 所示的实例模型。

（2）创建"法兰"特征。

单击"插入"|"高级"|"法兰"命令，系统弹出如图 2-51 所示的"选项"菜单管理器，通过该菜单管理器可以确定法兰的旋转角度及旋转方式，本例中选择 360 |"单侧"

方式，单击"完成"，按照系统提示选择 FRONT 面为草绘平面，按照系统默认的方式确定视图方向和参照平面，如图 2-52 所示。

进入草绘环境，绘制如图 2-53 所示的截面，该截面是包含旋转轴的开放截面，要注意的是截面必须开放，且其端点须与附着特征的表面对齐，在草绘工具栏上单击 ✓ 按钮，完成截面的绘制，最后得到法兰特征，如图 2-54 所示。

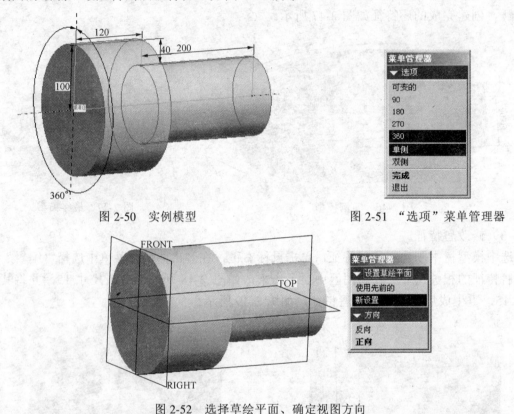

图 2-50　实例模型　　　　　　　　　图 2-51　"选项"菜单管理器

图 2-52　选择草绘平面、确定视图方向

图 2-53　草绘截面　　　　　　　　　图 2-54　法兰特征

2.11　环　形　槽

环形槽特征的特性、创建方法和步骤与法兰特征基本相同，两者的区别在于：环形槽

特征是切削（减材料）特征，即从模型上减去材料，而法兰特征是在模型上增加材料。环形槽特征常用于创建轴上的轴颈、退刀槽、密封槽等。

下面以图 2-50 所示的实例模型为例创建环形槽特征。

单击"插入"｜"高级"｜"环形槽"命令，系统弹出如图 2-51 所示的"选项"菜单管理器，通过该菜单管理器可以确定环形槽的旋转角度及旋转方式，本例中选择 360｜"单侧"方式，单击"完成"，按照系统提示选择 FRONT 面为草绘平面，按照系统默认的方式确定视图方向和参照平面，进入草绘环境，绘制如图 2-55 所示的截面。该截面是包含旋转轴的开放截面，要注意的是截面必须开放，且其端点须与附着特征的表面对齐，在草绘工具栏上单击 ✔ 按钮完成截面的绘制，最后得到环形槽特征，如图 2-56 所示。

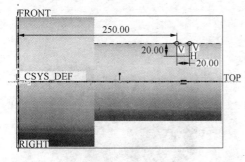

图 2-55　草绘截面

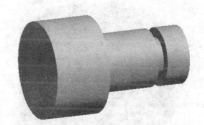

图 2-56　环形槽特征

2.12　耳

耳特征是附着在模型某个特征的表面上并从该表面的边线处向外产生一个类似拉伸特征的伸出项特征，该特征在边线处可以折弯，类似钣金折弯。

（1）利用前面学到的建模知识完成以下模型，其中抽壳特征的厚度为 2，并在圆筒一侧建立凸台，如图 2-57 所示。

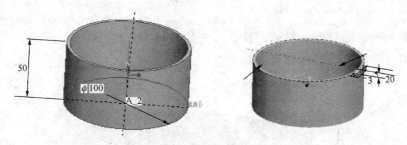

图 2-57　初始模型

（2）建立耳特征。

单击"插入"｜"高级"｜"耳"命令，在"选项"菜单管理器中选择"可变的"，单击"完成"，按照"设置草绘平面"菜单管理器选择草绘面，这里选择图 2-57 中箭头所指的面为草绘平面，接受系统默认的视图方向和参照平面，绘制如图 2-58 所示的耳截面。

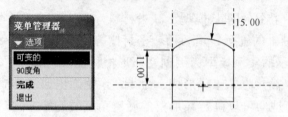

图 2-58 "选项"菜单管理器及草绘截面

单击草绘工具栏上的 ✔ 按钮，按照系统提示在信息显示区的文本框中输入耳的厚度为 2.5，耳的根部折弯半径为 5，耳的折弯角度为 85°，完成后的耳特征如图 2-59 所示。

在模型树中选中凸台和耳特征，单击编辑特征工具栏上的镜像按钮，选择中间平面为镜像面，最后得到的镜像特征如图 2-60 所示。

图 2-59　耳特征

图 2-60　镜像特征

创建耳特征时要注意的是，耳的截面必须开放且其端点应与将要连接耳的曲面对齐；连接到曲面的图元必须互相平行且垂直于该曲面，其长度足以容纳折弯。

要修改耳的参数，可在模型数中选择耳特征，单击鼠标右键，在弹出的快捷菜单中选择"编辑"选项，修改绘图区出现的有关参数，最后执行重生成命令得到新的模型。

2.13　槽

槽特征是一种去除模型上材料的特征，去除材料的方式有很多，例如，用拉伸的方法去除材料、用旋转的方式去除材料等。

（1）建立如图 2-61 所示的实例模型。

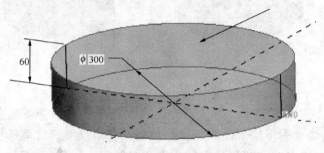

图 2-61　实例模型

（2）创建槽特征。

单击"插入"｜"高级"｜"槽"命令，系统弹出如图 2-62 所示的"实体选项"菜单管理器，可通过"拉伸"、"旋转"、"扫描"、"混合"等方法来生成槽特征，具体操作方法与对应的基础实体造型的方法类似。本例中选择"拉伸"｜"实体"方式来创建槽特征，单击"完成"，系统弹出如图 2-63 所示的开槽特征对话框和"属性"菜单管理器。

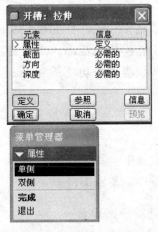

图 2-62　"实体选项"菜单管理器　　　　图 2-63　开槽特征对话框与"属性"菜单管理器

选择"单侧"拉伸，单击"完成"，按照系统提示选择图 2-61 中箭头所指上表面为草绘平面，采取系统默认的视图方向和参考平面进入草绘环境，绘制如图 2-64 所示的截面。

单击草绘工具栏上的✔按钮结束草绘，在弹出的"指定到"菜单管理器中选择"盲孔"｜"完成"，在信息提示区输入深度为 20，完成后得到的槽特征如图 2-65 所示。

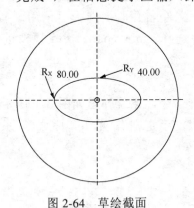

图 2-64　草绘截面　　　　　　　　　图 2-65　槽特征

第3章 实体造型综合实例

实体造型是 Pro/E 软件的核心功能,是做产品设计、数控加工仿真、虚拟装配和机构运动等其他功能模块的基础。本章由浅入深地通过多个综合实例的讲解来巩固 Pro/E 的基础造型功能和高级造型功能的应用。

3.1 标准件与常用件

在机械设计中,我们经常会遇到一些标准件和常用件,这些零件看似简单,却包含了三维建模中各种最基本的要素。

3.1.1 圆柱螺旋压缩弹簧

圆柱螺旋压缩弹簧包含有效圈和支承圈,有效圈保持相等节距,而支承圈相邻圈并紧磨平,一般有 1～1.75 圈。因此弹簧在建模时不能采取简单的螺旋扫描特征来完成,而应该通过添加控制点,用创建变节距的方法来创建。建模过程如下:

1. 新建文件

启动 Pro/Engineer,单击"文件"|"新建"命令或者单击 ▯ 按钮,系统弹出"新建"对话框,选择"零件"|"实体"类型,输入文件名并取消选择"使用缺省模板"复选框,确认后在弹出的"新文件选项"对话框中选择 mmns_part_solid 模板进入实体建模环境。

2. 建立扫描轨迹

(1)单击"插入"|"螺旋扫描"|"伸出项"命令,系统弹出如图 3-1 所示的"属性"菜单管理器,选择"可变的"|"穿过轴"|"右手定则",单击"完成",系统弹出如图 3-2 所示的"设置草绘平面"菜单管理器。

图 3-1 "属性"菜单管理器

图 3-2 "设置草绘平面"菜单管理器

（2）在绘图区中选择 FRONT 面为草绘平面，按照系统默认的视图方向和参照平面进入草绘环境，绘制如图 3-3 所示的截面，该截面应包含中心线以及一条轨迹线，在轨迹线上通过草绘工具栏中的创建点按钮 ✖ 插入 4 个控制点，单击 ✔ 按钮完成草绘。

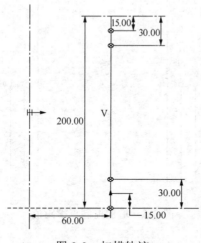

图 3-3　扫描轨迹

3. 输入螺距值

（1）根据系统提示在信息提示区输入轨迹起始节距值和末端节距值均为 10，完成后系统弹出如图 3-4 所示的定义螺距对话框和"控制曲线"菜单管理器，通过"定义"｜"添加点"来选取先前在草绘扫描轨迹线时增加的控制点。

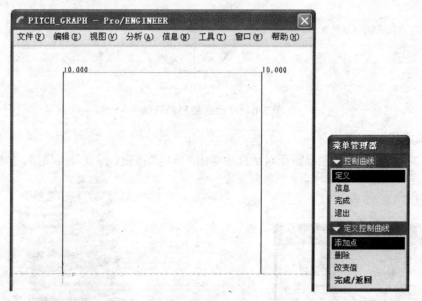

图 3-4　定义螺距对话框和"控制曲线"菜单管理器

（2）按照扫描轨迹线的起始方向，从下而上依次添加四个关键的节距，在信息提示区分别输入 10 和 20，完成后得到的各点螺距曲线如图 3-5 所示，单击"控制曲线"菜单管理器中的"完成"，进入截面草绘。

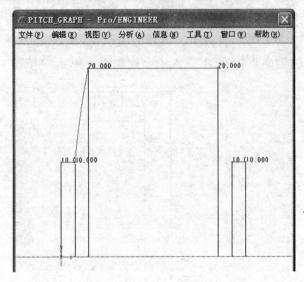

图 3-5　增加控制点螺距值

4. 草绘截面

在扫引轨迹的起始点绘制如图 3-6 所示的截面，单击草绘工具栏中的 ✔ 按钮完成截面的绘制。

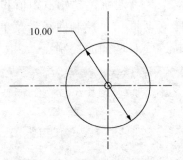

10.00

图 3-6　草绘螺旋扫描截面

5. 完成建模

在如图 3-7 所示的螺旋扫描特征对话框中单击"确定"按钮，得到最终模型，如图 3-8 所示。

图 3-7　螺旋扫描特征对话框

图 3-8　圆柱螺旋压缩弹簧

3.1.2　圆柱螺旋拉伸弹簧

拉伸弹簧与压缩弹簧在结构上的主要区别在于弹簧两端有圆钩环，而钩环和弹簧主体属于一体结构，因此在建模时应该先绘制出整个弹簧的扫描轨迹线，然后用扫描来完成特征的创建，具体建模过程如下：

1. 新建文件

启动 Pro/Engineer，单击"文件"｜"新建"命令或者单击□按钮，系统弹出"新建"对话框，选择"零件"｜"实体"类型，输入文件名并取消选择"使用缺省模板"复选框，确认后在弹出的"新文件选项"对话框中选择 mmns_part_solid 模板，进入实体建模环境。

2. 建立螺旋曲线

（1）单击"插入"｜"模型基准"｜"曲线"命令，或者单击基准工具栏上的～按钮，系统弹出如图 3-9 所示的"曲线选项"菜单管理器，选择"从方程"｜"完成"。

（2）按照系统提示选择系统默认坐标系为曲线方程的坐标系，在"设置坐标类型"中选择"笛卡尔"类型，在系统弹出的记事本中输入曲线方程，如图 3-10 所示。

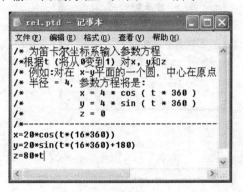

图 3-9　"曲线选项"菜单管理器　　　　　　图 3-10　输入曲线方程

单击记事本中的"文件"｜"保存"命令，保存方程并退出，在如图 3-11 所示的曲线特征对话框中单击"确定"按钮完成基准曲线的绘制，最后得到的曲线如图 3-12 所示。

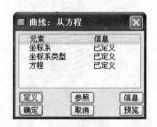

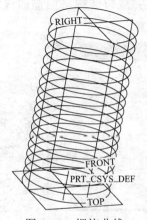

图 3-11　曲线特征对话框　　　　　　　　　图 3-12　螺旋曲线

3. 创建钩环曲线

（1）单击"插入"|"模型基准"|"草绘"命令，或者直接单击基准工具栏上的 按钮，系统弹出如图 3-13 所示的"草绘"对话框，选择 TOP 面为草绘基准面，RIGHT 面为草绘参照面，单击"草绘"按钮进入草绘环境，要注意的是这里需要将上一步创建的螺旋线的端点作为参照，绘制如图 3-14 所示的曲线。单击草绘工具栏上的 ✔ 按钮结束草绘。

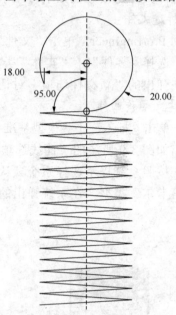

图 3-13 "草绘"对话框

图 3-14 草绘曲线

（2）单击"插入"|"模型基准"|"平面"命令，或者直接单击基准工具栏上的 按钮，系统弹出如图 3-15 所示的"基准平面"对话框，在绘图区选择 FRONT 面，并将其向上偏移 40，得到新的基准平面 DTM1。

（3）在模型树中选择上一步创建的钩环曲线，单击编辑特征工具栏上的 按钮，执行"镜像"命令，选择刚创建的 DTM1 面作为镜像面，在螺旋曲线的另一端得到另一个钩环曲线，从而完成拉伸弹簧扫描曲线的绘制，如图 3-16 所示。

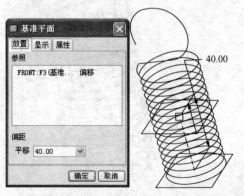

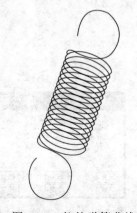

图 3-15 "基准平面"对话框

图 3-16 拉伸弹簧曲线

4. 创建扫描混合特征

（1）单击"插入"｜"扫描混合"命令，系统弹出"扫描混合"操控面板，如图 3-17 所示，单击"参照"按钮，在如图 3-18 所示的上滑面板中选择扫引轨迹并设置其他属性，这里选择前面绘制的螺旋曲线以及钩环曲线作为扫引轨迹，其由三段曲线组成，因此在选择时要特别注意。首先单击一端的钩环曲线，选中之后曲线两端出现小方框标记，如图 3-19 所示，按住 Shift 键，单击该段曲线与螺旋曲线连接处的小方框，再依次单击余下的曲线，将其全部选中，从而实现将所有曲线当作一条曲线作为原点轨迹线如图 3-20 所示。

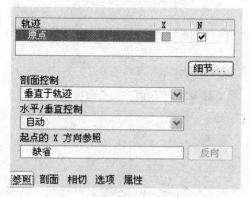

图 3-17　"扫描混合"操控面板

图 3-18　"参照"上滑面板

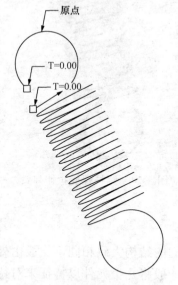

图 3-19　选择钩环曲线

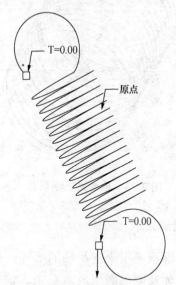

图 3-20　选择全部曲线

（2）单击"剖面"按钮，系统弹出如图 3-21 所示的上滑面板，选择扫引轨迹的一个端点作为剖面 1 的截面位置，单击"草绘"按钮进入草绘环境，绘制如图 3-22 所示的截面，单击草绘工具栏上的✔按钮结束草绘。

（3）在"剖面"上滑面板中单击"插入"按钮，用同样的方法完成另一端截面的绘制，也是直径为 5 的圆，如图 3-23 所示，同样单击草绘工具栏上的✔按钮结束草绘。

（4）单击"扫描混合"操控面板上的 ✔ 按钮，完成特征的创建，得到的模型如图 3-24 所示。

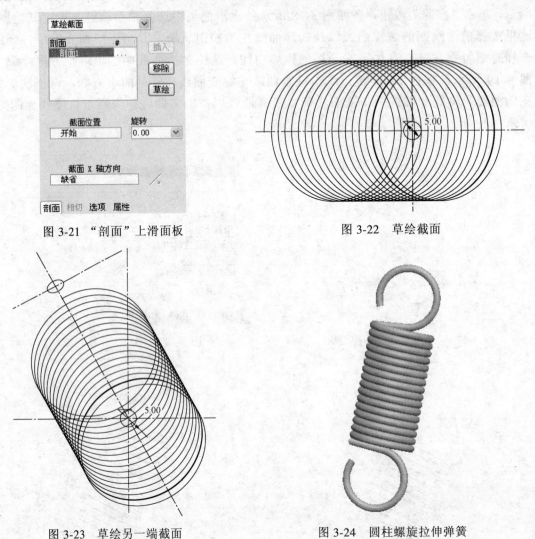

图 3-21 "剖面"上滑面板

图 3-22 草绘截面

图 3-23 草绘另一端截面

图 3-24 圆柱螺旋拉伸弹簧

3.1.3 滚动轴承

滚动轴承是用来支承轴的部件，种类很多，但它们的结构大致相同，一般由外圈、内圈、滚动体及隔离圈组成。在完成轴承的实体造型时一般将几个元件以特征来对待，具体建模过程如下：

1. 新建文件

启动 Pro/Engineer，单击"文件"｜"新建"命令或者单击 □ 按钮，系统弹出"新建"对话框，选择"零件"｜"实体"类型，输入文件名并取消选择"使用缺省模板"复选框，确认后在弹出的"新文件选项"对话框中选择 mmns_part_solid 模板，进入实体建模环境。

2．创建轴承内外圈

（1）单击"插入"｜"拉伸"命令或单击按钮，选择 FRONT 面作为草绘平面，按照系统默认的视图方向和参照平面进入草绘环境，绘制如图 3-25 所示的截面，在拉伸操控面板选择两侧拉伸并输入拉伸深度为 19，如图 3-26 所示。单击操控面板上的✔按钮完成拉伸特征如图 3-27 所示。

（2）单击"插入"｜"旋转"命令或单击按钮，选择 TOP 面作为草绘平面，按照系统默认的视图方向和参照平面进入草绘环境，绘制如图 3-28 所示的截面，在旋转操控面板中选择去除材料的方式，旋转一周得到的特征如图 3-29 所示。

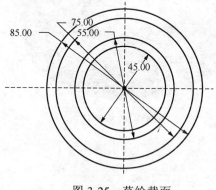

图 3-25　草绘截面

图 3-26　"拉伸"操控面板

图 3-27　拉伸特征

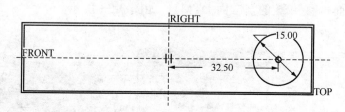

图 3-28　草绘截面

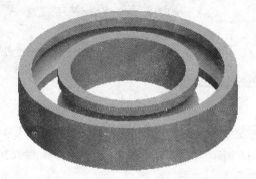

图 3-29　旋转特征

3. 创建支撑圈

单击"插入"｜"旋转"命令或单击 ◊ 按钮，选用先前的草绘环境，绘制如图 3-30 所示的截面，在旋转操控面板中选择薄板的方式，薄板厚度为1，如图 3-31 所示，旋转 360° 后得到的薄板特征如图 3-32 所示。

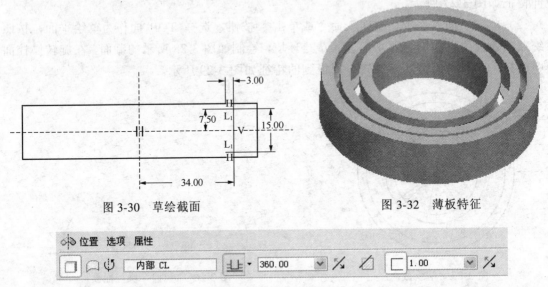

图 3-30　草绘截面　　　　　　　　　　　　　图 3-32　薄板特征

图 3-31　"旋转"操控面板

4. 创建滚动体槽特征

（1）单击"插入"｜"模型基准"｜"平面"命令或单击 ▱ 按钮，创建通过 RIGHT 面偏移 32.5 的基准面 DTM1，如图 3-33 所示。

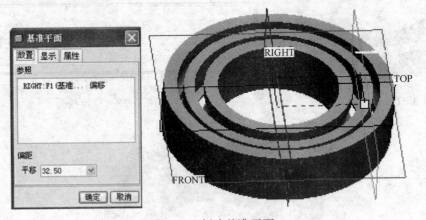

图 3-33　创建基准平面

（2）单击"插入"｜"拉伸"命令或单击 ▱ 按钮，选择 DTM1 为草绘平面，绘制如图 3-34 所示的截面，在"拉伸"操控面板中选择去除材料 ▱ 和两侧拉伸 ▱ 的方式，深度为9，得到的槽特征如图 3-35 所示。

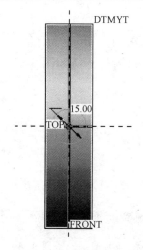

图 3-34　草绘截面

图 3-35　槽特征

5. 创建滚动体

单击"插入"｜"旋转"命令或单击 按钮，选择 DTM1 为草绘平面，绘制如图 3-36 所示的截面，旋转 360°后得到的滚动体特征如图 3-37 所示。

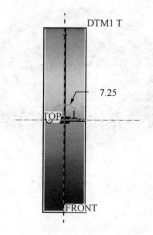

图 3-36　草绘截面

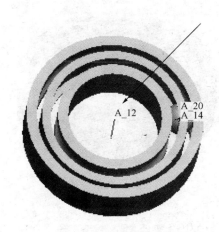

图 3-37　滚动体特征

6. 阵列滚动体、创建圆角特征

在特征树中同时选择前面步骤创建的槽特征和滚动体特征，单击鼠标右键，在弹出的快捷菜单中选择"组"选项，将两个特征定义为组，选中该组，单击编辑特征工具栏上的 按钮，执行"阵列"命令，在弹出的"阵列"操控面板中选择"轴"阵列方式，选取图 3-37 中的轴线 A_12 为阵列轴，阵列数为 12，角度增量为 30°，如图 3-38 所示。完成后的阵列特征如图 3-39 所示。

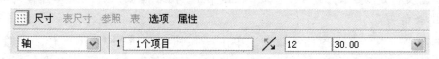

图 3-38　"阵列"操控面板

7. 创建圆角和倒角特征

（1）选择内圈的小圆周，单击工程特征工具栏上的 ⚲ 按钮，执行"倒角"命令，采取 D×D 的倒角方式，D 值取 1，如图 3-40 所示，最后完成的倒角特征如图 3-41 所示。

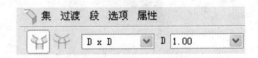

图 3-39　阵列特征　　　　　　　　　　　　　　图 3-40　倒角操控面板

（2）选择外圈的大圆周，单击工程特征工具栏上的 ⚲ 按钮，执行"倒圆角"命令，圆角半径也为 1，最后得到的特征如图 3-42 所示。

图 3-41　倒角特征　　　　　　　　　　　　　　图 3-42　倒圆角特征

3.1.4　六角头螺栓

螺栓是比较常见的标准件，种类也非常多，但其主要结构还是在于螺纹，螺纹可以通过 Pro/E 螺旋扫描得到，关键是对螺尾部分的处理，需要注意。在此以 M10×1.5 的六角头螺栓为例来说明螺栓的画法，具体建模过程如下：

1. 新建文件

启动 Pro/Engineer，单击"文件"｜"新建"命令或者单击 ▯ 按钮，系统弹出"新建"对话框，选择"零件"｜"实体"类型，输入文件名并取消选择"使用缺省模板"复选框，确认后在"新文件选项"对话框中选择 mmns_part_solid 模板，进入实体建模环境。

2. 创建六角头

（1）单击"插入"｜"拉伸"命令或单击 ▱ 按钮，选择 FRONT 面作为草绘平面，按照系统默认的视图方向和参照平面进入草绘环境，绘制如图 3-43 所示的截面，该截面也可以通过单击🌑按钮调用外部对象得到。单击草绘工具栏上的✔按钮结束草绘。

在拉伸操控面板中选择"盲孔"方式拉伸，并输入拉伸深度为 6.4，得到的六角头如图 3-44 所示。

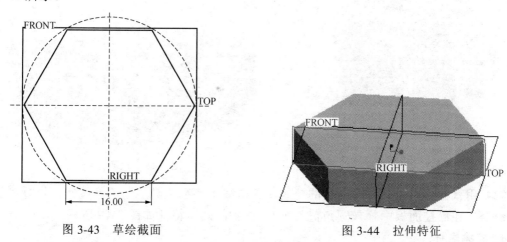

图 3-43　草绘截面　　　　　　　　　　图 3-44　拉伸特征

（2）单击"插入"｜"旋转"命令或单击◐按钮，选择图 3-44 所示的 TOP 面作为草绘平面，按照系统默认的视图方向和参照平面进入草绘环境，绘制如图 3-45 所示的旋转截面，单击草绘工具栏上的✔按钮结束草绘，在旋转操控面板中选择去除材料的方式，单击✔按钮完成旋转特征，如图 3-46 所示。

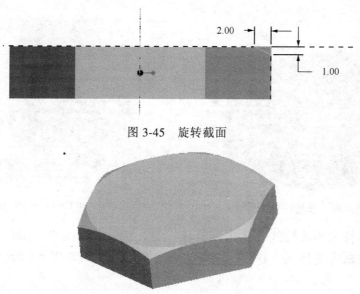

图 3-45　旋转截面

图 3-46　旋转特征

3. 创建小凸台

（1）单击"插入"｜"拉伸"命令或单击▱按钮，选择如图 3-46 所示六角头的下表面作为草绘平面，按照系统默认的视图方向和参照平面进入草绘环境，绘制如图 3-47 所示的截面，单击草绘工具栏上的✔按钮结束草绘，在"拉伸"操控面板中选择以盲孔的方式拉伸 0.6mm，其特征如图 3-48 所示。

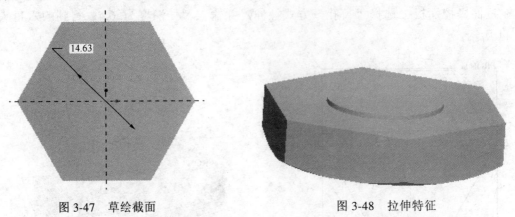

图 3-47　草绘截面　　　　　　　　　　　　图 3-48　拉伸特征

（2）用鼠标拾取六角头和凸台的交线，单击编辑特征工具栏上的 按钮，执行"倒圆角"命令，在操控面板中输入圆角值为 0.4，得到的圆角特征如图 3-49 所示。

4. 创建螺杆

（1）单击"插入"｜"拉伸"命令或单击 按钮，选择图 3-49 中箭头所示的面作为草绘平面，按照系统默认的视图方向和参照平面进入草绘环境，绘制如图 3-50 所示的截面，单击草绘工具栏上的 按钮结束草绘，在"拉伸"操控面板中选择以盲孔的方式拉伸 40mm，得到的拉伸特征如图 3-51 所示。

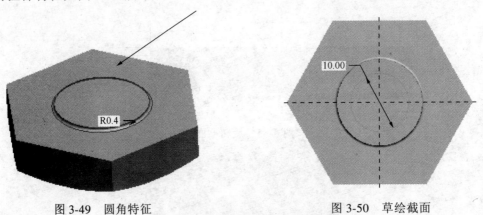

图 3-49　圆角特征　　　　　　　　　　　　图 3-50　草绘截面

（2）选择螺杆末端的边线，单击编辑特征工具栏上的 按钮，执行"倒角"命令，在弹出的操控面板中选择 D×D 的方式，并输入倒角值为 1，得到的倒角特征如图 3-52 所示。

5. 创建螺纹和螺尾

（1）模拟螺纹的实际加工过程，通常使用切除法生成螺纹。单击"插入"｜"螺旋扫描"｜"切口"命令，系统弹出如图 3-53 所示的"属性"菜单管理器，选择"常数"｜"穿过轴"｜"右手定则"，单击"完成"，按照系统提示选择 RIGHT 面作为草绘平面，设置好视图方向和参照平面进入草绘环境，绘制如图 3-54 所示的扫引轨迹。

图 3-51　拉伸特征

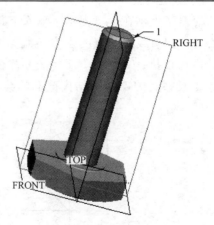

图 3-52　倒角特征

图 3-53　"属性"菜单

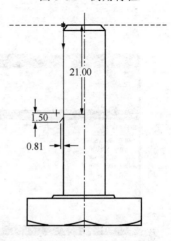

图 3-54　扫引轨迹

（2）单击"工具"｜"关系"命令，系统弹出如图 3-55 所示的"关系"窗口，输入 sd3 的关系式，从而保证在扫描切除末端截面的径向偏离值正好是一个牙高，也就是刀具此时离开工件。单击"确定"按钮完成关系式的定义，并单击草绘工具栏上的 ✔ 按钮结束扫引线的绘制。

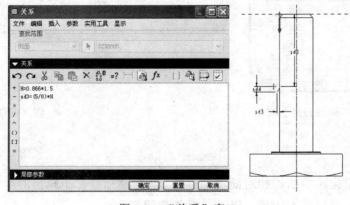

图 3-55　"关系"窗口

按照系统提示在信息提示区输入节距值 1.5，完成之后系统进入螺旋扫描截面绘制状态。

（3）在扫引线起始点的上方绘制如图 3-56 所示的截面，截面的尺寸可通过查表或计算得到，也可以执行"工具"｜"关系"命令，自动计算得到，对应公式如图 3-57 所示。单击草绘工具栏上的 ✔ 按钮结束截面的绘制。

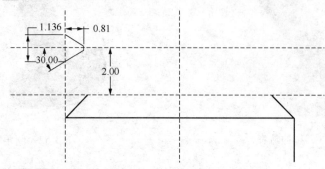

图 3-56　扫描截面

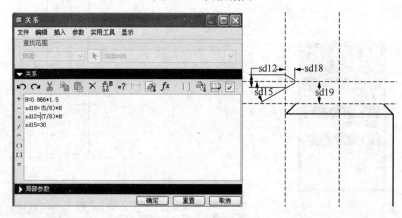

图 3-57　"关系"窗口

（4）单击如图 3-58 所示"螺旋扫描"对话框中的"确定"按钮，完成螺纹的创建，如图 3-59 所示。

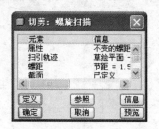

图 3-58　"螺旋扫描"对话框

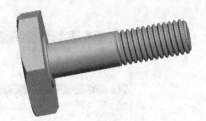

图 3-59　创建的螺纹

3.1.5　圆柱直齿轮

圆柱直齿轮是齿轮中结构相对简单的零件，其关键部位在于轮齿的构建，在使用 Pro/E 建模时重点也是解决轮齿的构建，以下是具体建模过程。

1. 计算齿轮参数

本例中齿轮参数为：模数 $m=3$，齿数 $z=25$，压力角 $alpha=20$，齿宽 $b=10$，齿顶高系数 $hax=1$，齿根高系数 $hfx=1.25$。

由此可计算齿轮的分度圆直径 $d=m×z=75$，齿顶圆直径 $da=m×（z+2）=81$，齿根圆 $df=m×（z-2.5）=67.5$，基圆直径 $db=d×\cos（alpha）=70.477$

2. 新建文件

启动 Pro/Engineer，单击"文件"｜"新建"命令或者单击 按钮，系统弹出"新建"对话框，选择"零件"｜"实体"类型，输入文件名并取消选择"使用缺省模板"复选框，确认后在"新文件选项"对话框中选择 mmns_part_solid 模板，进入实体建模环境。

3. 建立相关基准曲线

单击"插入"｜"模型基准"｜"草绘"命令或者单击基准工具栏上的 按钮，在弹出的"草绘"对话框中选择 FRONT 面作为草绘平面，按照系统默认的视图方向和参照平面进入草绘环境，绘制分度圆、齿顶圆、齿根圆和基圆，如图 3-60 所示。

4. 建立渐开线

单击"插入"｜"模型基准"｜"曲线"命令或者单击基准工具栏上的 按钮，系统弹出如图 3-61 所示的"曲线选项"菜单管理器，选择"从方程"｜"完成"。根据系统弹出的菜单管理器的提示选择系统默认的坐标系，并在"设置坐标类型"菜单管理器中选择"笛卡尔"类型，在系统弹出的记事本中输入如图 3-62 所示的渐开线方程。

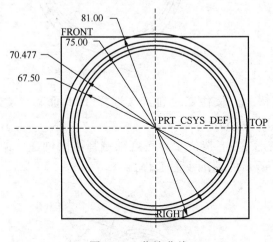

图 3-60 草绘曲线

图 3-61 "曲线选项"菜单管理器

单击记事本中的"文件"｜"保存"命令，保存并退出，在如图 3-63 所示的"曲线：从方程"对话框中单击"确定"按钮，完成之后的渐开线如图 3-64 所示。

至此，齿轮齿廓的渐开线得到了一条，另外一条在此基础上得到，根据标准圆柱直齿轮的关系可知，齿廓的两条渐开线关于某个平面对称，因此首先应该构建这样一个平面。

5. 创建基准点、基准轴、基准平面

（1）单击基准工具栏上的基准点工具按钮 ，按住 Ctrl 键连续选择前面创建好的分度圆曲线和渐开线曲线，在两条曲线相交处创建基准点，如图 3-65 所示。

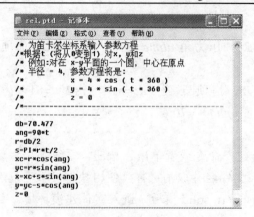

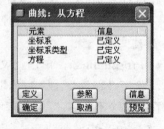

图 3-62　渐开线方程　　　　　　　　　　图 3-63　"曲线：从方程"对话框

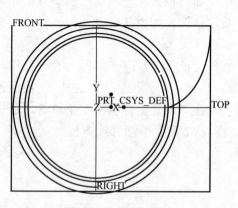

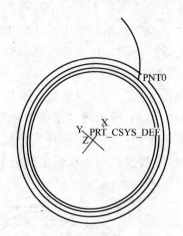

图 3-64　生成渐开线　　　　　　　　　　图 3-65　创建基准点

（2）单击基准工具栏上的基准轴工具按钮 ∕ ，按住 Ctrl 键连续选择 TOP 面和 RIGHT 面，在两个平面的相交处创建基准曲线，如图 3-66 所示。

（3）单击基准工具栏上的基准平面工具按钮 ▱ ，按住 Ctrl 键连续选择刚刚创建好的基准轴线 A_1 和基准点 PNT0，创建如图 3-67 所示的基准平面 DTM1。

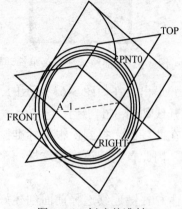

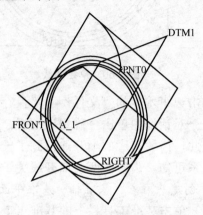

图 3-66　创建基准轴　　　　　　　　　　图 3-67　创建基准平面

6. 镜像渐开线

对于标准齿轮，在分度圆上的齿宽和齿槽宽相等，因此对应的圆周角也相等，其值为 360/（2×z）。要创建齿廓的另一条渐开线，可将已知的渐开线进行镜像，镜像平面应该是某个轮齿的对称面，本例中只需将上一步创建的基准面 DTM1 绕 A_1 轴旋转 360/（4×z）的角度就可得到。

（1）单击基准工具栏上的基准平面工具按钮 ▱，按住 Ctrl 键连续选择 DTM1 和轴线 A_1，在弹出的如图 3-68 所示的绘图区或者"基准平面"对话框中输入旋转角度 3.6°（360/4×25），单击"确定"按钮完成基准平面 DTM2 的创建。

（2）在绘图区选择前面完成的渐开线，单击编辑特征工具栏上的镜像工具按钮 ▯▮，在弹出的操控面板中选择基准平面 DTM2 为镜像平面，得到的第二条渐开线如图 3-69 所示。

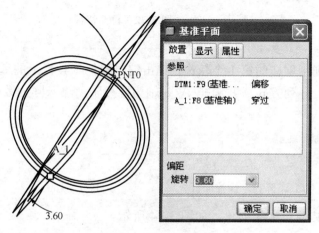

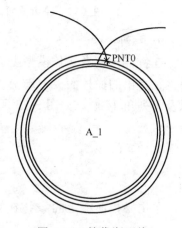

图 3-68　创建基准平面　　　　　　　图 3-69　镜像渐开线

7. 创建齿根圆

单击基础特征工具栏上的拉伸工具按钮 ▱，选择 FRONT 面为草绘平面，按照系统默认视图方向和参照平面进入草绘，使用 ▫ 工具按钮提取齿根曲线的环边为草绘截面，使用"盲孔"的方式拉伸 10mm，得到的拉伸特征如图 3-70 所示。

8. 创建第一个轮齿

单击基础特征工具栏上的拉伸命令 ▱，在定义草绘平面时在"草绘"对话框中单击"使用先前的"按钮进入草绘环境，使用 ▫ 工具按钮提取已知的边并草绘圆角，绘制的截面如图 3-71 所示。

单击草绘工具栏上的 ✔ 按钮结束草绘，在"拉伸"操控面板中设置好拉伸方向、拉伸方式，拉伸深度也为 10mm，得到的第 1 个轮齿如图 3-72 所示。

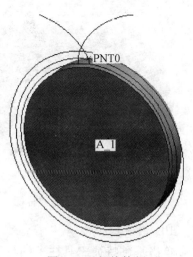

图 3-70　拉伸特征

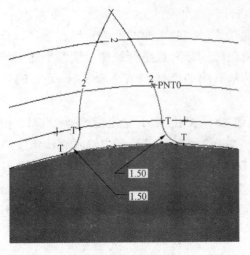

图 3-71 轮齿截面

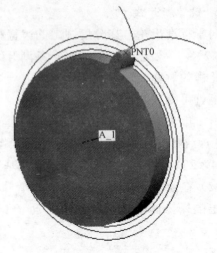

图 3-72 拉伸特征

9. 阵列轮齿

在特征树或者实体模型上选择刚刚创建的第 1 个轮齿，单击编辑特征工具栏上的▦按钮，在弹出的操控面板中选择"轴"阵列方式，并选择 A_1 轴为阵列轴，输入阵列数 25以及阵列角 14.4°，如图 3-73 所示。

图 3-73 "阵列"操控面板

单击操控面板上的✔按钮完成其他轮齿的创建，如图 3-74 所示。

图 3-73 阵列特征

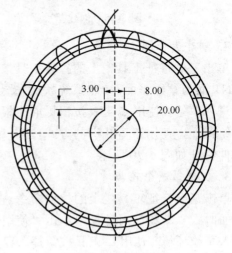

图 3-74 草绘截面

10. 创建轴孔特征

单击基础特征工具栏上的拉伸工具按钮 ⬚，在定义草绘平面时在"草绘"对话框中单击"使用先前的"按钮进入草绘环境，绘制如图 3-74 所示的截面，单击草绘工具栏上的✔

按钮结束草绘，在"拉伸"操控面板中选择去除材料和穿透的方式，如图 3-75 所示。

单击操控面板上的 ✔ 按钮完成轴孔的创建，如图 3-76 所示。

图 3-75　"拉伸"操控面板 图 3-76　拉伸特征

11. 隐藏曲线

单击导航区中的"显示"按钮，在弹出的下拉菜单中选择"层树"选项，在如图 3-77 所示的层树中选择 03_PRT_ALL_CURVES 项目，单击鼠标右键，在弹出的快捷菜单中选择"隐藏"选项，然后单击视图工具栏上的 🔲 按钮重画当前视图，最后得到的模型如图 3-78 所示。

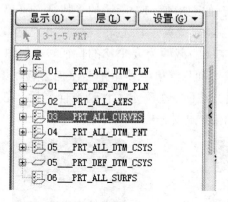

图 3-77　层树 图 3-78　最终模型

3.1.6　斜齿轮

标准圆柱斜齿轮与圆柱直齿轮的主要区别在于轮齿。斜齿轮的轮齿具有螺旋角特征，因此在使用 Pro/E 建模时，主要解决轮齿的构建问题，而其余部分与直齿轮类似。

1. 计算齿轮参数

基本参数与 3.1.5 节中的参数一致，增加的螺旋角值为 16°。

2. 建立相关圆曲线、渐开线以及拉伸齿根圆

用 3.1.5 节中的方法完成绘制分度圆、齿顶圆、齿根圆、基圆曲线和渐开线曲线，用拉伸的方式得到齿根圆，结果如图 3-79 所示。

3. 创建轮齿截面

单击基准工具栏上的 按钮，选择 FRONT 面为草绘平面，按照系统提供的默认视图方向和参照平面进入草绘环境，使用草绘工具栏上的 □ 按钮提取已知的轮廓线并使用相关命令绘制如图 3-80 所示的截面。

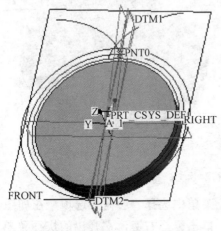

图 3-79　相关基准曲线与齿根圆

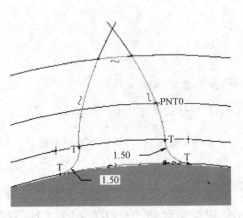

图 3-80　轮齿截面

4. 复制轮齿截面

（1）单击"编辑"｜"特征操作"命令，系统弹出如图 3-81 所示的"特征"菜单管理器，单击"复制"，系统弹出如图 3-82 所示的"复制特征"菜单，选择"移动"｜"选取"｜"独立"，单击"完成"，按照系统提示选择上一步完成的截面为要平移的特征。在如图 3-83 所示的"移动特征"菜单中选择"平移"，在"选取方向"菜单中使用平面法向为移动方向，这里选择 FRONT 面或者与 FRONT 面重合的齿根圆端面，在确定了移动方向之后，在信息提示区输入偏移距离值 10，完成之后得到的复制结果如图 3-84 所示。

图 3-81　"特征"菜单管理器　　　图 3-82　"复制特征"菜单　　　图 3-83　"移动特征"与"选取方
向"菜单

（2）继续执行复制命令，选择上一步复制的截面为复制对象，在"移动特征"菜单中选择"旋转"类型，在"选取方向"菜单中选择"曲线/边/轴"（如图 3-85 所示），按照系统提示输入齿根圆的轴线 A_1 为旋转轴，旋转方向如图 3-86 所示。

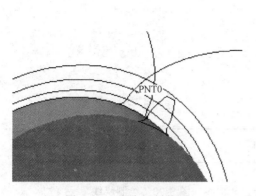

图 3-84　移动复制截面

图 3-85　"移动特征"与"选取方向"菜单

接着在信息提示区输入旋转角度，这里的旋转角度需要一个简单的计算，公式为：$α=2×arcsin（b×tg（beta）/d）$ 其中 b 为齿宽，$beta$ 为螺旋角，d 为分度圆值，代入相关参数计算旋转角的值为 4.38°。完成之后得到的旋转复制特征如图 3-87 所示。

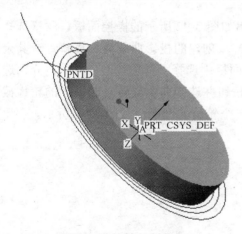

图 3-86　旋转复制方向

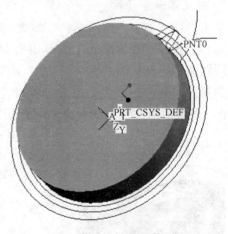

图 3-87　旋转复制截面

5. 创建分度圆曲面

单击基础特征工具栏上的拉伸命令 ，选择 FRONT 面为草绘平面，进入草绘环境后使用 工具提取分度圆曲线的轮廓，完成之后在"拉伸"操控面板中选择拉伸为曲面，其深度可拉伸至齿根圆另一端面，其操控面板设置如图 3-88 所示，完成之后得到的拉伸曲面如图 3-89 所示。

图 3-88　"拉伸"操控面板

6. 创建投影曲线

（1）单击基准工具栏上的▨按钮执行草绘基准曲线命令，选择 RIGHT 面为草绘平面，进入草绘平面后绘制如图 3-90 所示斜线，单击草绘工具栏上的✔按钮结束草绘。

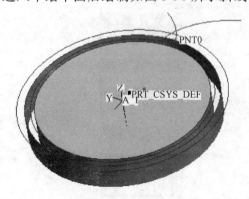

图 3-89　拉伸分度圆曲面

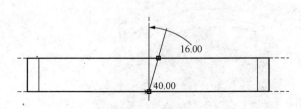

图 3-90　绘制斜线

（2）单击"编辑"｜"投影"命令，在弹出的操控面板中选择刚刚创建的斜线为投影对象，投影参照曲面选择上一步创建的分度圆曲面，并由 RIGHT 面的法向确定投影方向，最后得到的投影结果如图 3-91 所示。

7. 创建第一个轮齿

单击"插入"｜"扫描混合"命令，系统弹出如图 3-92 所示的操控面板，注意选择创建为实体的按钮。在"参照"上滑面板中选择上一步创建的投影曲线为扫描轨迹，其余属性采用默认值。在如图 3-93 所示的"剖面"上滑面板中选择"所选截面"方式，分别选取草绘的第一个轮齿截面为剖面 1，单击"插入"按钮并选择前面旋转复制得到的轮齿截面为剖面 2，最后单击操控面板上的✔按钮完成第一个轮齿的创建，如图 3-94 所示。

图 3-91　投影曲线

图 3-92　"扫描混合"操控面板

8. 阵列得到其余轮齿

选择上一步创建的轮齿特征，单击编辑特征工具栏的上▦按钮，在弹出如图 3-95 所示的操控面板中选择"轴"阵列方式，选择齿根圆的轴线 A_1 为阵列轴，输入齿数 25 以及角度 14.4°，完成阵列后的特征如图 3-96 所示。

9. 隐藏辅助曲线和辅助曲面

在模型树中选择拉伸的分度圆曲面，单击鼠标右键，在弹出的快捷菜单中选择"隐藏"

选项，在层树中选择_PRT_ALL_CURVES 项目，单击鼠标右键，在弹出的快捷菜单中选择"隐藏"选项，然后单击视图工具栏上的 ⊡ 按钮重画当前视图，最后得到的模型如图 3-97 所示。

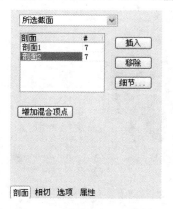

图 3-93　"剖面"上滑面板

图 3-94　扫描混合特征

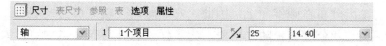

图 3-95　"阵列"操控面板

图 3-96　阵列特征

图 3-97　隐藏一些曲线和曲面

10. 创建轴孔

单击基础特征工具栏上的拉伸工具按钮 ⬭，在定义草绘平面时在"草绘"对话框中单击"使用先前的"按钮进入草绘环境，绘制如图 3-98 所示的截面，单击草绘工具栏上的 ✔ 按钮结束草绘，在"拉伸"操控面板中选择去除材料和穿透的方式，如图 3-99 所示。

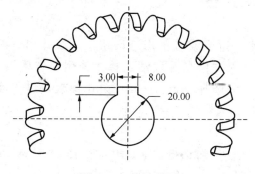

图 3-98　草绘截面

图 3-99　"拉伸"操控面板

单击操控面板上的 ✔ 按钮完成轴孔的创建，如图 3-100 所示。

图 3-100　最终模型

3.1.7　直齿锥齿轮

圆锥齿轮的轮齿分布在圆锥面上，因此，它的轮齿一端大而另一端小，齿厚由大端到小端逐步变小。模数和分度圆也随之而变。为了便于设计与制造，规定以大端模数为标准来计算大端轮齿的各部分尺寸，下面以某型号锥齿轮为例说明建模过程。

1. 计算齿轮参数

模数 m=3；齿数 z=25；大齿轮齿数 z_d=43；压力角 $alpha$=20；齿宽 b=20

齿顶高系数 hax=1；顶隙系数 cx=0.2；变位系数 x=0

齿顶高 ha=（$hax+x$）×m=3；齿根高 hf=（$hax+cx-x$）×m=2.8；全齿高 h=$ha+hf$=5.8

分锥角 $delta$=atan（z/z_d）=30.17

分度圆直径 D=m×z=75；基圆直径 Db=d×cos（$alpha$）=70.48

齿顶圆直径 Da=d+2×ha×cos（$delta$）=80.64；齿根圆直径 Df=d-2×hf×cos（$delta$）=69.74

锥距 rx=d/（2×sin（$delta$））=74.61

齿顶角 $tehta\_a$=atan（ha/rx）=2.3；齿基角 $theta\_b$=atan（hb/rx）=2

齿根角 $theta\_f$=atan（hf/rx）=2.14；顶锥角 $delta\_a$=$delta$+$theta\_a$=32.47

基锥角 $delta\_b$=$delta$-$theta\_b$=58.17；根锥角 $delta\_f$=$delta$-$theta\_f$=28.03

齿顶宽 ba=b/cos（$theta\_a$）=20.016；齿基宽 bb=b/cos（$theta\_b$）=20.012

齿根宽 bf=b/cos（$theta\_f$）=20.014

2. 新建文件

启动 Pro/Engineer，单击"文件"｜"新建"命令或者单击 □ 按钮，系统弹出"新建"对话框，选择"零件"｜"实体"类型，输入文件名并取消选择"使用缺省模板"复选框，确认后在弹出的"新文件选项"对话框中选择 mmns_part_solid 模板，进入实体建模环境。

3. 创建基准面

在基准工具栏上单击 ▱ 按钮，系统弹出"基准平面"对话框，将 TOP 面平移 86.3〔rx/cos（delta）=86.3〕得到新的基准面 DTM1，如图 3-101 所示，单击"确定"按钮。

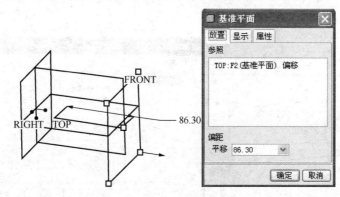

图 3-101　创建基准平面

4. 草绘曲线

在基准工具栏上单击 ▨ 按钮，选取 FRONT 面作为草绘平面，选取 RIGHT 平面作为参照平面进入草绘环境，绘制如图 3-102 所示的曲线。

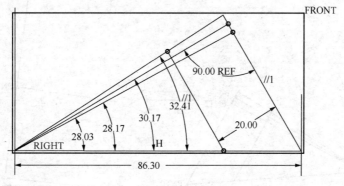

图 3-102　草绘曲线

5. 创建基准平面与基准点

在基准工具栏上单击 ▱ 按钮，系统弹出"基准平面"对话框，按住 Ctrl 键连续选择穿过如图 3-103 所示曲线以及 FRONT 面法向，单击"确定"按钮得到基准面 DTM2。在基准工具栏上单击 ⋇ 按钮，系统弹出"基准点"对话框，按住 Ctrl 键连续选择如图 3-104 所示的两条曲线，则在两曲线的交点处得到基准点 PNT0。

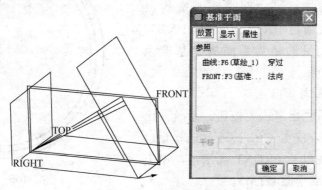

图 3-103　创建基准面

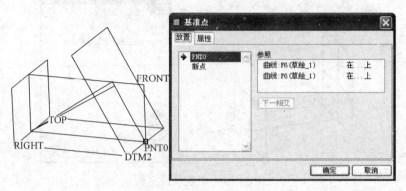

图 3-104　创建基准点

按照同样的方法创建其余基准点，如图 3-105 所示。

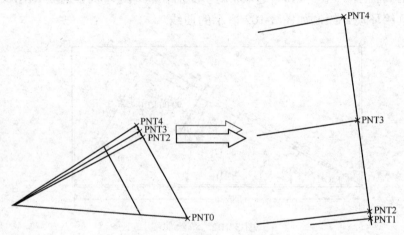

图 3-105　创建其余基准点

6. 草绘曲线

在基准工具栏上单击 按钮，选取 DTM2
面作为草绘平面，选取 FRONT 平面作为参照
平面，进入草绘环境后，绘制如图 3-106 所示
的四个同心圆及一段直线，四个同心圆均以
PNT0 为圆心，依次通过 PNT1、PNT2、PNT3、
PNT4。绘制直线的目的是为后面构建基准坐
标系作辅助线用。

7. 创建基准平面与基准点

（1）在基准工具栏上单击 按钮，系统弹出
"基准平面"对话框，按住 Ctrl 键连续选择穿过
如图 3-107 所示曲线以及 FRONT 面法向，单击
"确定"按钮得到基准平面 DTM3。

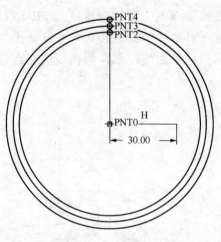

图 3-106　草绘曲线

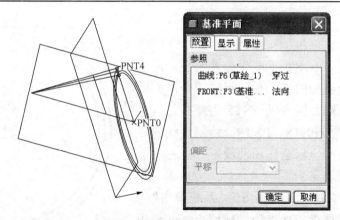

图 3-107　创建基准平面

（2）在基准工具栏上单击 ✕✕ 按钮，系统弹出"基准点"对话框，按住 **Ctrl** 键连续选择如图 3-108 所示的两条曲线，则在两曲线的交点处得到基准点 PNT5。

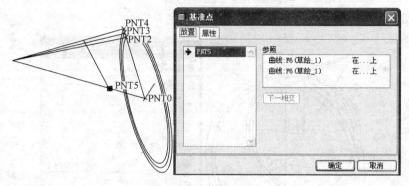

图 3-108　创建基准点

（3）按照同样的方法创建其余基准点，如图 3-109 所示。

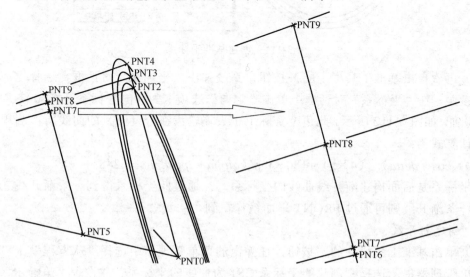

图 3-109　创建其余基准点

8. 草绘曲线

在基准工具栏上单击 按钮，选取 DTM3 面作为草绘平面，选取 FRONT 平面作为参照平面，进入草绘环境后，绘制如图 3-110 所示的四个同心圆及一段直线，四个同心圆均以 PNT5 为圆心，依次通过 PNT6、PNT7、PNT8、PNT9。绘制直线的目的是为后面构建基准坐标系作辅助线用。

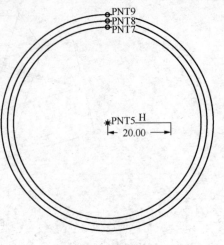

图 3-110　草绘曲线

9. 创建基准坐标系

（1）单击基准工具栏上的 按钮，系统弹出"坐标系"对话框，选择 PNT0 点为坐标原点，并使用先前作好的辅助曲线来定义 X 轴和 Y 轴方向，如图 3-111 所示，完成之后得到基准坐标系 CS1。这里创建的坐标系的方向十分重要，直接影响后面渐开线的创建，需要特别注意。

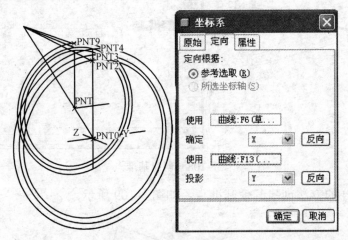

图 3-111　创建基准坐标系

（2）再次单击基准工具栏上的 按钮，系统弹出"坐标系"对话框，选择之前的 CS0 为原始参照，在"坐标系"对话框中单击"定向"选项卡，新的坐标系是 CS0 绕 Z 轴旋转 4.248°得到，如图 3-112 所示。此角度实际上是大端轮齿在分度圆上的曲线所占圆周角的半值，其计算式为：

$$360 \times \cos(detla)/(4 \times z) + 180 \times \tan(alpha)/pi\text{-}alpha = 4.248$$

此坐标系是后面构建渐开线曲线的坐标系，在通过此坐标系得到一条渐开线之后，轮齿的另一条渐开线则可通过 FRONT 平面镜像得到。

10. 创建渐开线

（1）单击基准工具栏上的 按钮，在弹出的菜单管理器中选择"从方程"｜"完成"，根据菜单管理器提示选择刚创建的坐标系 CS1 为曲线的坐标系，并设置"笛卡尔"坐标类型，在弹出的记事本中输入如图 3-113 所示的渐开线公式。

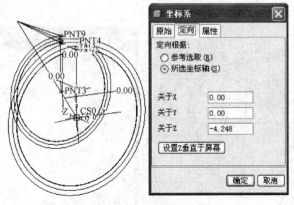

图 3-112　创建基准坐标系

（2）单击记事本中的"文件"｜"保存"命令，保存并退出，在"曲线：从方程"对话框中单击"确定"按钮，得到的渐开线如图 3-114 所示。

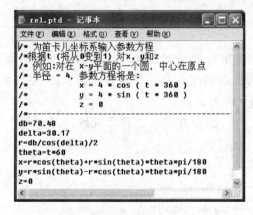

图 3-113　渐开线公式

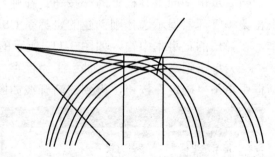

图 3-114　渐开线曲线

11. 创建基准坐标系

按照第（9）步的方法，在基准点 PNT5 的位置创建如图 3-115 所示的基准坐标系 CS2。

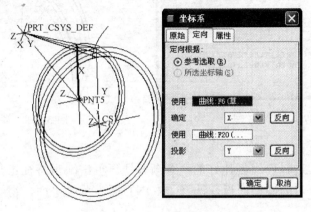

图 3-115　创建基准坐标系

同样，把 CS2 坐标系绕 Z 轴旋转一个角度得到新的坐标系 CS3，如图 3-116 所示，角度值同样为 4.248°。

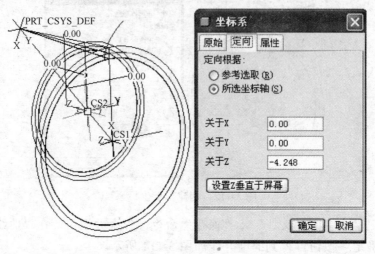

图 3-116　创建基准坐标系

12. 创建渐开线

（1）单击基准工具栏上的～按钮，在弹出的菜单管理器中选择“从方程”|“完成”，根据菜单管理器提示选择刚创建的坐标系 CS1 为曲线的坐标系，并设置“笛卡尔”坐标类型，在弹出的记事本中输入如图 3-117 所示的渐开线公式。

（2）单击记事本中的“文件”|“保存”命令，保存并退出，在“曲线：从方程”对话框中单击“确定”按钮，得到的渐开线如图 3-118 所示。

```
/* 为笛卡尔坐标系输入参数方程
/*根据t (将从0变到1) 对x, y和z
/* 例如:对在 x-y平面的一个圆, 中心在原点
/* 半径 = 4, 参数方程将是:
/*          x = 4 * cos ( t * 360 )
/*          y = 4 * sin ( t * 360 )
/*          z = 0
/*-------------------------------------------
db=51.59
delta=30.17
r=db/cos(delta)/2
theta=t*60
x=r*cos(theta)+r*sin(theta)*theta*pi/180
y=r*sin(theta)-r*cos(theta)*theta*pi/180
z=0
```

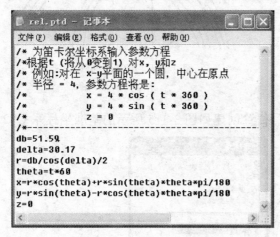

图 3-117　渐开线公式

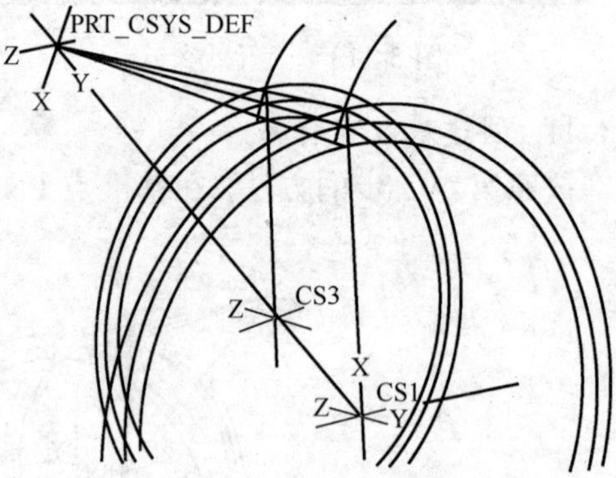

图 3-118　渐开线曲线

13. 镜像渐开线

按住 Ctrl 键连续选择已经创建好的两条渐开线，单击编辑特征工具栏上的按钮，系统弹出如图 3-119 所示的操控面板，选择 FRONT 面为草绘平面，得到的镜像渐开线如图 3-120 所示。

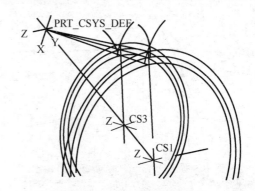

图 3-120　镜像渐开线

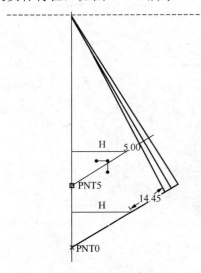

图 3-119　"镜像"操控面板

14. 创建齿根圆

（1）在基础特征工具栏上单击 按钮，系统弹出"旋转"操控面板，在操控面板内单击"位置"按钮，然后单击"定义"按钮，弹出"草绘"对话框。选取 FRONT 面作为草绘平面，选取 RIGHT 面作为作为参考平面，绘制如图 3-121 所示的截面。

（2）单击草绘工具栏上的 按钮结束草绘，并在操控面板中使用默认设置，旋转 360° 得到实体特征，如图 3-122 所示。

图 3-121　草绘截面

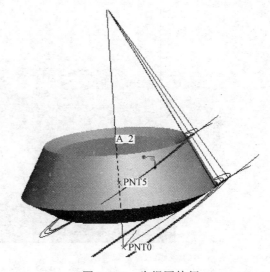

图 3-122　齿根圆特征

15. 创建大端轮齿截面

在基准工具栏上单击 按钮，系统弹出"草绘"对话框，选取 DTM2 面作为草绘平面，选取 FRONT 平面作为参照平面，参照方向为"左"，进入草绘环境后使用 按钮提取已知的轮廓线，并使用其他命令绘制相关图元，绘制的截面如图 3-123 所示。单击草绘工具栏上的 按钮结束草绘。

16. 创建小端轮齿截面

按照第 15 步的方法创建轮齿小端截面，此时选择 DTM3 为草绘平面，绘制的截面如图 3-124 所示。

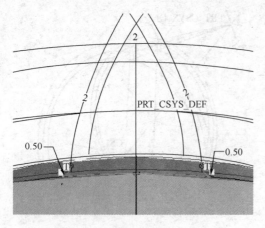

图 3-123　草绘大端轮齿截面

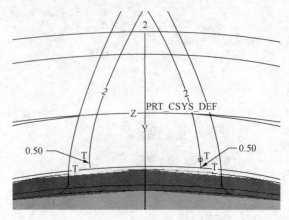

图 3-124　草绘小端轮齿截面

17. 草绘扫描曲线

在基准工具栏上单击 ░ 按钮，系统弹出"草绘"对话框，选取 FRONT 平面作为草绘平面，选取 RIGHT 平面作为参照平面，进入草绘环境，绘制如图 3-125 所示的曲线，该曲线实际上就是分锥线上的点 PNT3 和 PNT8 的连线。

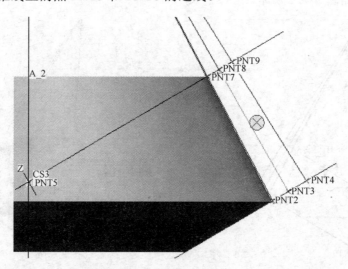

图 3-125　草绘扫描曲线

18. 创建第一个轮齿

单击"插入"｜"扫描混合"命令，系统弹出如图 3-126 所示的操控面板，注意单击创建实体按钮。在"参照"上滑面板中选择上一步创建的投影曲线为扫描轨迹，其余属性采用默认值。在如图 3-127 所示的"剖面"上滑面板中选择"所选截面"方式，选取草绘的轮齿大端截面为剖面 1，单击"插入"按钮并选择前面旋转复制得到的轮齿小端截面为剖面 2，如图 3-127 所示。最后单击控制面板上的 ✔ 按钮完成第一个轮齿的创建，如图 3-128 所示。

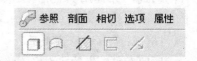

图 3-126　操控面板

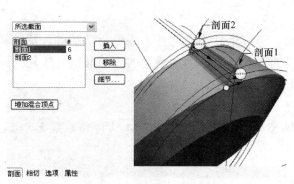

图 3-127　剖面设置

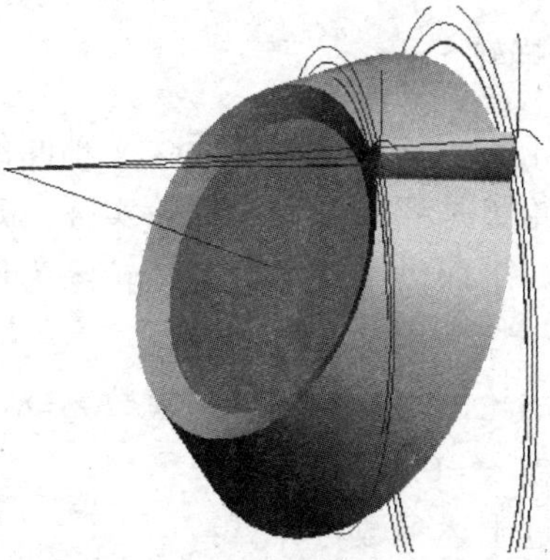

图 3-128　扫描混合特征

19. 阵列轮齿

选择上一步创建的轮齿特征，单击编辑特征工具栏的上 ▦ 按钮，在弹出的如图 3-129 所示的操控面板中选择"轴"阵列方式，选择齿根圆的轴线 A_2 为阵列轴，输入齿数 25 以及角度 14.4°，完成阵列后的特征如图 3-130 所示。

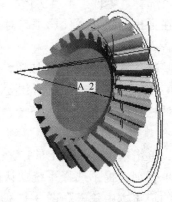

图 3-129　"阵列"操控面板

图 3-130　阵列特征

20. 隐藏辅助曲线

在层树中选择_PRT_ALL_CURVES 项目，单击鼠标右键，在弹出的快捷菜单中选择"隐藏"选项，然后单击视图工具栏上的 ▣ 按钮重画当前视图，最后得到的模型如图 3-131 所示。

图 3-131　最终模型

3.1.8　蜗轮

蜗轮、蜗杆用于传递两交叉轴间的传动，一般蜗杆为主动件，蜗轮为从动件。蜗轮和蜗杆的轮齿是螺旋形的，蜗轮实际上是斜齿的圆柱齿轮，因此蜗轮的画法与圆柱齿轮的画法类似。下面以某型号的蜗轮轮缘为例讲解蜗轮的画法。

1. 计算蜗轮基本参数

该蜗轮的基本参数有：模数 $m=8$，齿数 $z2=49$,轴向齿形角 $\alpha=20$，齿顶高系数 $ha*=1$，顶隙系数 $c*=0.2$。

通过上述参数可计算：

齿顶高：$ha=ha* \times m=1 \times 8=8$；齿根高：$hf=（ha*+c*）\times m=（1+0.2）\times 8=9.6$

分度圆直径：$d= m \times z2=8 \times 49=392$；基圆直径：$db=d \times cos\alpha=392 \times cos20=368.48$

齿顶圆直径：$da=d+2ha=392+2 \times 8=408$；齿根圆直径：$df=d-2hf=392-2 \times 9.6=372.8$

2. 新建文件

启动 Pro/Engineer，单击"文件"｜"新建"命令或者单击 □ 按钮，系统弹出"新建"对话框，选择"零件"｜"实体"类型，输入文件名并取消选择"使用缺省模板"复选框，确认后在弹出的"新文件选项"对话框中选择 mmns_part_solid 模板，进入实体建模环境。

3. 草绘曲线

在基准工具栏上单击 ▨ 按钮，弹出"草绘"对话框，选取 FRONT 面作为草绘平面，选取 RIGHT 面作为参照平面，进入草绘环境绘制如图 3-132 所示的 4 个基本圆曲线。单击草绘工具栏上的 ✔ 按钮结束草绘。

4. 创建齿廓曲线

（1）单击基准工具栏上的 〜 按钮，在弹出的菜单管理器中选择"从方程"｜"完成"，根据菜单管理器提示选择系统默认的坐标系为曲线的坐标系，并设置"笛卡尔"坐标类型，在弹出的记事本中输入如图 3-133 所示的渐开线公式。

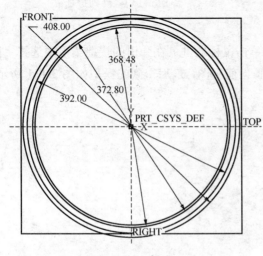

图 3-132　草绘曲线

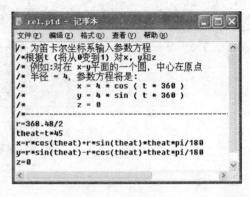

图 3-133　渐开线公式

（2）单击记事本中的"文件"｜"保存"命令，保存并退出，在"曲线：从方程"对话框中单击"确定"按钮，得到的渐开线如图 3-134 所示。

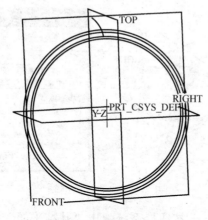

图 3-134　渐开线曲线

5. 创建基准点、基准轴与基准平面

（1）在基准工具栏上单击 ×× 按钮，系统弹出"基准点"对话框，按住 Ctrl 键连续选择如图 3-135 所示的两条曲线，则在两曲线的交点处得到基准点 PNT0。

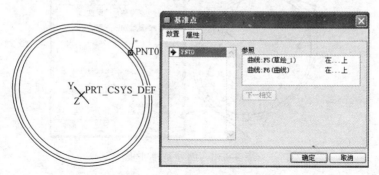

图 3-135　创建基准点

（2）在基准工具栏上单击 ／ 按钮，系统弹出"基准轴"对话框，按住 Ctrl 键连续选择如图 3-136 所示的 RIGHT 面和 TOP 面，在两个基准面的相交处创建基准曲线 A_1。

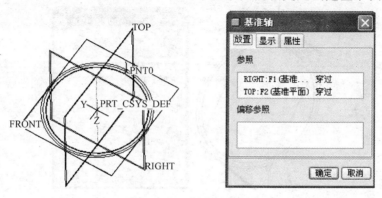

图 3-136　创建基准轴

（3）在基准工具栏上单击 / 按钮，系统弹出"基准轴"对话框，按住 Ctrl 键连续选择如图 3-137 所示的基准点 PNT0 和 FRONT 面，创建基准曲线 A_2 过点 PNT0 且垂直于 FRONT 面。

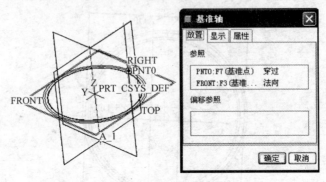

图 3-137　创建基准轴

（4）在基准工具栏上单击 ▱ 按钮，系统弹出"基准平面"对话框，按住 Ctrl 键连续选择刚刚创建的基准轴线 A_1 和 A_2，穿过两条平行线创建基准平面 DTM1，如图 3-138 所示。

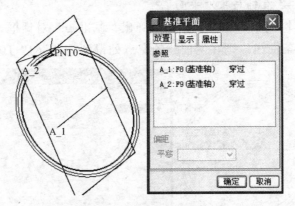

图 3-138　创建基准平面

（5）在基准工具栏上单击 ▱ 按钮，系统弹出"基准平面"对话框，按住 Ctrl 键连续选择刚刚创建的基准平面 DTM1 和基准轴线 A_1，创建绕基准轴 A_1 旋转且与 DTM1 成 1.84° 角的基准平面 DTM2，如图 3-139 所示。

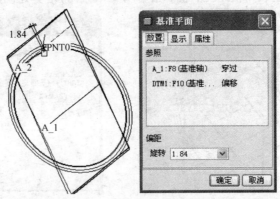

图 3-139　创建基准平面

旋转角度计算式为：$360/4 \times 49 = 1.84°$，其值为轮齿在分度圆上所占圆周角的一半。

6. 镜像渐开线

选择前面完成的渐开线曲线，单击编辑特征工具栏上的
镜像工具按钮 Ｉ，在弹出的操控面板中选择基准平面 DTM2
为镜像平面，得到的第 2 条渐开线如图 3-140 所示。

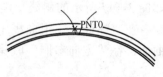

图 3-140　镜像渐开线

7. 创建分度圆曲面

在基础特征工具栏上单击 ⊕ 按钮，弹出"旋转"操控面板，在操控面板内单击 □ 按钮，
然后单击"位置"｜"定义"按钮，在"草绘"对话框中按图 3-141 所示定义草绘平面、
参照平面等内容。进入草绘环境后绘制如图 3-142 所示的截面，单击草绘工具栏上的 ✔ 按
钮结束草绘，得到的旋转特征如图 3-143 所示。

图 3-141　"草绘"对话框

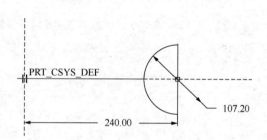

图 3-142　草绘截面

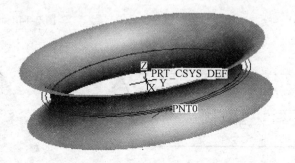

图 3-143　旋转特征

8. 创建基准面

在基准工具栏上单击 ▱ 按钮，系统弹出"基准平面"对话框，按住 Ctrl 键连续选择前
面创建的基准轴线 A_1 和基准面 DTM2，创建穿过基准轴线 A_1 且与基准面 DTM2 垂直
的基准平面 DTM3，如图 3-144 所示。

9. 创建投影曲线

（1）单击"编辑"｜"投影"命令，系统弹出如图 3-145 所示的操控面板。在操控面
板中单击"参照"按钮，在如图 3-146 所示的"参照"上滑面板中选择"投影草绘"类型，
单击"定义"按钮，系统弹出"草绘"对话框。

（2）选择上一步创建的 DTM3 为草绘平面，选择前面创建的 DTM2 为参照平面，绘制如图 3-147 所示的斜线，其中角度 5.19°为蜗轮螺旋角。单击草绘工具栏上的 ✔ 按钮结束草绘。在"参照"上滑面板中激活"曲面"收集器，选择前面创建的旋转分度圆曲面为投影曲面，在"方向参照"收集器中选择 DTM3 基准平面，得到的投影曲线如图 3-148 所示。

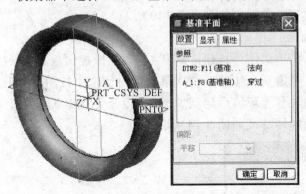

图 3-144　创建基准平面

图 3-145　"投影"操控面板

图 3-146　"参照"上滑面板

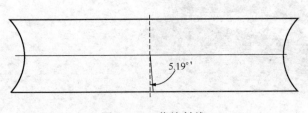

图 3-147　草绘斜线

图 3-148　投影曲线

（3）按照同样的方法创建另一条投影曲线，其草绘截面如图 3-149 所示，完成之后的投影曲线如图 3-150 所示。

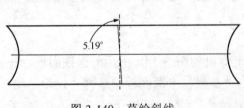

图 3-149　草绘斜线

图 3-150　投影曲线

10. 创建基体

（1）单击基础特征工具栏上的 按钮，选择 FRONT 面为草绘平面，RIGHT 面为参照平面，进入草绘环境后绘制如图 3-151 所示的圆曲线，单击草绘工具栏上的 ✔ 按钮结束草绘。在"拉伸"操控面板中选择如图 3-152 所示的对称拉伸方式，输入拉伸深度为 80.00，得到如图 3-153 所示的拉伸特征。

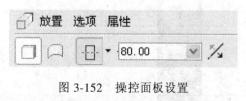

图 3-152 操控面板设置

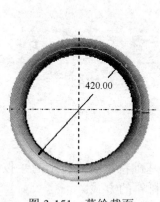

图 3-151 草绘截面

图 3-153 拉伸特征

（2）单击工程特征工具栏上的 按钮，选择刚刚创建的拉伸特征的圆周上下圆周边界线为倒角对象，在系统弹出的倒角操控面板中选择 D×D 的倒角方式，并输入倒角值为 3，得到的倒角特征如图 3-154 所示。

（3）单击基础特征工具栏上的 按钮，选择 TOP 面为草绘平面，RIGHT 面为参照平面，其草绘设置如图 3-155 所示，进入草绘环境后绘制如图 3-156 所示的截面，此截面应包含旋转轴。

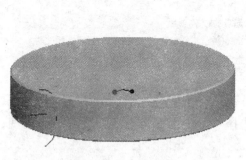

图 3-154 倒角特征

图 3-155 草绘设置

（4）单击草绘工具栏上的 ✔ 按钮结束草绘，在操控面板中按下去除材料按钮 ，旋转 360° 得到的旋转特征如图 3-157 所示。

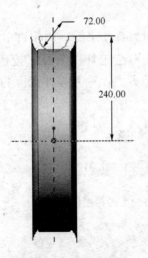

图 3-156　草绘截面

图 3-157　旋转特征

11. 创建第一个轮齿

（1）单击"插入"｜"可变剖面扫描"命令或者单击基础特征工具栏上的 按钮，系统弹出如图 3-158 所示的操控面板，选择实体类型和去除材料的方式。

（2）单击"参照"按钮，在其上滑面板中的"轨迹"收集器中选择第一条投影曲线为扫描轨迹线，其余设置如图 3-159 所示。

图 3-158　操控面板

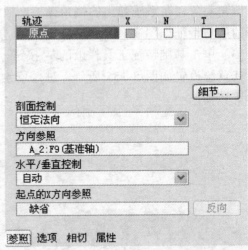

图 3-159　参照上滑面板

（3）单击"选项"按钮，在其上滑面板中选择"恒定剖面"，在"草绘放置点"收集器中选择扫描线的端点为原点，如图 3-160 所示。

（4）单击操控面板上的 按钮进入草绘，使用草绘工具栏上的 按钮提取已知的相关轮廓线并进行编辑，最后得到如图 3-161 所示的截面，单击草绘工具栏上的 按钮结束草绘。

（5）单击操控面板上的 按钮完成特征的创建，可变剖面扫描特征如图 3-162 所示。

（6）用同样的方法创建第二个可变剖面扫描特征，如图 3-163 所示。

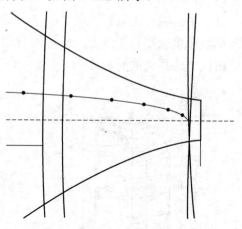

图 3-160　选项上滑面板　　　　　　图 3-161　草绘截面

图 3-162　可变剖面扫描特征　　　　图 3-163　可变剖面扫描特征

12. 阵列其余轮齿

（1）按住 Ctrl 键在模型树中连续选择刚刚创建的两个可变剖面扫描特征，单击鼠标右键，在弹出的快捷菜单中选择"组"选项，将其定义为组。

（2）在模型树中选择该组，单击编辑特征工具栏上的 按钮，在如图 3-164 所示的操控面板中选择"轴"阵列方式，并选取基体的轴线 A_1 为阵列轴，输入阵列数为 49，角度为 7.35°。完成之后的阵列特征如图 3-165 所示。

图 3-164　"阵列"操控面板

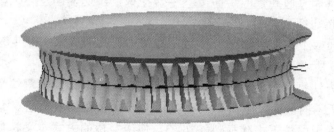

图 3-165　阵列特征

13．轮缘的其余结构

（1）单击编辑工具栏上的 ⊕ 按钮，选择 TOP 面为草绘平面，RIGHT 面为参照平面，进入草绘环境绘制如图 3-166 所示的截面，单击草绘工具栏上的 ✔ 按钮结束草绘。在旋转操控面板中选择去除材料方式，旋转 360°得到的旋转特征如图 3-167 所示。

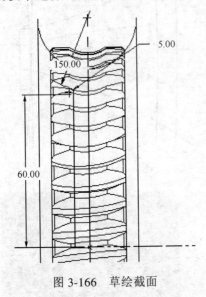

图 3-166　草绘截面

图 3-167　旋转特征

（2）在模型树中选择刚刚创建的旋转特征，单击编辑特征工具栏上的 ⅢⅠ 按钮，执行镜像命令，选择 FRONT 面为镜像平面，得到的镜像特征如图 3-168 所示。

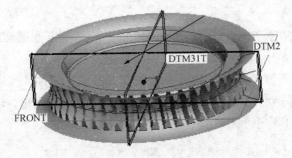

图 3-168　镜像特征

（3）单击基础特征工具栏上的 ⧉ 按钮，选择图 3-168 所示箭头所指的面为草绘平面，按照系统默认的视图方向和参照平面进入草绘环境，绘制如图 3-169 所示的截面，单击草绘工具栏上的 ✔ 按钮结束草绘。

（4）在操控面板中按下去除材料按钮 ◿，使用盲孔的方式，拉伸深度为 15，得到的拉伸特征如图 3-170 所示。

（5）同样的方法执行拉伸命令，选择图 3-170 箭头所指面为草绘平面，进入草绘环境绘制如图 3-171 所示的截面，单击草绘工具栏上的 ✔ 按钮结束草绘。

（6）在操控面板中按下去除材料按钮 ◿，使用穿透的方式定义拉伸深度，得到的特征如图 3-172 所示。

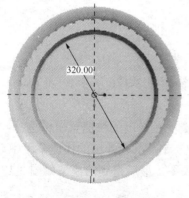

图 3-169　草绘截面

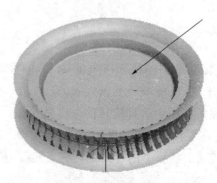

图 3-170　拉伸特征

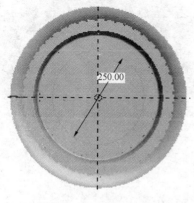

图 3-171　草绘截面

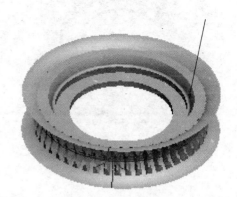

图 3-172　拉伸特征

（7）继续执行拉伸命令，选择图 3-172 箭头所指面为草绘平面，进入草绘环境后绘制如图 3-173 所示的草绘截面，单击草绘工具栏上的 ✔ 按钮结束草绘。

（8）在操控面板中按下去除材料按钮 ◿，使用穿透的方式定义拉伸深度，得到的特征如图 3-174 所示。

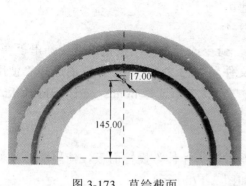

图 3-173　草绘截面

图 3-174　拉伸特征

（9）在模型树中选择该拉伸特征，单击编辑特征工具栏上的 ▦ 按钮，在弹出的操控面板中选择"轴"阵列方式，输入阵列个数 6，角度 60°，如图 3-175 所示。

图 3-175 "阵列"操控面板

（10）单击操控面板上的✔按钮，得到的阵列特征如图 3-176 所示。

14. 隐藏辅助曲面以及曲线

在模型树中选择旋转的分度圆曲面，单击鼠标右键，在弹出的快捷菜单中选择"隐藏"选项，在层树中选择_PRT_ALL_CURVES 项目，单击鼠标右键，在弹出的快捷菜单中选择"隐藏"选项，然后单击视图工具栏上的 按钮重画当前视图，最后得到的模型如图 3-177 所示。

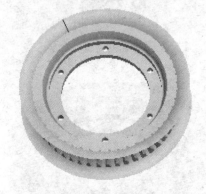

图 3-176 阵列特征

图 3-177 最终模型

3.2 典型机械零件

3.2.1 箱体类零件

变速箱体属于典型的箱体类零件，其结构比较复杂，在建模过程中所用到的方法也比较多。下面就使用拉伸特征、抽壳特征、孔特征、实体化特征、倒角特征、圆角特征、复制、镜像、阵列等工具来完成变速箱箱体的构建。

1. 建立新文件

启动 Pro/Engineer，单击"文件"｜"新建"命令或者单击 按钮，系统弹出"新建"对话框，选择"零件"｜"实体"类型，输入文件名为 3-2-1-1.prt，并取消选择"使用缺省模板"复选框，确认后在弹出的"新文件选项"对话框中选择 mmns_part_solid 模板，进入实体建模环境。

2. 使用拉伸工具建立模型的基体

（1）单击基础特征工具栏上的 按钮，系统弹出"拉伸"操控面板，使用对称拉伸方式拉伸深度为 240 的实体，操控面板中的设置如图 3-178 所示。

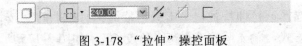

图 3-178 "拉伸"操控面板

（2）激活"放置"上滑面板，单击"定义"按钮进入"草绘"对话框；选择 FRONT 基准面为草绘平面，RIGHT 基准面为参照，单击"草绘"对话框中的"草绘"按钮，进入草绘工作环境，绘制如图 3-179 所示的拉伸截面。

（3）单击草绘工具栏上的 ✔ 按钮，返回"拉伸"操控面板；单击操控面板上的 ✔ 按钮，完成拉伸特征的建立，结果如图 3-180 所示。

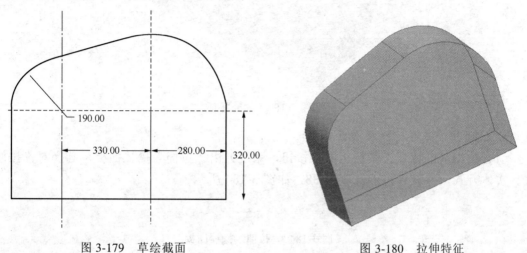

图 3-179　草绘截面　　　　　　　　　　　　　　图 3-180　拉伸特征

3. 建立圆角特征

单击工程特征工具栏上的 ⬔ 按钮，打开"圆角"操控面板，输入圆角半径 45；按住 Ctrl 键依次选择图 3-181 中箭头指示的边线；单击操控面板上的 ✔ 按钮，完成圆角特征的建立，结果如图 3-182 所示。

4. 建立抽壳特征

单击工程特征工具栏上的 ⬚ 按钮，打开"抽壳"操控面板，输入抽壳厚度为 18，在"参照"上滑面板中选择图 3-182 中模型的底面为要移除的平面，单击操控面板上的 ✔ 按钮，完成抽壳特征的建立，如图 3-183 所示。

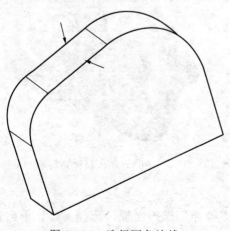

图 3-181　选择圆角边线　　　　　　　　　　　　图 3-182　圆角特征

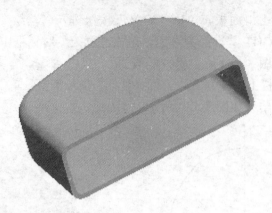

图 3-183　抽壳特征

5. 使用拉伸工具建立接合面基体

（1）单击基础特征工具栏上的 按钮，系统弹出"拉伸"操控面板，选择对称拉伸方式、实体方式，并设置拉伸深度为 38，如图 3-184 所示。

图 3-184　"拉伸"操控面板

（2）激活"放置"上滑面板，单击"定义"按钮进入"草绘"对话框；选择 TOP 基准面为草绘平面，RIGHT 基准面为参照，单击"草绘"对话框中的"草绘"按钮，进入草绘工作环境；单击 按钮，选择模型的外轮廓线构成一个圆角四边形，然后再绘制一个圆角四边形，构成环状，如图 3-185 所示。

（3）单击草绘工具栏上的 按钮，返回"拉伸"操控面板；单击操控面板上的 按钮，完成拉伸特征的建立，结果如图 3-186 所示。

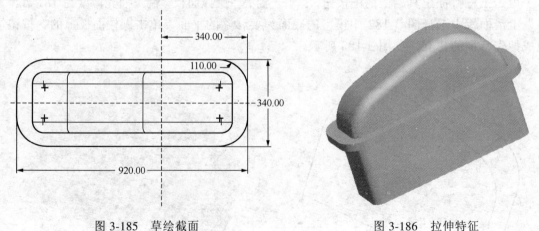

图 3-185　草绘截面　　　　　　　　　图 3-186　拉伸特征

6. 使用拉伸工具建立模型底座

（1）单击基础特征工具栏上的 按钮，打开"拉伸"操控面板，选择实体、单向拉伸方式，设置拉伸深度为 38，如图 3-187 所示。

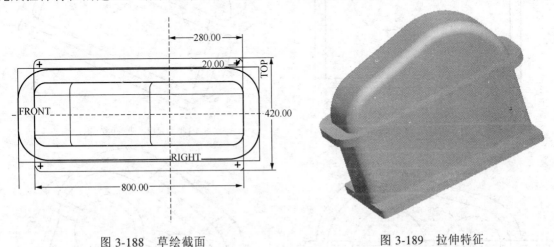

图 3-187　"拉伸"操控面板

（2）激活"放置"上滑面板，单击"定义"按钮进入"草绘"对话框；选择模型下表面为草绘平面，RIGHT 基准面为参照，单击"草绘"对话框中的"草绘"按钮，进入草绘工作环境，绘制如图 3-188 所示的截面。

（3）单击草绘工具栏上的 ✔ 按钮，返回"拉伸"操控面板；单击操控面板上的 ✔ 按钮，完成拉伸特征的建立，结果如图 3-189 所示。

图 3-188　草绘截面　　　　　　　　　　　图 3-189　拉伸特征

7. 使用拉伸工具建立第一个轴孔基体

（1）单击基础特征工具栏上的 按钮，打开"拉伸"操控面板，选择实体、单向盲孔拉伸方式，设置拉伸深度为 80，如图 3-190 所示。

图 3-190　"拉伸"操控面板

（2）激活"放置"上滑面板，单击"定义"按钮进入"草绘"对话框；选择模型主体侧面为草绘平面，RIGHT 基准面为参照，单击"草绘"对话框中的"草绘"按钮，进入草绘工作环境，绘制如图 3-193 所示的截面。

（3）单击草绘工具栏上的 ✔ 按钮，返回"旋转"操控面板；单击操控面板上的 ✔ 按钮，完成拉伸特征的建立，结果如图 3-192 所示。

8. 使用拉伸工具建立第二个轴孔基体

（1）单击基础特征工具栏上的 按钮，打开"拉伸"操控面板，选择实体、单向拉伸方式，设置拉伸深度为 80。

（2）激活"放置"上滑面板，单击"定义"按钮进入"草绘"对话框；选择模型主体侧面为草绘平面，RIGHT 基准面为参照，单击"草绘"对话框中的"草绘"按钮，进入草绘工作环境，绘制如图 3-193 所示的截面。

（3）单击草绘工具栏上的✔按钮，返回"旋转"操控面板；单击操控面板上的✔按钮，完成拉伸特征的建立，结果如图 3-194 所示。

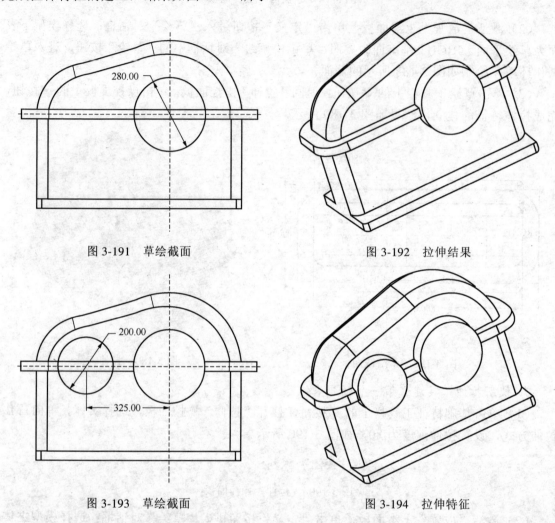

图 3-191　草绘截面　　　　　　　　　　图 3-192　拉伸结果

图 3-193　草绘截面　　　　　　　　　　图 3-194　拉伸特征

9. 使用拉伸工具建立凸台

（1）单击基础特征工具栏上的⬚按钮，打开"拉伸"操控面板，选择实体、对称拉伸方式，设置拉伸深度为 120。

（2）激活"放置"上滑面板，单击"定义"按钮进入"草绘"对话框；选择 TOP 为草绘平面，RIGHT 基准面为参照，单击"草绘"对话框中的"草绘"按钮，进入草绘工作环境，绘制如图 3-195 所示的截面。

（3）单击草绘工具栏上的✔按钮，返回"旋转"操控面板；单击操控面板上的✔按钮，完成拉伸特征的建立，结果如图 3-196 所示。

10. 使用拉伸工具切割轴孔

（1）单击基础特征工具栏上的⬚按钮，打开"拉伸"操控面板，选择实体、单向、切割拉伸方式，设置拉伸深度为 500。

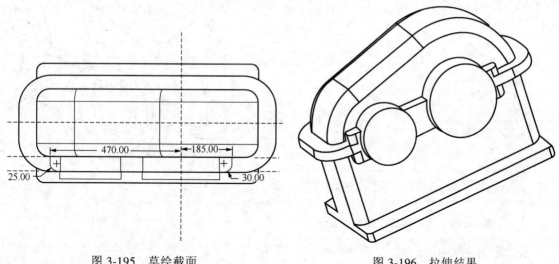

图 3-195　草绘截面　　　　　　　　　　图 3-196　拉伸结果

（2）激活"放置"上滑面板，单击"定义"按钮进入"草绘"对话框；选择轴孔基体前表面为草绘平面，RIGHT 基准面为参照，单击"草绘"对话框中的"草绘"按钮，进入草绘工作环境，绘制如图 3-197 所示的截面。

（3）单击草绘工具栏上的 ✔ 按钮，返回"旋转"操控面板；单击操控面板上的 ✔ 按钮，完成拉伸特征的建立，结果如图 3-198 所示。

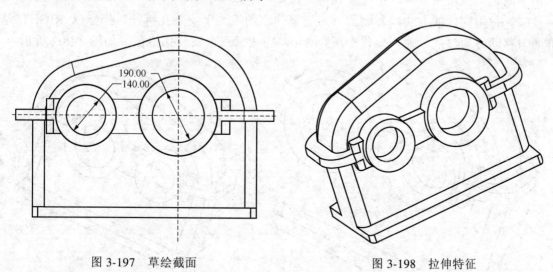

图 3-197　草绘截面　　　　　　　　　　图 3-198　拉伸特征

11. 使用孔工具建立第一个安装孔

（1）单击基础特征工具栏上的 按钮，打开"孔"操控面板，选择凸台上表面为孔的放置平面，选择"线性"定位方式，按住 Ctrl 键选择 FRONT 基准面和 RIGHT 基准面作为次参照，设定孔径为 20，孔深为 180，设定孔中心相对于 FRONT 基准面的尺寸为 145，相对于 RIGHT 基准面的尺寸为 440，如图 3-199 所示。

（2）单击操控面板上的 ✔ 按钮，完成孔特征的建立，结果如图 3-200 所示。

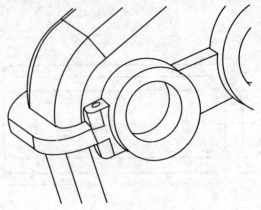

图 3-199　孔特征放置参数设定　　　　　　图 3-200　孔特征

12. 复制安装孔

（1）单击"编辑" | "特征操作"命令，打开"特征"菜单管理器，依次选择"复制" | "移动" | "选取" | "独立" | "完成"。根据系统提示选择上一步建立的孔特征为复制对象，在弹出的菜单管理器中依次选择"平移" | "平面"方式来确定移动方向，这里选择 RIGHT 基准面作为移动方向参照，选择"正向"，在信息区显示的文本框中输入偏移距离为 260，按回车键确认。在相应的菜单中选择"完成移动"，不更改任何尺寸选择"完成"，单击"确定"按钮完成第二个安装孔特征，如图 3-201 所示。

（2）使用同样的方法以复制的方式选择建立的第二个安装孔特征，仍然以 RIGHT 基准面为移动方向参照，输入偏移距离为 340，完成第三个安装孔特征，如图 3-202 所示。

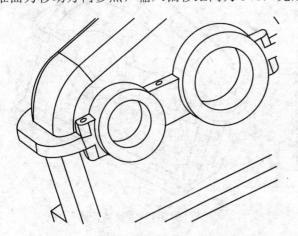

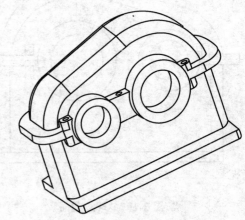

图 3-201　复制完成第二个安装孔　　　　　图 3-202　复制完成第三个安装孔

13. 使用孔工具建立接合面安装孔

（1）单击工程特征工具栏上的 按钮，打开"孔"操控面板，选择接合处上表面为孔的放置平面，选择"线性"定位方式，按住 Ctrl 键选择 FRONT 基准面和 RIGHT 基准面作为次参照，设定孔径为 20，孔深为 50，设定孔中心相对于 FRONT 基准面的尺寸为 80，相对于 RIGHT 基准面的尺寸为 310，模型中的各尺寸如图 3-203 所示。

单击操控面板上的✔按钮，完成第一个接合面安装孔特征，结果如图 3-204 所示。

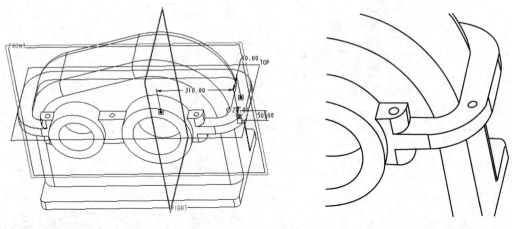

图 3-203　孔特征放置尺寸　　　　图 3-204　第一个接合面孔特征

（2）方法同上，以孔特征方式建立的第二个接合面安装孔特征，设定孔中心相对于 FRONT 基准面的尺寸为 80，相对于 RIGHT 基准面的尺寸为 310，其余设置相同，结果如图 3-205 所示。

14. 建立轴孔处倒角

单击"工程特征"工具栏上的◯按钮，打开"倒角"操控面板，输入倒角尺寸值为 3；按住 Ctrl 键依次选择模型中两个轴孔的内、外边线；单击操控面板上的✔按钮，完成倒角特征的建立，结果如图 3-206 所示。

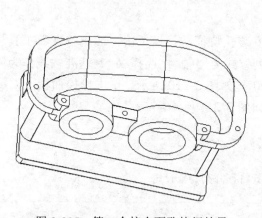

图 3-205　第二个接合面孔特征结果　　　　图 3-206　倒角特征

15. 建立第一个轴端密封安装孔

单击工程特征工具栏的⊡按钮，打开"孔"操控面板，选择轴孔圆柱的端面为孔的放置平面，选择"径向"定位方式，选择 A_2 基准轴线作为定位参照，更改半径值为 120，选择 TOP 基准面作为角度参照，输入角度值为 45°，设定孔径为 18，孔深为 50，各项设置如图 3-207 所示，模型中的各尺寸如图 3-208 所示；单击操控面板上的✔按钮，完成第一个轴端密封安装孔，结果如图 3-209 所示。

图 3-207 孔特征放置参数设定

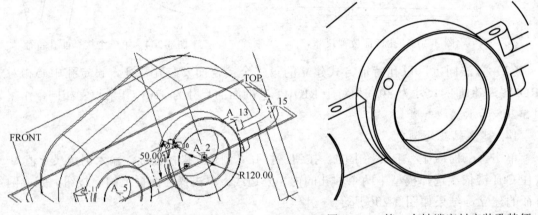

图 3-208 孔特征放置尺寸　　　　　图 3-209 第一个轴端密封安装孔特征

16. 阵列轴端密封安装孔

在模型树中选择上一步骤建立的轴端密封安装孔特征，然后单击"编辑特征"工具栏上的▦按钮，打开"阵列"操控面板，更改阵列方式为"轴"，选择 A_2 基准轴线作为阵列轴线，输入阵列子特征数为 4，阵列角度为 90°，如图 3-210 所示。单击操控面板上的✔按钮，完成轴端密封安装孔特征的阵列，结果如图 3-211 所示。

图 3-210 轴端密封安装孔特征阵列参数设定

17. 平移复制阵列轴端密封安装孔特征

单击"编辑"｜"特征操作"命令，打开"特征"菜单管理器，依次选择"复制"｜"移动"｜"选取"｜"独立"｜"完成"，选择前一步骤建立的阵列孔特征，然后选择"完成"；在弹出的菜单中依次选择"平移"｜"平面"定义移动方向，这里选择 RIGHT 基准面作为移动方向参照，并在信息区显示的文本框中输入偏移距离为 325，按回车键确认；在"组可变尺寸"中选中尺寸 R120，单击"完成"，在信息提示区的文本框中输入尺寸为 90，按回车键确认；单击"确定"按钮完成阵列孔特征的平移复制，如图 3-212 所示。

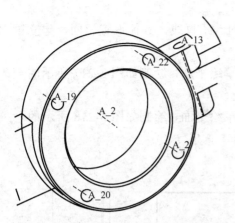

图 3-211　轴端密封安装孔特征阵列结果

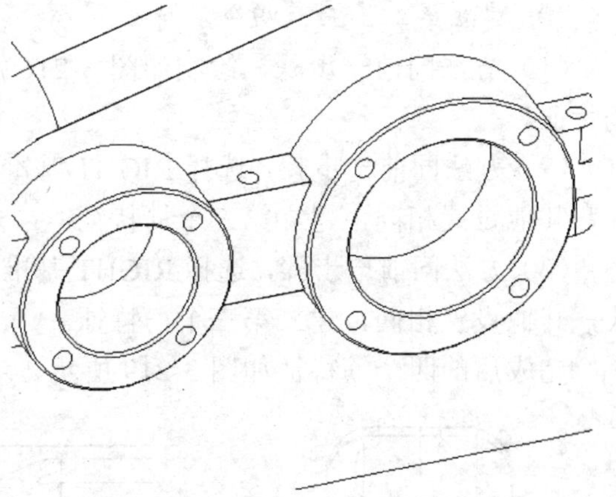

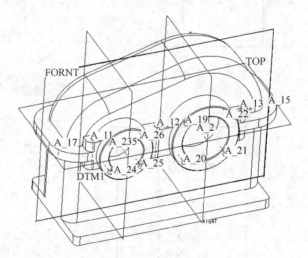

图 3-212　阵列孔特征的平移复制

18. 建立一个基准平面

单击基准工具栏上的 ▱ 按钮，打开"基准平面"对话框；选择 RIGHT 基准面作为参照，参照方式为"平行"，同时选择小轴孔基准轴线作为参照，参照方式为"穿过"，各项设置如图 3-213 所示；单击"确定"按钮，完成基准平面 DTM1 的建立，结果如图 3-214所示。

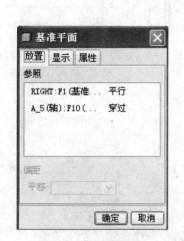

图 3-213　基准平面设置

图 3-214　插入基准平面

19. 建立第一个筋特征

（1）单击工程特征工具栏上的 ◺ 按钮，打开"筋"操控面板，激活"参照"上滑板，单击"定义"按钮进入"草绘"对话框，选择 DTM1 基准面为草绘平面，TOP 基准面为参照，单击"草绘"对话框中的"草绘"按钮，进入草绘工作环境，绘制如图 3-215 所示一条直线。

（2）单击草绘工具栏上的 ✔ 按钮，返回"筋"操控面板，设定筋的宽度为 12，单击操控面板上的 ✔ 按钮，完成第一个筋特征的建立。

20. 建立第二、三、四个筋特征

（1）方法同前一步骤，绘制如图 3-216 所示的一条直线，其他设置相同，建立第二个筋特征。

（2）方法同前一步骤，选择 RIGHT 基准面为草绘平面，绘制如图 3-217 所示的一条直线，其他设置相同，建立第三个筋特征。

（3）方法同前一步骤，选择 RIGHT 基准面为草绘平面，绘制如图 3-218 所示的一条直线，其他设置相同，建立第三个筋特征。

完成后的四个筋特征如图 3-219 所示。

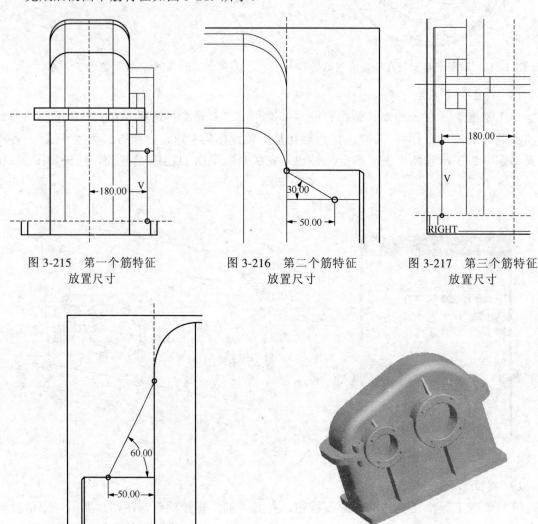

图 3-215　第一个筋特征　　　图 3-216　第二个筋特征　　　图 3-217　第三个筋特征
　　　　　放置尺寸　　　　　　　　　　放置尺寸　　　　　　　　　　放置尺寸

图 3-218　第四个筋特征放置尺寸　　　　　　　图 3-219　筋特征

21. 建立底座安装孔

（1）单击基础特征工具栏上的 按钮，打开"拉伸"操控面板，选择实体、单向、切割拉伸方式，设置拉伸深度为 50；激活"放置"上滑面板，单击"定义"按钮进入"草绘"

对话框，选择底座的上表面为草绘平面，RIGHT 基准面为参照，单击"草绘"对话框中的"草绘"按钮，进入草绘工作环境，绘制如图 3-220 所示的两个圆。

（2）单击草绘工具栏上的 ✔ 按钮，返回"拉伸"操控面板；单击操控面板上的 ✔ 按钮，完成拉伸特征的建立，结果如图 3-221 所示。

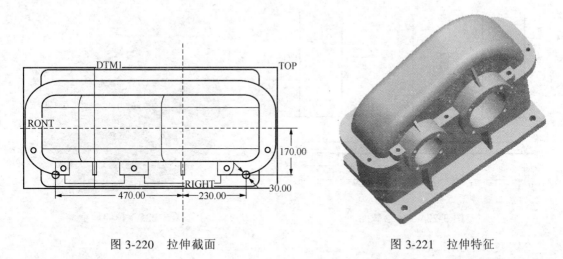

图 3-220　拉伸截面　　　　　　　　　　　　　图 3-221　拉伸特征

22. 镜像复制

按住 Shift 键，在模型树中依次单击"拉伸 4"和"拉伸 8"，选中如图 3-222 所示的特征；单击编辑特征工具栏上的 ⅇ 按钮，打开"镜像"操控面板，选择 FRONT 基准面为镜像平面，单击操控面板上的 ✔ 按钮，完成镜像特征的建立，结果如图 3-223 所示。

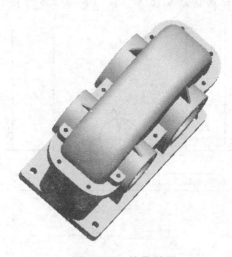

图 3-222　选中镜像特征　　　　　　　　　　　图 3-223　镜像结果

23. 使用拉伸工具切割底座

（1）单击基础特征工具栏上的 ⬚ 按钮，打开"拉伸"操控面板，选择实体、穿透、切割拉伸方式；激活"放置"上滑面板，单击"定义"按钮进入"草绘"对话框，选择底座的左侧面为草绘平面，FRONT 基准面为参照，单击"草绘"对话框中的"草绘"按钮，进入草绘工作环境，绘制如图 3-224 所示的拉伸截面。

（2）单击草绘工具栏上的 ✔ 按钮，返回"拉伸"操控面板；单击操控面板上的 ✔ 按钮，完成拉伸特征的建立，结果如图 3-225 所示。

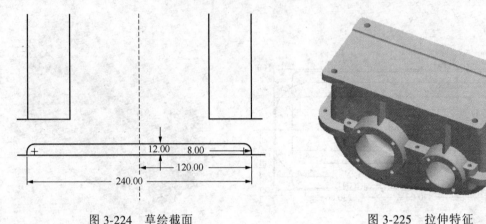

图 3-224　草绘截面　　　　　　　　　　　　　图 3-225　拉伸特征

24．建立排油孔基体

（1）单击基础特征工具栏上的 按钮，打开"拉伸"操控面板，选择实体、单向拉伸方式，设置拉伸深度为 15；激活"放置"上滑面板，单击"定义"按钮进入"草绘"对话框；选择底座的左侧面为草绘平面，FRONT 基准面为参照，单击"草绘"对话框中的"草绘"按钮，进入草绘工作环境，绘制如图 3-226 所示的拉伸截面。

（2）单击草绘工具栏上的 ✔ 按钮，返回"拉伸"操控面板；单击操控面板上的 ✔ 按钮，完成拉伸特征的建立，结果如图 3-227 所示。

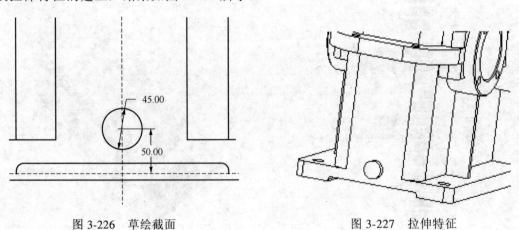

图 3-226　草绘截面　　　　　　　　　　　　　图 3-227　拉伸特征

25．建立排油孔

（1）单击基础特征工具栏上的 按钮，打开"拉伸"操控面板，选择实体、单向、切割拉伸方式，设置拉伸深度为 65；激活"放置"上滑面板，单击"定义"按钮进入"草绘"对话框；选择排油孔基体的端面为草绘平面，FRONT 基准面为参照，单击"草绘"对话框中的"草绘"按钮，进入草绘工作环境，绘制如图 3-228 所示的拉伸截面。

（2）单击草绘工具栏上的 ✔ 按钮，返回"拉伸"操控面板；单击操控面板上的 ✔ 按钮，完成拉伸特征的建立，结果如图 3-229 所示。

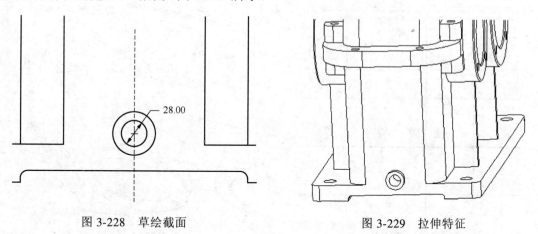

图 3-228　草绘截面　　　　　　　　　　图 3-229　拉伸特征

26. 建立注油孔基体

（1）建立一个平行于 TOP 基准面，且偏移距离为 290 的基准面 DTM3，如图 3-230 所示。

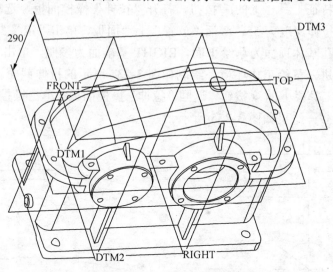

图 3-230　建立基准面 DTM3

（2）单击基础特征工具栏上的 ⬚ 按钮，打开"拉伸"操控面板，选择实体、到选定曲面拉伸方式，选择顶部圆弧面作为拉伸的终止面，设置如图 3-231 所示。

图 3-231　拉伸设置

（3）激活"放置"上滑面板，单击"定义"按钮进入"草绘"对话框；选择基准面 DTM3 为草绘平面，FRONT 基准面为参照，单击"草绘"对话框中的"草绘"按钮，进入草绘工作环境，绘制如图 3-232 所示的拉伸截面。

（4）单击草绘工具栏上的 ✔ 按钮，返回"拉伸"操控面板；单击操控面板上的 ✔ 按钮，完成拉伸特征的建立，结果如图 3-233 所示。

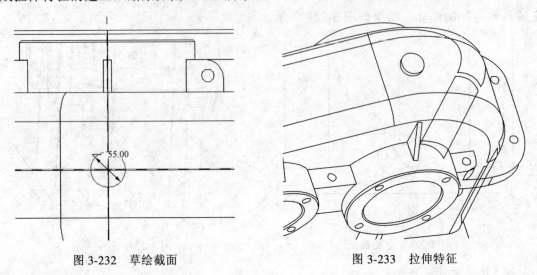

图 3-232　草绘截面　　　　　　　　图 3-233　拉伸特征

27. 建立注油孔

（1）单击基础特征工具栏上的 按钮，打开"拉伸"操控面板，选择实体、单向、切割拉伸方式，设置拉伸深度为 55；激活"放置"上滑面板，单击"定义"按钮进入"草绘"对话框；选择注油孔基体顶面为草绘平面，RIGHT 基准面为参照，单击"草绘"对话框中的"草绘"按钮，进入草绘工作环境，绘制如图 3-234 所示的拉伸截面。

（2）单击草绘工具栏上的 ✔ 按钮，返回"拉伸"操控面板；单击操控面板上的 ✔ 按钮，完成拉伸特征的建立，结果如图 3-235 所示。

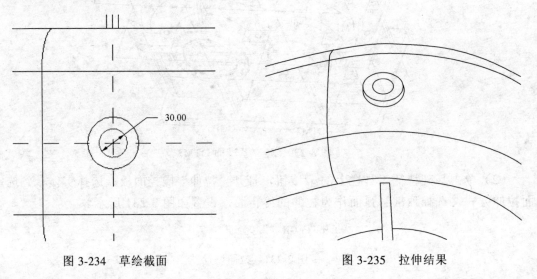

图 3-234　草绘截面　　　　　　　　图 3-235　拉伸结果

28. 修饰排油孔与注油孔

（1）单击编辑特征工具栏上的 按钮，打开"圆角"操控面板，设定圆角半径 8，选择排油孔基体、注油孔基体与箱体的相交线；单击操控面板上的 ✔ 按钮，完成圆角特征的

108

建立，如图 3-236 所示。

（2）单击编辑特征工具栏上的 ✎ 按钮，打开"倒角"操控面板，设定倒角方式为 DxD，D 值为 2，选择排油孔基体端面边线、注油孔基体端面边线；单击操控面板上的 ✔ 按钮，完成倒角特征的建立，如图 3-237 所示。

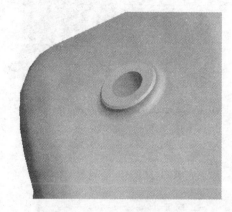

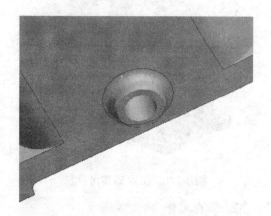

图 3-236　注油孔圆角特征　　　　　　　　图 3-237　排油孔倒角特征

29. 使用基准面切割实体，完成齿轮减速箱盖的建立

选择 TOP 基准面，单击"编辑"｜"实体化"命令，打开"实体化"操控面板；选择切割方式，调整材料移除方向，如图 3-238 所示。单击操控面板上的 ✔ 按钮，完成齿轮减速箱盖的建立，结果如图 3-239 所示。

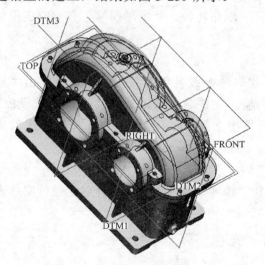

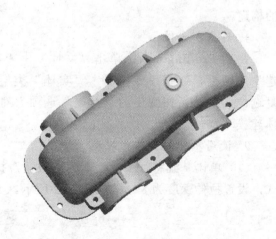

图 3-238　实体化设置　　　　　　　　　　图 3-239　齿轮减速箱盖

30. 保存文件副本

单击"文件"｜"保存副本"命令，输入文件名 3-2-1-2.prt，单击"确定"按钮。

31. 重定义特征

在模型树中右击实体化特征 🗀 实体化 1，在弹出的快捷菜单中选择"编辑定义"选项，重新打开"实体化"操控面板，单击 ✗ 按钮，调整材料移除方向，如图 3-240 所示。单击操控面板上的✔按钮，完成齿轮减速箱体的建立，结果如图 3-241 所示。

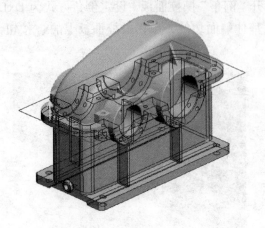

图 3-240　更改实体化设置

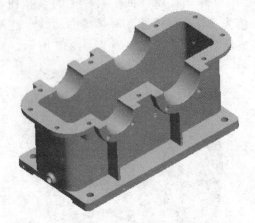

图 3-241　齿轮减速箱体

32. 保存文件

单击"文件"｜"保存"命令，保存当前模型。

3.2.2　叉架类零件

叉架类零件包括各种用途的拨叉、连杆、杠杆和支架等。这类零件的工作部分和安装部分常用不同截面形状的肋板或实心杆件支撑连接，形状多样、结构复杂。下面以支架为例，使用拉伸特征、孔特征、筋特征、圆角特征、倒角特征、基准平面等工具来完成模型的构建。

1. 建立新文件

启动 Pro/Engineer，单击"文件"｜"新建"命令或者单击⬚按钮，系统弹出"新建"对话框，选择"零件"｜"实体"类型，输入文件名并取消选择"使用缺省模板"复选框，确认后在弹出的"新文件选项"对话框中选择 mmns_part_solid 模板，进入实体建模环境。

2. 使用拉伸工具建立基座

（1）单击基础特征工具栏上的☐按钮，打开"拉伸"操控面板，选择对称拉伸实体方式，设置拉伸深度为 82，如图 3-242 所示。

图 3-242　"拉伸"操控面板

（2）激活"放置"上滑面板，单击"定义"按钮进入"草绘"对话框；选择 TOP 基准面为草绘平面，RIGHT 基准面为参照，单击"草绘"对话框中的"草绘"按钮，进入草绘工作环境；绘制如图 3-243 所示的拉伸截面。

（3）单击草绘工具栏上的✔按钮，返回"拉伸"操控面板；单击操控面板上的✔按钮，完成拉伸特征的建立，结果如图 3-244 所示。

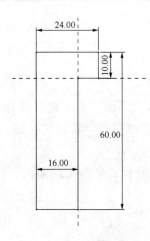

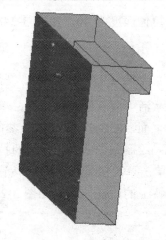

图 3-243　草绘截面
图 3-244　拉伸特征

3. 使用拉伸工具建立圆柱形套筒

（1）单击基础特征工具栏上的 ⬜ 按钮，打开"拉伸"操控面板，选择对称拉伸实体方式，设置拉伸深度为 50，如图 3-245 所示。

图 3-245　"拉伸"操控面板

（2）激活"放置"上滑面板，单击"定义"按钮进入"草绘"对话框；选择 TOP 基准面为草绘平面，RIGHT 基准面为参照，单击"草绘"对话框中的"草绘"按钮，进入草绘工作环境。绘制如图 3-246 所示的拉伸截面。

（3）单击草绘工具栏上的 ✔ 按钮，返回"拉伸"操控面板；单击操控面板上的 ✔ 按钮，完成拉伸特征的建立，结果如图 3-247 所示。

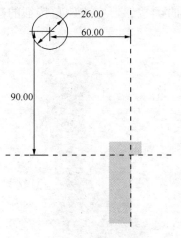

图 3-246　草绘截面
图 3-247　拉伸特征

4. 使用拉伸工具建立基座与圆柱形套筒连接部分

（1）单击基础特征工具栏上的 ⬜ 按钮，打开"拉伸"操控面板，选择对称拉伸实体方式，设置拉伸深度为 40，如图 3-248 所示。

图 3-248　"拉伸"操控面板

（2）激活"放置"上滑面板，单击"定义"按钮进入"草绘"对话框；选择 TOP 基准面为草绘平面，RIGHT 基准面为参照，单击"草绘"对话框中的"草绘"按钮，进入草绘工作环境；绘制如图 3-249 所示的拉伸截面。

（3）单击草绘工具栏上的 ✔ 按钮，返回"拉伸"操控面板；单击操控面板上的 ✔ 按钮，完成拉伸特征的建立，结果如图 3-250 所示。

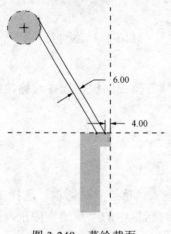

图 3-249　草绘截面

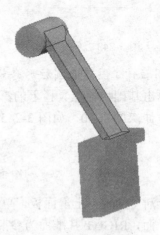

图 3-250　拉伸特征

5. 建立圆角特征

单击编辑特征工具栏上的 ，打开"倒角"操控面板；设定圆角半径为 3，按住 Ctrl 键依次选择如图 3-251 所示的边线。单击操控面板上的 ✔ 按钮，完成倒角特征的建立，结果如图 3-252 所示。

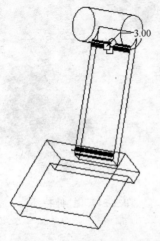

图 3-251　选择圆角边线

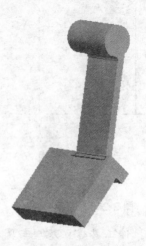

图 3-252　圆角特征

6. 建立筋特征

（1）单击工程特征工具栏上的 ▨ 按钮，打开"筋"操控面板，单击"参照"上滑面板中的"定义"按钮，在"草绘"对话框中选择 TOP 基准面为草绘平面，RIGHT 基准面为参照，进入草绘环境，绘制如图 3-253 所示的截面（一条线段），单击草绘工具栏中的 ✔ 按钮，完成草图绘制。

（2）在操控面板的厚度文本框中输入厚度值 5；单击"参照"上滑面板中的 ▨ 按钮，调整材料生成方向；单击操控面板中的 ▨ 按钮，调整筋的位置，使其中心层与 TOP 基准面重合；单击操控面板上的 ✔ 按钮，完成筋特征的建立，结果如图 3-254 所示。

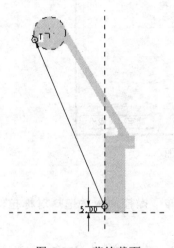

图 3-253　草绘截面

图 3-254　筋特征

7. 对筋进行完全倒圆角

单击编辑特征工具栏上的 ▨ 按钮，打开"倒角"操控面板；激活"放置"上滑面板，按住 Ctrl 键依次选择如图 3-255 所示筋的两正对面作为参照，选择"完全倒圆角"，选择筋的正面作为驱动曲面；单击操控面板上的 ✔ 按钮，完成圆角特征的建立，结果如图 3-256 所示。

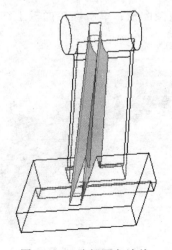

图 3-255　选择圆角边线

图 3-256　圆角特征

8. 建立基准面 DTM1

单击基准工具栏上的⊘按钮，打开"基准平面"对话框，选择 FRONT 基准面作为参照，参照方式为"偏移"，旋转角度为 32，同时按住 Ctrl 键选择 A_3 轴，参照方式为"穿过"，具体设置如图 3-257 所示。单击"确定"按钮，完成基准平面 DTM1 的建立。

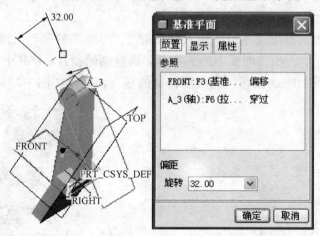

图 3-257　创建基准平面

9. 使用拉伸工具建立叉架

（1）单击基础特征工具栏上的⊘按钮，打开"拉伸"操控面板，选择对称拉伸实体方式，设置拉伸深度为 18，如图 3-258 所示。

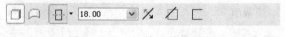

图 3-258　"拉伸"操控面板

（2）激活"放置"上滑面板，单击"定义"按钮进入"草绘"对话框；选择 DTM1 基准面为草绘平面，TOP 基准面为参照，单击"草绘"对话框中的"草绘"按钮，进入草绘工作环境，绘制如图 3-259 所示的拉伸截面。

（3）单击草绘工具栏上的✔按钮，返回"拉伸"操控面板；单击操控面板上的✔按钮，完成拉伸特征的建立，结果如图 3-260 所示。

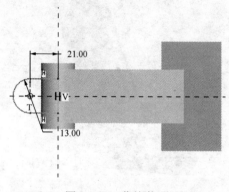

图 3-259　草绘截面

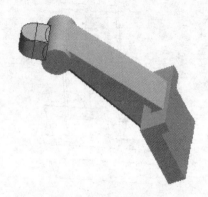

图 3-260　拉伸特征

10. 使用拉伸工具建立叉架孔

（1）单击基础特征工具栏上的  按钮，打开"拉伸"操控面板，选择实体、穿透所有拉伸方式，如图 3-261 所示。

图 3-261 "拉伸"操控面板

（2）激活"放置"上滑面板，单击"定义"按钮进入"草绘"对话框；选择 TOP 基准面为草绘平面，RIGHT 基准面为参照，单击"草绘"对话框中的"草绘"按钮，进入草绘工作环境，绘制如图 3-262 所示的拉伸截面。

（3）单击草绘工具栏上的 ✔ 按钮，返回"拉伸"操控面板；单击操控面板上的 ✔ 按钮，完成拉伸特征的建立，结果如图 3-263 所示。

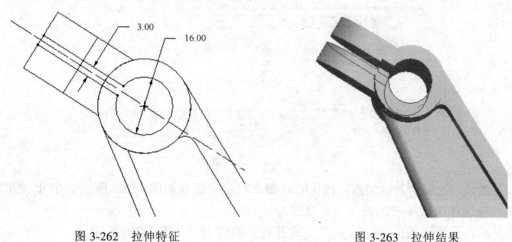

图 3-262 拉伸特征　　　　　　　　　　　图 3-263 拉伸结果

11. 使用拉伸工具建立凸台

（1）单击基础特征工具栏上的 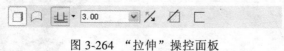 按钮，打开"拉伸"操控面板，选择实体、单侧拉伸方式，设置拉伸深度为 3，如图 3-264 所示。

图 3-264 "拉伸"操控面板

（2）激活"放置"上滑面板，单击"定义"按钮进入"草绘"对话框；选择叉架上表面为草绘平面，TOP 基准面为参照，单击"草绘"对话框中的"草绘"按钮，进入草绘工作环境。绘制如图 3-265 所示的拉伸截面。

（3）单击草绘工具栏上的 ✔ 按钮，返回"拉伸"操控面板；单击操控面板上的 ✔ 按钮，完成拉伸特征的建立，结果如图 3-266 所示。

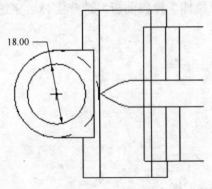

图 3-265　草绘截面

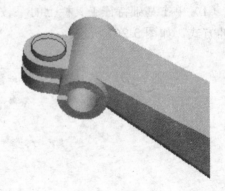

图 3-266　拉伸特征

12. 使用孔工具建立凸台上销孔

（1）单击工程特征工具栏上的 按钮，打开"孔"操控面板，输入孔径为 11，深度为 25；打开操控面板上的"放置"上滑面板，选择凸台上表面为孔的放置主参照，并选择"线性"方式定位孔，具体设置如图 3-267 所示。

图 3-267　孔放置上滑面板

（2）激活"次参照"收集器，按住 Ctrl 键在模型中选择如图 3-268 所示的 TOP 基准面和套筒孔轴线作为次参照，偏移距离分别为 0、21。

（3）单击操控面板上的 按钮，完成孔特征的建立，如图 3-269 所示。

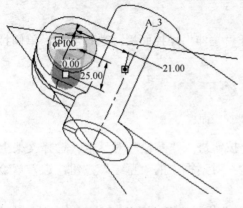

图 3-268　孔特征次参照

图 3-269　孔特征

13. 建立倒圆角特征

单击编辑特征工具栏上的 按钮，打开"倒圆角"操控面板，设定圆角半径为 2，选择如图 3-270 所示的边线；单击操控面板上的 按钮，完成倒圆角特征的建立，结果如图 3-271 所示。

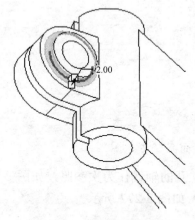

图 3-270　选择圆角边线

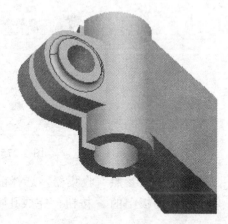

图 3-271　倒圆角特征

14. 使用拉伸工具建立固定孔

（1）单击基础特征工具栏上的 按钮，打开"拉伸"操控面板，选择实体、去除材料，穿透所有拉伸方式，如图 3-272 所示。

图 3-272　"拉伸"操控面板

（2）激活"放置"上滑面板，单击"定义"按钮进入"草绘"对话框；选择基座前表面为草绘平面，TOP 基准面为参照，单击"草绘"对话框中的"草绘"按钮，进入草绘工作环境。绘制如图 3-273 所示的拉伸截面。

（3）单击草绘工具栏上的 按钮，返回"拉伸"操控面板；单击操控面板上的 按钮，完成拉伸特征的建立，结果如图 3-274 所示。

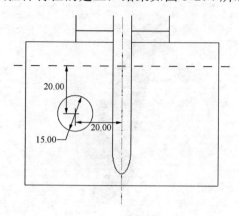

图 3-273　草绘截面

图 3-274　拉伸特征

15. 使用孔工具建立沉头孔

（1）单击工程特征工具栏上的按钮，打开“孔”操控面板，输入孔径为 28，深度为 3；打开操控面板上的“放置”上滑面板，选择基座前表面为孔的放置主参照，并选择“同轴”方式定位孔，设置如图 3-275 所示。

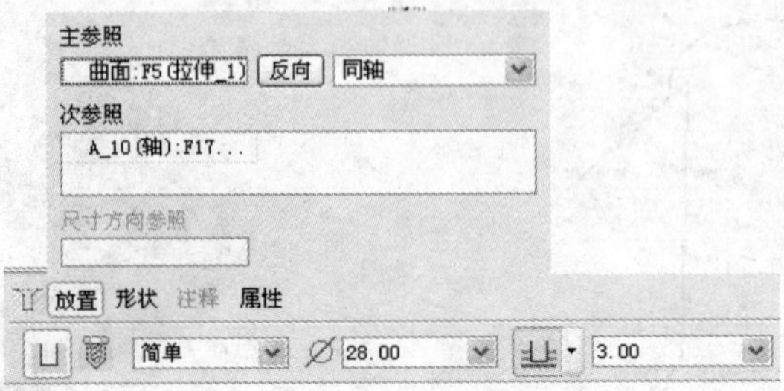

图 3-275　孔工具放置面板

（2）激活“次参照”收集器，选择前一步骤建立孔的轴线作为次参照，如图 3-276 所示。单击操控面板上的✔按钮，完成孔特征的建立，如图 3-277 所示。

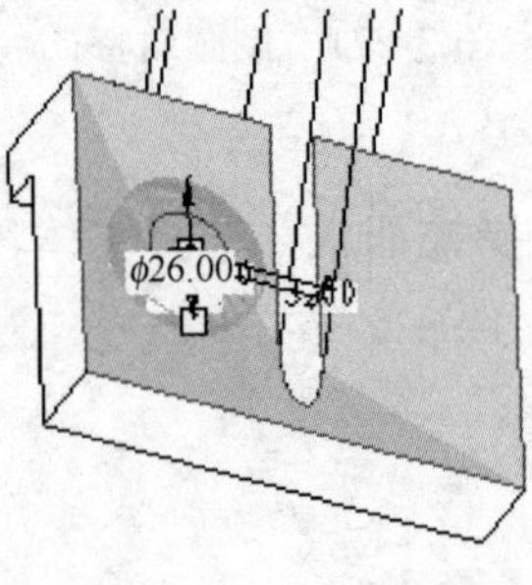

图 3-276　孔特征次参照

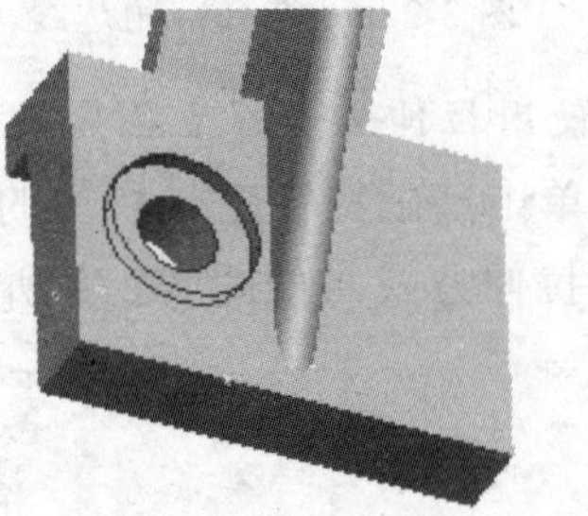

图 3-277　孔特征

16. 镜像复制

按住 Shift 键，在模型树中依次单击前两步骤建立的拉伸特征和孔特征，选中如图 3-278 所示的特征；单击编辑特征工具栏的按钮，打开“镜像”操控面板，选择 TOP 基准面为镜像平面，单击操控面板上的✔按钮，完成镜像特征的建立，结果如图 3-279 所示。

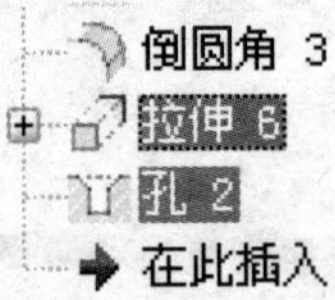

图 3-278　选中镜像特征

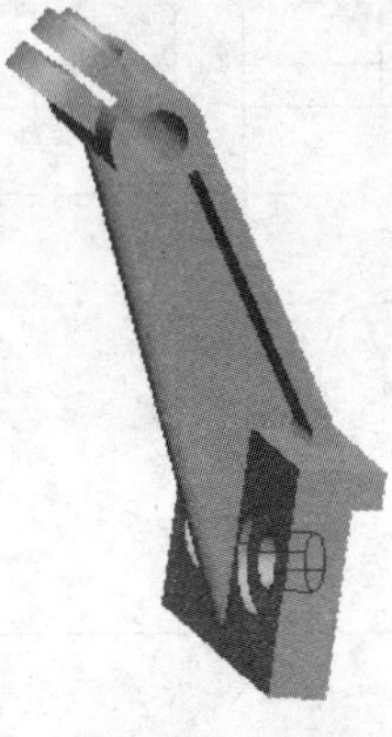

图 3-279　镜像特征

3.3　非机电产品设计

3.3.1　羽毛球

1. 建立新文件

启动 Pro/Engineer，单击"文件"｜"新建"命令或者单击 按钮，系统弹出"新建"对话框，选择"零件"｜"实体"类型，输入文件名并取消选择"使用缺省模板"复选框，确认后在弹出的"新文件选项"对话框中选择 mmns_part_solid 模板，进入实体建模环境。

2. 创建羽毛球基体

单击主菜单中"插入"｜"旋转"命令或者单击基础特征工具栏上的 按钮，系统弹出"旋转"操控面板，如图 3-280 所示。

图 3-280　旋转操控面板

在"位置"上滑面板中单击"定义"按钮，系统弹出"草绘"对话框，选择 FRONT 面为草绘平面，按照系统默认的视图方向和参照平面进入草绘环境，绘制如图 3-281 所示的草绘截面。

单击草绘工具栏上的 按钮完成截面草绘，单击操控面板上的 按钮完成基体特征，如图 3-282 所示。

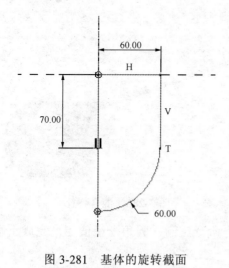

图 3-281　基体的旋转截面　　　　　　图 3-282　基体特征

3. 创建羽毛部分

（1）单击主菜单中的"插入"｜"混合"｜"伸出项"命令，系统弹出如图 3-283 所示的菜单管理器，选择"平行"｜"规则截面"｜"草绘截面"，单击"完成"，系统弹出混

合特征对话框和"属性"菜单,如图 3-284 所示。选择"直的"|"完成",按照系统提示选择基体上表面为草绘平面,完成如图 3-285 所示的两个混合截面。注意在完成第一个草绘截面之后,应该执行"切换剖面"命令来完成第二个草绘截面。

图 3-283 "混合选项"菜单管理器   图 3-284 混合特征对话框及"属性"菜单管理器

(2)单击草绘工具栏上的 ✓ 按钮完成截面草绘,按照系统提示选择"盲孔"方式进行混合,输入截面深度为 250,完成混合特征的创建,如图 3-286 所示。

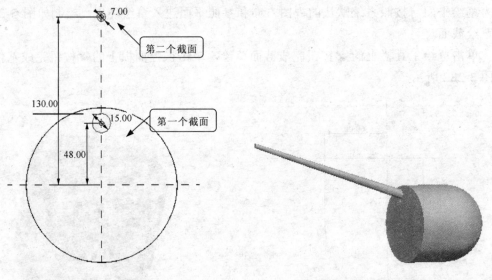

图 3-285 混合截面   图 3-286 混合特征

(3)选取混合特征小端的边,执行"倒圆角"命令,输入圆角半径值 3,完成小端倒圆角特征,如图 3-287 所示。

(4)单击基准工具栏中的 ✗ 按钮,系统弹出"基准点"对话框,选取如图 3-288 所示的混合特征大端和小端的 3 个象限点,完成 3 个基准点的创建。

(5)单击基准工具栏中的 ⬜ 按钮,系统弹出"基准平面"对话框,按住 Ctrl 键连续选择已经创建好的 3 个基准点，完成基准面 DTM1 的创建，如图 3-289 所示。

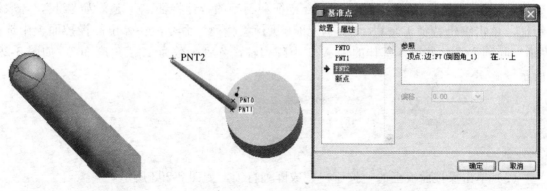

图 3-287　圆角特征

图 3-288　创建 3 个基准点

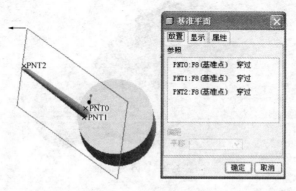

图 3-289　创建基准平面

（6）执行"拉伸"命令，选择 DTM1 为草绘平面，完成如图 3-290 所示的截面，单击草绘工具栏上的✔按钮结束草绘，返回"拉伸"操控面板。

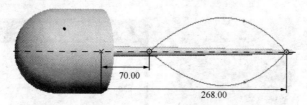

图 3-290　草绘截面

（7）在"拉伸"操控面板中选择对称拉伸实体方式，并输入拉伸深度为 3，单击操控面板上的✔按钮，完成拉伸特征的创建，如图 3-291 所示。

图 3-291　拉伸特征

4. 阵列羽毛特征

（1）在模型树中选取羽毛杆的混合特征和羽毛的拉伸特征，并定义为"组"，选取组特征，单击编辑特征工具栏上的▦按钮，执行"阵列"命令，在弹出的操控面板中选择"轴"阵列方式，并选择基体的轴 A_2 为阵列轴，阵列个数为 12，角度 30°，如图 3-292 所示。

图 3-292　"阵列"操控面板

（2）单击操控面板上的✔按钮，完成阵列特征，如图 3-293 所示。

图 3-293　阵列特征

5. 创建羽毛球绳索

（1）单击基准工具栏中的▱按钮，系统弹出"基准平面"对话框，选择基体上表面，并在"基准平面"对话框中输入偏距值 25，如图 3-294 所示。单击"确定"按钮，创建基准平面。

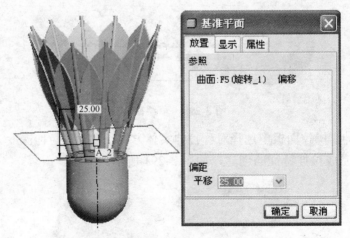

图 3-294　创建基准平面

（2）单击基准工具栏中的◠按钮，选择该基准面为草绘平面，完成如图 3-295 所示的截面，单击草绘工具栏中的✔按钮，完成曲线的绘制。

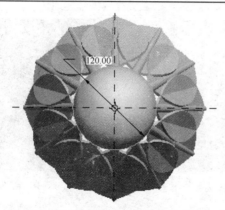

图 3-295　草绘截面

（3）单击可变剖面扫描工具按钮 🖋，系统弹出如图 3-296 所示的操控面板。

图 3-296　"可变剖面扫描"操控面板

（4）激活"参照"上滑面板，选择刚刚创建的基准曲线为扫描轨迹，其余选项均采取默认设置；单击 🗹 按钮进入草绘环境，绘制如图 3-297 所示的草绘截面。

（5）单击主菜单中的"工具"｜"关系"命令，定义如图 3-298 所示的关系式，单击"确定"按钮退出关系式的编辑。

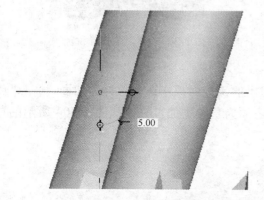

图 3-297　草绘截面

图 3-298　"关系"对话框

（6）单击草绘工具栏中的 ✔ 按钮完成截面的绘制，单击操控面板中的 ✔ 按钮，完成可变截面扫描特征，如图 3-299 所示。

（7）单击主菜单中的"插入"｜"扫描"｜"伸出项"命令，创建扫描特征。选择可变截面扫描特征的一条边线为扫描轨迹，如图 3-300 所示。完成轨迹线及扫描方向的选取之后，在扫描起始点绘制如图 3-301 所示的草绘截面。

图 3-299　可变截面扫描特征

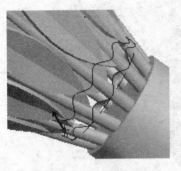

图 3-300　扫描轨迹

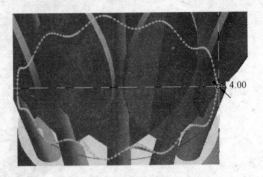

图 3-301　扫描截面

（8）最后得到的扫描特征如图 3-302 所示。用同样的方法以可变截面扫描特征的第二条边线为扫描轨迹创建第二个扫描特征，如图 3-303 所示。

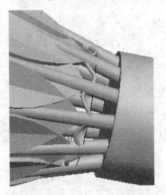

图 3-302　第一个扫描特征

图 3-303　第二个扫描特征

6. 创建基体上的着色条

（1）单击基础特征工具栏上的 按钮，在弹出的操控面板中选择拉伸为曲面，单击"放置"上滑面板中的"定义"按钮，选择基体上表面为草绘平面，完成如图 3-304 所示的草绘截面。

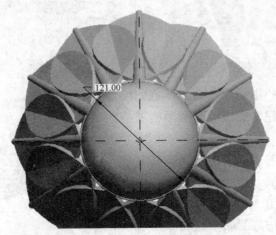

图 3-304　草绘截面

（2）单击草绘工具栏上的✔按钮，结束草绘，
返回"拉伸"操控面板。在操控面板中选择盲孔拉
伸方式，并输入拉伸深度为 40，单击操控面板上的
✔按钮，完成该拉伸特征。

（3）单击"视图"｜"颜色和外观"命令，对
该特征进行着色，最后得到的着色特征如图 3-305
所示。

图 3-305　着色特征

3.3.2　椅子

1. 建立新文件

启动 Pro/Engineer，单击"文件"｜"新建"命令或者单击▯按钮，系统弹出"新建"
对话框，选择"零件"｜"实体"类型，输入文件名并取消选择"使用缺省模板"复选
框，确认后在弹出的"新文件选项"对话框中选择 mmns_part_solid 模板，进入实体建模
环境。

2. 创建椅子底板

（1）单击"插入"｜"旋转"命令或者单击基础特征工具栏上的 按钮，系统弹出"旋
转"操控面板，选择 FRONT 面为草绘平面，按照系统默认的视图方向和参照平面进入草
绘环境，绘制如图 3-306 所示的草绘截面。

（2）单击草绘工具栏上的✔按钮结束草绘，在操控面板中单击✔按钮完成旋转特征的
创建，如图 3-307 所示。

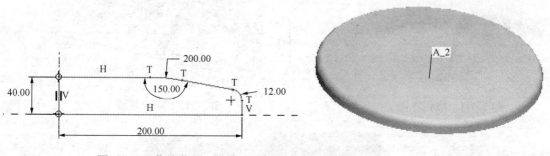

图 3-306　草绘截面　　　　　　　　　　　图 3-307　旋转特征

（3）单击基础特征工具栏上的 按钮，执行"拉伸"命令，选择底板底平面为草绘平
面，绘制如图 3-308 所示的草绘截面，单击草绘工具栏上的✔按钮结束草绘，返回"拉伸"
操控面板。

（4）在"拉伸"操控面板中选择去除材料、穿透的方式，得到如图 3-309 所示的
特征。

（5）在模型树中选择刚刚拉伸切减材料的特征，单击编辑特征工具栏上的 按钮，执
行"阵列"命令，在弹出的操控面板中选择"轴"阵列方式，并选择底板的轴线 A_2 为阵
列轴，在操控面板中做如图 3-310 所示的设置，阵列数目为 5，角度为 72°。

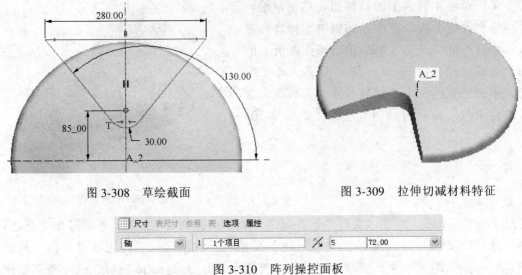

图 3-308　草绘截面　　　　　　图 3-309　拉伸切减材料特征

图 3-310　阵列操控面板

（6）单击操控面板上✔按钮，得到的阵列特征如图 3-311 所示。

（7）执行"拉伸"命令，选择 RIGHT 面为草绘平面，绘制图 3-312 所示的草绘截面，在"拉伸"操控面板中选择两侧拉伸、去除材料等方式，拉伸深度值为 40，得到的拉伸特征如图 3-313 所示。

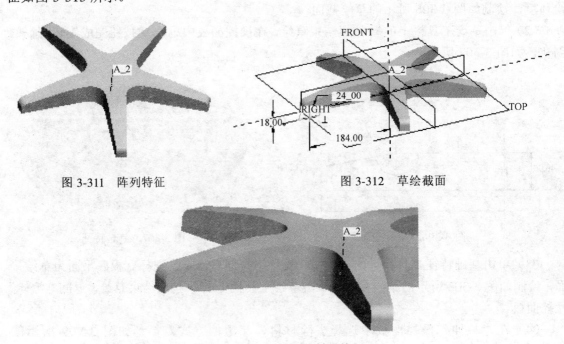

图 3-311　阵列特征　　　　　　　图 3-312　草绘截面

图 3-313　拉伸去除材料特征

（8）再次执行"拉伸"命令，选择"使用先前的"草绘环境，绘制如图 3-314 所示的草绘截面，在操控面板中选择两侧拉伸方式、薄板等方式，拉伸深度为 20，薄板厚度为 4，如图 3-315 所示，最后得到的拉伸特征如图 3-316 所示。

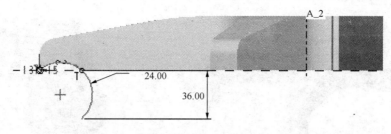

图 3-314　草绘截面

图 3-315　"拉伸"操控面板

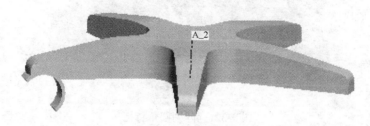

图 3-316　拉伸特征

（9）再次执行"拉伸"命令，仍然选择"使用先前的"草绘环境，绘制如图 3-317 所示的草绘截面，在"拉伸"操控面板中选择两侧拉伸，拉伸深度为 28，得到的拉伸特征如图 3-318 所示。

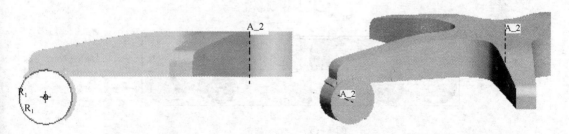

图 3-317　草绘截面　　　　　　　　　　　　　　　图 3-318　拉伸特征

（10）在特征树中选择连续三次创建的拉伸特征并定义为"组"，选择该组特征，单击编辑特征工具栏上的▦按钮，执行"阵列"命令，在弹出的操控面板中选择"轴"阵列方式，选择底板轴线 A_2 为阵列轴，阵列数目为 5，角度为 72°，完成后的阵列特征如图 3-319 所示。

（11）单击编辑特征工具栏上的◥按钮，执行"倒圆角"命令，对第一个拉伸圆柱体的边进行倒圆角，圆角半径值为 3，得到的圆角特征如图 3-320 所示。

（12）在模型树中选择圆角特征，单击编辑特征工具栏上的▦按钮，执行"阵列"命令，对圆角特征进行"参照阵列"，得到的阵列特征如图 3-321 所示。

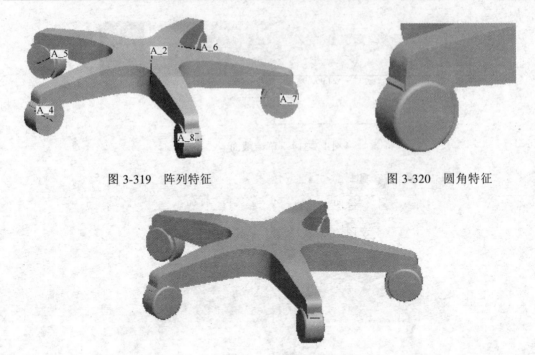

图 3-319　阵列特征　　　　　　　　　　　图 3-320　圆角特征

图 3-321　阵列圆角特征

3. 创建椅子支持杆

（1）单击基础特征工具栏上的 按钮，执行"旋转"命令，选择 FRONT 面为草绘平面，绘制如图 3-322 所示的截面，完成后的旋转特征如图 3-323 所示。

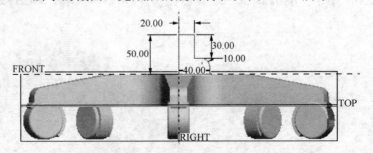

图 3-322　草绘截面

图 3-323　旋转特征

（2）单击基础特征工具栏上的 按钮，执行"拉伸"命令，选择上一步旋转特征的上表面为草绘平面，绘制如图 3-324 所示的截面。在"拉伸"操控面板使用盲孔的方式拉伸，并输入拉伸深度值 400，得到如图 3-325 所示的特征。

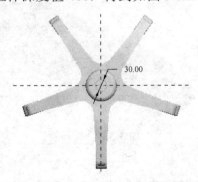

图 3-324　草绘截面

图 3-325　拉伸特征

（3）单击基础特征工具栏上的 按钮，选择 FRONT 面为草绘平面，在拉伸特征的顶部构建旋转特征，其截面如图 3-326 所示，完成后的旋转特征如图 3-327 所示。

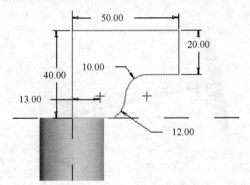

图 3-326　草绘截面

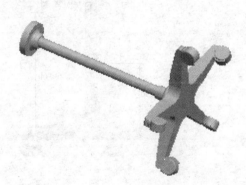

图 3-327　旋转特征

4. 创建椅子坐垫

（1）单击基础特征工具栏上的 按钮，执行"拉伸"命令，在旋转特征的顶部创建拉伸特征，选择上一步旋转特征的上表面为草绘平面，草绘截面，如图 3-328 所示，输入拉伸长度为 15，完成后的特征如图 3-329 所示。

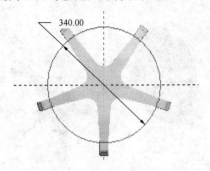

图 3-328　草绘截面

图 3-329　拉伸特征

（2）单击基础特征工具栏上的 ✣ 按钮，选择 FRONT 面为草绘平面，在拉伸特征顶部构建旋转特征，其草绘截面如图 3-330 所示，旋转 360°后得到的旋转特征如图 3-331 所示。

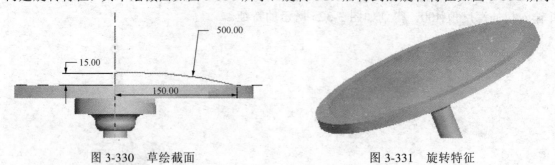

图 3-330　草绘截面　　　　　　　　　　图 3-331　旋转特征

5. 创建椅子支架

（1）单击基准工具栏上的 ▨ 按钮，执行"草绘基准曲线"的命令，选择 FRONT 面为草绘平面，绘制如图 3-332 所示的曲线。

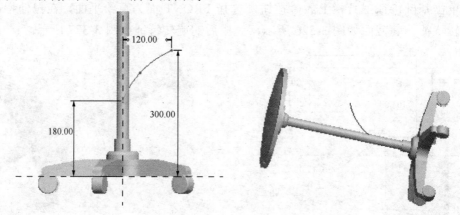

图 3-332　草绘曲线及基准曲线

（2）在主菜单中执行"插入"｜"扫描"｜"伸出项"命令，选择上一步的基准曲线为扫描轨迹线，扫描截面直径为 10 的圆，最后得到扫描特征，如图 3-333 所示。

（3）选择刚刚创建的扫描特征，单击编辑特征工具栏上的 ▥ 按钮，在弹出的操控面板中选择"轴"阵列方式，中间拉伸的圆柱体轴线为阵列轴线，阵列数目为 3，角度为 120°，阵列后的特征如图 3-334 所示。

图 3-333　扫描特征　　　　　　　　　　图 3-334　阵列特征

（4）单击基准工具栏上的 ◻ 按钮，创建平行于 TOP 面的基准平面，且输入偏移距离为 300，如图 3-335 所示。

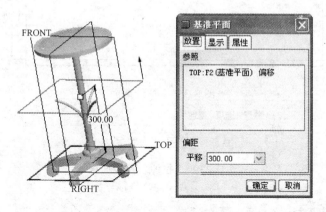

图 3-335　创建基准平面

（5）单击基准工具栏上的 ⌂ 按钮，执行"草绘基准曲线"命令，选择刚创建的基准面 DTM1 为草绘平面，绘制直径为 240 的圆，完成之后得到的曲线如图 3-336 所示。

（6）单击"扫描"｜"伸出项"命令，按照菜单提示选择上一步创建的基准曲线为扫描轨迹，而扫描截面直径为 10 的圆，得到的扫描特征如图 3-337 所示。

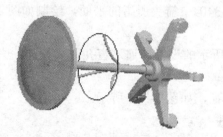

图 3-336　基准曲线的绘制　　　　　　　　图 3-337　扫描特征

3.3.3　轮胎

1.　建立新文件

启动 Pro/Engineer，单击"文件"｜"新建"命令或者单击 ◻ 按钮，系统弹出"新建"对话框，选择"零件"｜"实体"类型，输入文件名并取消选择"使用缺省模板"复选框，确认后在弹出的"新文件选项"对话框中选择 mmns_part_solid 模板，进入实体建模环境。

2.　创建轮胎基体

（1）单击基础特征工具栏上的 ◻ 按钮，执行"拉伸"命令，选择 FRONT 面为草绘平面，按照系统默认的视图方向和参照平面进入草绘环境，绘制如图 3-338 所示的截面，单击草绘工具栏上的 ✔ 按钮结束草绘。

（2）在操控面板中选择盲孔拉伸实体的方式，深度值为 600，如图 3-339 所示。单击操控面板上的 ✔ 按钮完成拉伸特征，如图 3-340 所示。

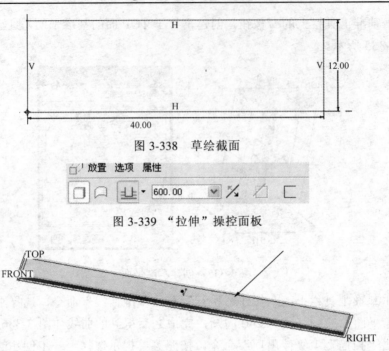

图 3-338 草绘截面

图 3-339 "拉伸"操控面板

图 3-340 拉伸特征

（3）继续执行拉伸命令，草绘平面选择图 3-340 中箭头所指的平面，绘制如图 3-341 所示的截面图形。

（4）在"拉伸"操控面板中进行如图 3-342 所示的设置，通过盲孔方式拉伸、去除材料且深度为 3。

（5）单击操控面板上的 ✓ 按钮，完成拉伸特征，如图 3-343 所示。

图 3-342 操控面板的设置

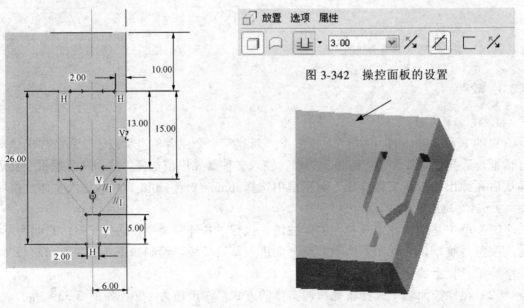

图 3-341 草绘截面

图 3-343 拉伸特征

（6）在模型树中选择上一步做的拉伸特征，执行"阵列"命令，采取"方向"阵列的方式，选择图 3-343 中箭头所指边为方向参照，第一方向上的成员数为 50，成员之间的间距为 12，如图 3-344 所示。完成阵列特征后的模型如图 3-345 所示。

图 3-344　阵列操控面板

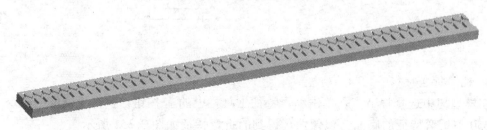

图 3-345　阵列特征

3. 创建折弯特征

（1）单击主菜单中的"插入"｜"高级"｜"环形折弯"命令，在弹出的"选项"菜单管理器中选择 360｜"单侧"｜"曲线折弯收缩"，如图 3-346 所示，单击"完成"按钮，系统弹出如图 3-347 所示的"定义折弯"菜单管理器，选择图 3-345 中模型底面为折弯面组，完成后系统弹出如图 3-348 所示的"设置草绘平面"菜单管理器，选择图 3-345 中模型左端面为草绘平面，根据提示定义好视图方向和摆放方式，绘制如图 3-349 所示的截面。需要注意的是，该截面需使用草绘工具栏上的 ┗ 按钮插入坐标系。

图 3-346　"选项"菜单管理器

图 3-347　"定义折弯"菜单管理器

图 3-348　"设置草绘平面"菜单管理器

（2）根据系统提示选择图 3-345 中模型的左端面和右端面来定义折弯长度，得到的折弯特征如图 3-350 所示。

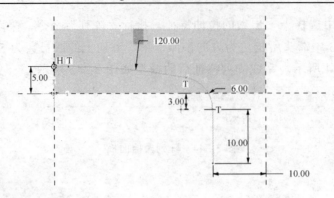

图 3-349　折弯截面

4. 镜像折弯特征

在模型树中选择根节点，单击编辑特征工具栏上的 按钮，执行"镜像"命令，选择图 3-350 中折弯特征的底面为镜像面，得到的折弯特征如图 3-351 所示。

图 3-350　折弯特征

图 3-351　镜像特征

5. 创建基准点、基准轴和基准平面

（1）单击基准工具栏上的 按钮，系统弹出"基准点"对话框，选择折弯特征的圆曲线，在"参照"收集器中选择"居中"方式来定义圆曲线的圆心为基准点 PNT0，如图 3-352 所示。

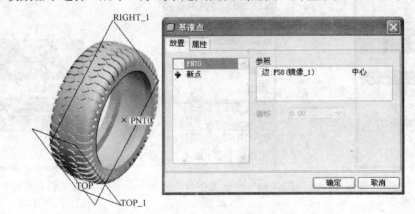

图 3-352　创建基准点 PNT0

（2）用同样的方法创建折弯特征的另一侧的圆曲线圆心基准点 PNT1，如图 3-353 所示。

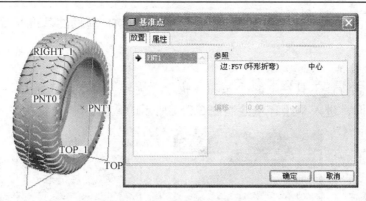

图 3-353　创建基准点 PNT1

（3）单击基准工具栏上的 ╱ 按钮，系统弹出"基准轴"对话框，按住 Ctrl 键选择 PNT0 和 PNT1 创建基准轴线 A_1，如图 3-354 所示。

图 3-354　创建基准轴

（4）单击基准工具栏上的 ╱ 按钮，系统弹出"基准平面"对话框，按住 Ctrl 键选择基准轴 A_1 与 TOP 基准面，创建穿过轴线 A_1 并与 TOP 面垂直的基准面 DTM1，如图 3-355 所示。

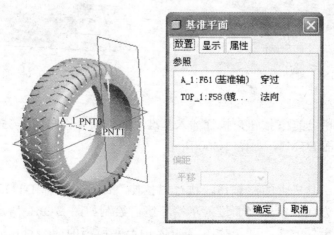

图 3-355　创建基准面 DTM1

（5）用同样的方法创建穿过基准轴 A_1 并与 DTM1 垂直的基准平面 DTM2，如图 3-356 所示。

6. 创建旋转特征

（1）单击基础特征工具栏上的 按钮，执行"旋转"命令，选择 DTM2 为草绘平面，DTM1 为参照平面，进入草绘环境绘制图 3-357 所示的截面。

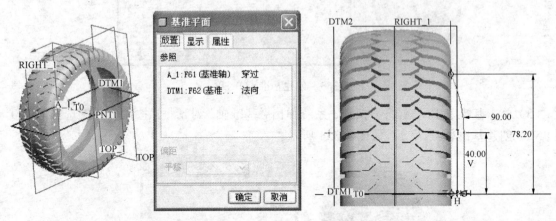

图 3-356　创建基准面 DTM2　　　　　图 3-357　草绘截面

（2）单击操控面板上的 按钮，得到的旋转特征如图 3-358 所示。

7. 镜像特征

在模型树中选择上一步的旋转特征进行镜像，镜像平面选择 RIGHT 面，镜像后的特征如图 3-359 所示。

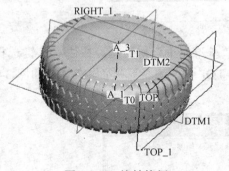
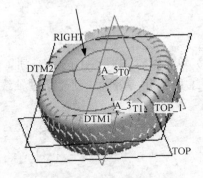

图 3-358　旋转特征　　　　　　　　　图 3-359　镜像特征

8. 基准面特征

单击基准工具栏上的 按钮，执行插入基准平面的命令，与图 3-359 中箭头所指的平面偏距 3 得到基准面 DTM3，如图 3-360 所示。

9. 拉伸特征

单击基础特征工具栏上的 按钮，执行"拉伸"命令，选择 DTM3 为草绘平面，按照系统默认的视图方向和参照平面进入草绘环境，绘制如图 3-361 所示的截面，在操控面板中选择"拉伸至"方式，并选择图 3-362 中箭头所指的面为目标面，完成后的特征如图 3-362 所示。

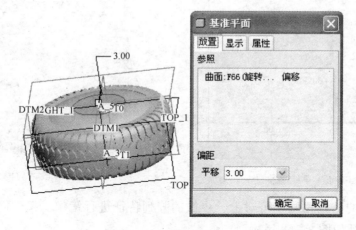

图 3-360　创建基准面 DTM3

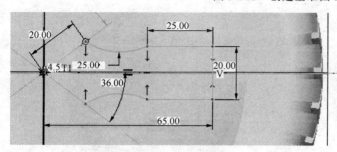

图 3-361　创建草绘截面

图 3-362　拉伸特征

10. 阵列特征

对上一步创建的拉伸特征进行阵列，采用"轴"阵列方式，选择 A_1 为阵列轴，在操控面板中进行如图 3-363 所示的设置，完成后的阵列特征如图 3-364 所示。

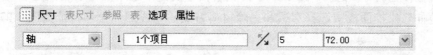

图 3-363　操控面板的设置

11. 拉伸特征

执行"拉伸"命令，选择图 3-364 中箭头所指的面为草绘平面，绘制如图 3-365 所示的截面，在"拉伸"操控面板中选择穿透和去除材料方式，最后得到的拉伸特征如图 3-366 所示。

12. 阵列特征

（1）在模型树中选择对上一步创建的拉伸特征，执行"阵列"命令，同样采取"轴"阵列方式，阵列成员数为 5，角度 72°，完成后的阵列特征如图 3-367 所示。

图 3-364　阵列特征

137

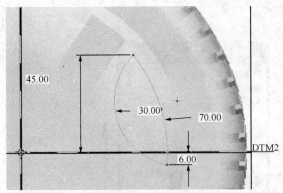

图 3-365　草绘截面　　　　　　　　　　图 3-366　拉伸特征

（2）另一边的结构相同，可对上一步做的阵列特征进行镜像，镜像面可选择 RIGHT 面，镜像后的特征如图 3-368 所示。

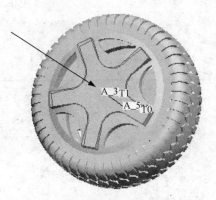

图 3-367　阵列特征　　　　　　　　　　图 3-368　镜像特征

13．拉伸特征

执行"拉伸"命令，选择图 3-368 中箭头所指平面为草绘平面，绘制如图 3-369 所示的截面。在"拉伸"操控面板中选择穿透和去除材料方式，完成后的拉伸特征如图 3-370 所示。

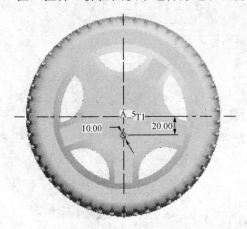

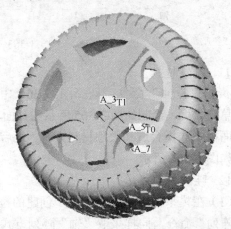

图 3-369　草绘截面　　　　　　　　　　图 3-370　拉伸特征

14. 阵列特征

选择上一步创建的拉伸特征，执行"阵列"命令，采取"轴"阵列方式，选择 A_1 为阵列轴，操控面板的设置如图 3-371 所示，完成后的阵列特征如图 3-372 所示。

图 3-371 操控面板设置

图 3-372 最终模型

3.3.4 键盘按钮

1. 创建键盘按钮底部

（1）单击主菜单中"文件"｜"新建"命令，弹出"新建"对话框，如图 3-373 所示。在"类型"选项组中选择"零件"类型，并在"名称"文本框中输入文件名 3-3-4，取消选择"使用默认模板"复选框，然后单击"确定"按钮，进入模板的设置对话框，如图 3-374 所示，选择 mmns_part_solid 模板（即公制），然后单击"确定"按钮，进入实体设计环境。

图 3-373 "新建"对话框

图 3-374 "新文件选项"对话框

（2）单击主菜单中的"插入"｜"拉伸"命令或直接单击基础特征工具栏中的按钮，系统界面下部会出现"拉伸"操控面板，如图 3-375 所示。

图 3-375 "拉伸"操控面板

（3）单击"放置"上滑面板中的"定义"按钮，选择 TOP 平面为草绘平面，绘制如图 3-376 所示的截面，然后单击工具栏上的 ✔ 按钮，退出截面的绘制。

（4）在"拉伸"操控面板上设置拉伸深度为 3，然后单击"拉伸"操控面板上的 ✔ 按钮，完成特征的创建，如图 3-377 所示。

2. 创建按钮上部混合特征

（1）单击主菜单中的"插入"｜"混合"｜"伸出项"命令。

（2）在如图 3-378 所示的菜单管理器中选择"平行"｜"规则截面"｜"草绘截面"方式并单击"完成"，在"属性"菜单管理器中选择"光滑"，单击"完成"继续下一步操作。

（3）系统提示选择草绘平面与参照平面，选择图 3-377 中拉伸实体的上表面为草绘平面，进入草绘状态。单击草绘工具栏中的 ▫ 按钮，系统弹出"选择使用边"对话框，如图 3-379 所示，选择"环"选项，在绘图区选择实体上表面任一条边，系统自动复制原实体上表面，如图 3-380 所示。

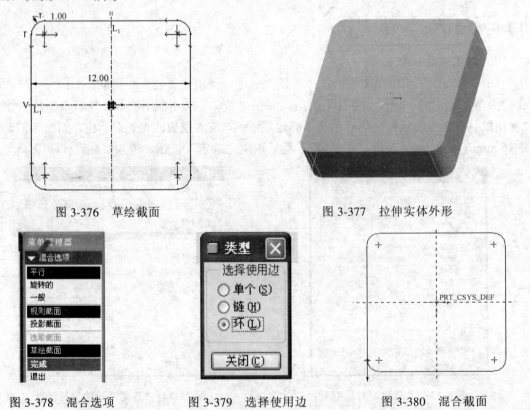

图 3-376 草绘截面　　　　　　　　　　图 3-377 拉伸实体外形

图 3-378 混合选项　　　　图 3-379 选择使用边　　　　图 3-380 混合截面

（4）绘制下一个截面。在绘图区单击鼠标右键，弹出如图 3-381 的快捷菜单，选择"切换剖面"选项，或者单击"草绘"｜"特征工具"｜"切换剖面"命令，进入第二个截面的绘图状态，绘制如图 3-382 所示的截面（注意两个截面起始点的一致性）。

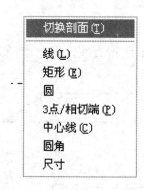

图 3-381　"切换剖面"快捷菜单

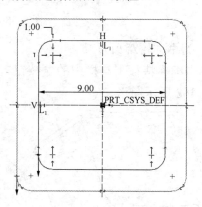

图 3-382　第二个截面形状

（5）单击草绘工具栏上的 ✔ 按钮，退出截面的绘制。系统提示输入两截面之间的间距，输入 6。其模型如图 3-383 所示。

3. 建立弧形顶部

（1）单击主菜单中的"插入"｜"拉伸"命令或直接单击基础特性工具栏中的 按钮，系统界面下部会出现"拉伸"操控面板，选择 方式并选择 FRONT 平面为草绘平面，绘制如图 3-384 所示的圆弧，双侧拉伸 6，完成弧形顶面的绘制，如图 3-385 所示。

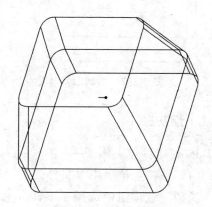

图 3-383　实体模型

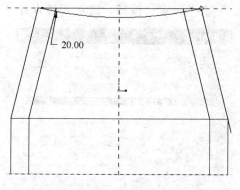

图 3-384　弧形顶部截面

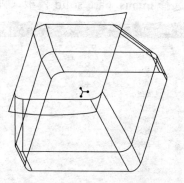

图 3-385　顶部曲面

（2）用曲面剪切实体，剪出弧形顶部。选择刚才绘制的曲面，单击"编辑"｜"实体化"命令，系统界面下部会出现"实体化"操控面板，如图 3-386 所示，在操控面板中选择 方式，即生成如图 3-387 实体形状。

图 3-386　"实体化"操控面板

4. 倒中部轮廓圆角

单击编辑特征工具栏中的 按钮，选择图 3-387 中 1 所指直线，圆角半径为 3，得到如图 3-388 所示图形。

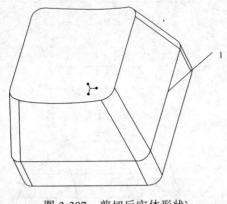

图 3-387　剪切后实体形状

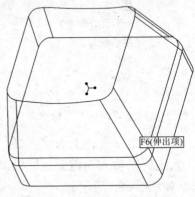

图 3-388　键盘按钮

3.3.5　烟灰缸

1. 创建拉伸实体

（1）单击主菜单中"文件"｜"新建"命令，弹出"新建"对话框，如图 3-389 所示。在"类型"选项组中选择"零件"类型，并在"名称"文本框中输入文件名 yanhuigang，取消选择"使用默认模板"复选框。单击"确定"按钮，进入模板的设置对话框，如图 3-390 所示，选择 mmns_part_solid 模板（即公制），然后单击"确定"按钮，进入实体设计环境。

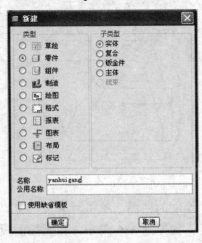

图 3-389　"新建"对话框

图 3-390　"新文件选项"对话框

（2）单击主菜单中的"插入"｜"拉伸"命令或直接单击基础特征工具栏中的 按钮，系统界面下部会出现"拉伸"操控面板，如图 3-391 所示，开始创建烟灰缸底部。

图 3-391　"拉伸"操控面板

（3）单击"放置"上滑面板中的"定义"按钮，选择 TOP 平面为草绘平面，绘制如图 3-392 所示的截面（注意图形以 FRONT、RIGHT 对称），然后单击草绘工具栏上的✔按钮，退出截面的绘制。

（4）在"拉伸"操控面板上设置拉伸深度为 50，然后单击"拉伸"操控面板上的✔按钮，完成特征的创建，如图 3-393 所示。

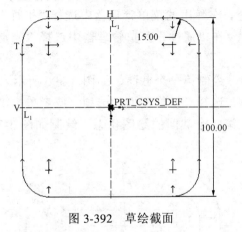

图 3-392　草绘截面

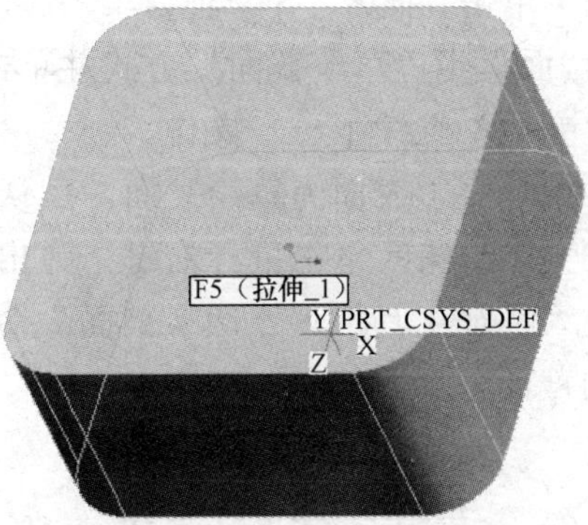

图 3-393　拉伸实体外形

2. 创建拔模特征

（1）单击菜单"插入"｜"斜度"命令或直接单击工程特征工具栏中的 按钮，系统界面下部会出现"拔模"操控面板，如图 3-394 所示。

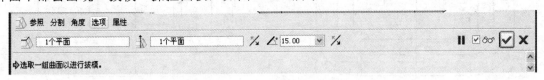

图 3-394　"拔模"操控面板

（2）单击"参照"上滑面板，激活"拔模曲面"收集器，选取模型任意侧面。因为所有侧曲面均彼此相切，而在上滑面板中默认选中了"拔模相切曲面"复选框，所以拔模将自动延伸到零件的所有侧面。激活"拔模枢轴"收集器，选择模型上表面为拔模枢轴面，系统还使用它来自动确定拖动方向。

（3）在操控面板中的 框输入拔模角度为 5°。如果要改变拔模方向或拔模角度，则单击操控面板中的 按钮。

（4）单击操控面板中的✔按钮，完成拔模特征，如图 3-395 所示。

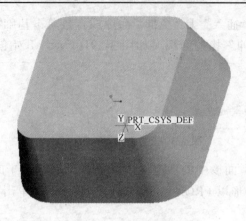

图 3-395　拔模后的特征

3．创建烟灰缸内腔

（1）单击"插入"｜"混合"｜"切口"命令，在弹出的菜单管理器中选择"平行"｜"规则截面"｜"草绘截面"方式并单击"完成"，在"属性"菜单管理器中选择"光滑"，单击"完成"继续下一步操作。

（2）选择上表面为草绘平面，默认系统正向，绘制第一个截面，如图 3-396 所示。

（3）在绘图区单击鼠标右键，弹出快捷菜单，选择"切换剖面"选项，或者单击"草绘"｜"特征工具"｜"切换剖面"命令，进入第二个截面的绘图状态，绘制如图 3-397 所示的截面形状。

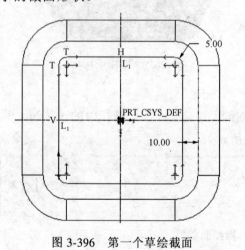

图 3-396　第一个草绘截面　　　　　图 3-397　第二个草绘截面

（4）单击草绘工具栏上的 ✔ 按钮，完成截面草绘，默认系统指定的切减材料的方向，按照系统提示输入两个截面之间的间距 30，单击对话框中的"确定"按钮，完成内腔的绘制，如图 3-398 所示。

4．创建搁烟口

（1）单击主菜单中的"插入"｜"拉伸"命令或直接单击基础特征工具栏中的 按钮，系统界面下部会出现"拉伸"操控面板，按下去除材料 按钮。

（2）选择 FRONT 为草绘平面，绘制如图 3-399 所示的截面。

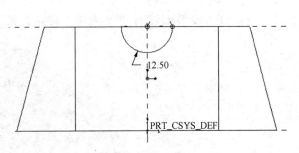

图 3-398　烟灰缸内腔实体模型　　　　　　　图 3-399　草绘截面

（3）在"拉伸"操控面板中设置"选项"｜"深度"｜"第 1 侧"、"第 2 侧"均为"穿透"，如图 3-400 所示。

图 3-400　"拉伸"操控面板

（4）单击"确定"按钮，得到如图 3-401 所示的图形。

（5）绘制左右两个切口。重复刚才的操作，选择 RIGHT 为绘图面。

（6）对切口棱边倒圆角，圆角半径为 5，生成如图 3-402 所示的图形。

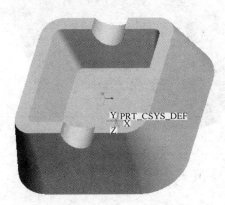

图 3-401　切减拉伸实体　　　　　　　　　　图 3-402　搁烟口

5. 抽壳

（1）单击主菜单中的"插入"｜"壳"命令或直接单击工程特征工具栏中的 按钮，系统界面下部会出现"壳"操控面板，如图 3-403 所示。

图 3-403 "壳"操控面板

（2）单击操控面板上的"选项"按钮，选择下表面为删除的表面，如图 3-404 所示。

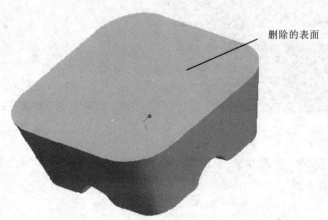

删除的表面

图 3-404 "壳"特征删除的表面

（3）在"厚度"框中输入 5，生成如图 3-405 和图 3-406 所示的图形，完成烟灰缸的创建。

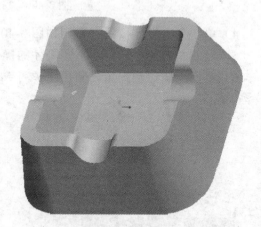

图 3-405　烟灰缸底部　　　　　　　　　图 3-406　烟灰缸

3.3.6　酒瓶

1. 创建新零件

单击主菜单中的"文件"｜"新建"命令，弹出"新建"对话框。在"类型"选项组中选择"零件"类型，并在"名称"文本框中输入文件名 3-3-6，取消选择"使用默认模板"复选框。单击"确定"按钮，进入模板的设置对话框，选择 mmns_part_solid 模板（即公制），然后单击"确定"按钮，进入实体设计环境。

2. 创建扫描的 5 条轨迹曲线

（1）创建第 1 条曲线。单击基准工具栏中的⚙按钮，选择 FRONT 为草绘平面，绘制如图 3-407 所示的截面（注意：直线落在基准平面 RIGHT 上，直线端点落在基准平面 TOP 上）。

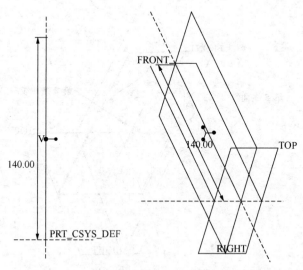

图 3-407　第 1 条曲线

（2）创建第 2 条曲线。单击基准工具栏中的⚙按钮，选择与上一步骤相同的草绘平面，绘制如图 3-408 所示的截面。

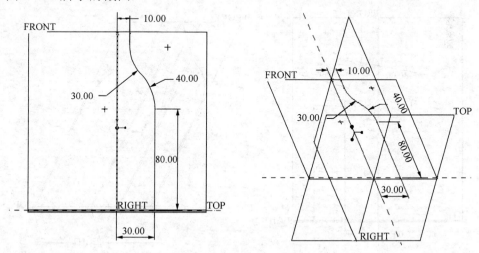

图 3-408　第 2 条曲线

（3）创建第 3 条曲线。选择刚才创建的曲线（即第 2 条曲线），单击主菜单中的"编辑"｜"镜像"命令，系统界面下部会出现"镜像"操控面板，如图 3-409 所示，单击"参照"上滑面板中的"镜像平面"收集器，选择 RIGHT 平面为镜像平面创建第 3 条曲线，如图 3-410 所示。

图 3-409 "镜像"操控面板

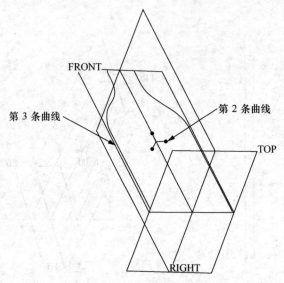

图 3-410 第 3 条曲线

（4）创建第 4 条曲线。单击基准工具栏中的 按钮，选择与上一步骤相同的草绘平面，绘制如图 3-411 所示的截面。

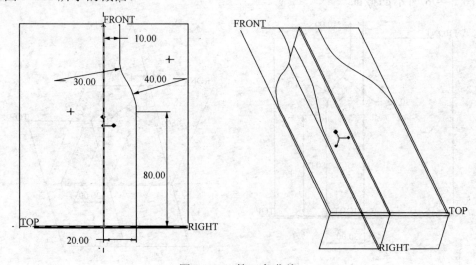

图 3-411 第 4 条曲线

（5）创建第 5 条曲线。选择刚才创建的曲线（即第 4 条曲线），单击主菜单中的"编辑"｜"镜像"命令，系统界面下部会出现"镜像"操控面板，单击"参照"上滑面板中的"镜像平面"收集器，选择 FRONT 平面为镜像平面创建第 5 条曲线，如图 3-412 所示。

3. 创建控制圆角半径的基准图形

单击主菜单中的"插入"｜"模型基准"｜"图形"命令，如图 3-413 所示。在义本框中输入 Graph 名称：radius，绘制如图 3-414 所示的图形。

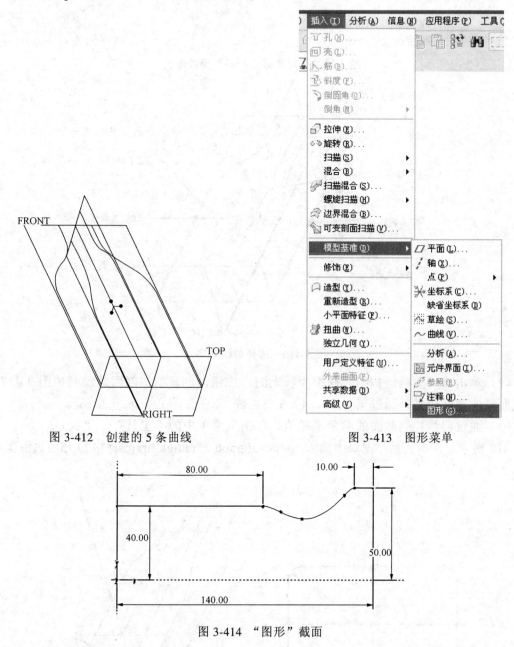

图 3-412　创建的 5 条曲线　　　　　　　　　图 3-413　图形菜单

图 3-414　"图形"截面

4. 以 5 条曲线创建变截面扫描实体

（1）单击"插入"｜"可变截面扫描"命令，或直接单击基础特征工具栏中的 🖉 按钮，系统界面下部出现"可变截面扫描"操控面板，如图 3-415 所示，单击"参照"上滑面板中的"轨迹"收集器，选择刚才创建的 5 条曲线，先选择第 1 条曲线作为原点扫描轨迹，如图 3-416 所示，再单击"细节"按钮，将其他 4 条曲线添加进去（注意选择曲线之前得单击添加，其他 4 条曲线的选择无先后之分）。

图 3-415 "可变截面扫描"操控面板

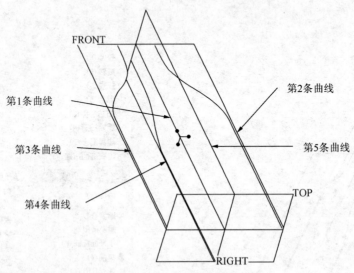

图 3-416 选择曲线顺序

（2）单击"可变截面扫描"操控面板上的 按钮，创建扫描剖面。绘制如图 3-417 所示截面。注意截面必须通过第 2、3、4、5 条曲线。

（3）通过曲线控制截面的圆角半径值。单击主菜单中的"工具"｜"关系"命令，如图 3-418 所示。在"关系"窗口中输入 sd#=evalgraph（"radius",trajpar*140）/5，如图 3-419所示。

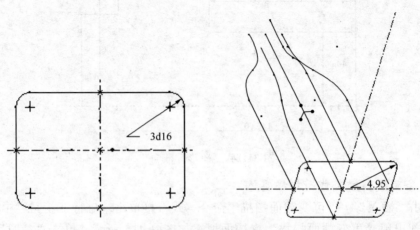

图 3-417 扫描截面

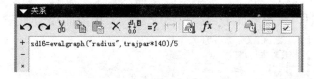

图 3-418 "关系"菜单 图 3-419 "关系"对话框

（其中#为截面圆角半径值的编号，例如在上图中圆角半径值的编号为 sd16，因此关系式写为

sd16=evalgraph("radius",trajpar*140)/5

如果图中未显示编号，可单击主菜单中的"信息" | "切换尺寸"命令，系统会自动改写为编号）

书写完关系式后单击"确定"按钮，截面圆角尺寸变为 8，如图 3-420 所示。

（4）单击草绘工具栏上的 ✔ 按钮，得到如图 3-421 所示的模型。

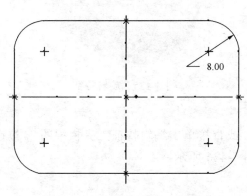

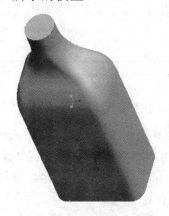

图 3-420 输入关系式后的截面 图 3-421 可变截面扫描

5. 创建薄壳特征

单击主菜单中的"插入" | "壳"命令，或单击工程特征工具栏中的 ▣ 按钮，选择顶面为删除的面，输入厚度为 1，完成特征绘制，如图 3-422 所示。

3.3.7 电吹风外壳

1. 创建新零件

单击主菜单中"文件" | "新建"命令，弹出"新建"对话框，在"类型"选项组中选择"零件"类型，并在"名称"文本框中输入文件名，取消选择"使用默认模板"复选框。单击"确定"按钮，进入模板的设置对话框，选择

图 3-422 酒瓶

mmns_part_solid 模板（即公制），然后单击"确定"按钮，进入实体设计环境。

2. 建立旋转实体特征

（1）单击主菜单中的"插入"｜"旋转"命令，或直接单击基础特征工具栏中的 ⊕ 按钮，系统界面下部会出现"旋转"操控面板，如图 3-423 所示。

图 3-423 "旋转"操控面板

（2）单击"位置"上滑面板中的"定义"按钮，选择 FRONT 平面为草绘平面，绘制如图 3-424 所示的截面，然后单击草绘工具栏上的 ✔ 按钮，退出截面的绘制。输入旋转角度 360°，完成旋转特征的绘制，如图 3-425 所示。

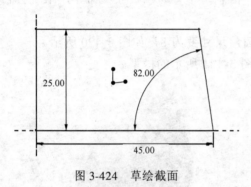

图 3-424 草绘截面

图 3-425 旋转特征

3. 创建倒圆角

（1）单击主菜单"插入"｜"倒圆角"命令，或直接单击编辑特征工具栏中的 ⌒ 按钮，系统界面下部会出现"倒圆角"操控面板，如图 3-426 所示。

图 3-426 "倒圆角"操控面板

（2）单击"设置"按钮，选择图 3-427 所示的实体边界，输入半径值为 25 后确认，完成的倒圆角如图 3-428 所示。

4. 创建拉伸实体特征

（1）单击主菜单中的"插入"｜"拉伸"命令，或直接单击基础特征工具栏中的 ⏥ 按钮，系统界面下部会出现"拉伸"操控面板。

（2）单击"放置"上滑面板中的"定义"按钮，选择平面 FRONT 为草绘平面，绘制如图 3-429 所示的截面，然后单击草绘工具栏上的 ✔ 按钮，退出截面的绘制。

（3）在"拉伸"操控面板上设置拉伸深度为 50，然后单击"拉伸"操控面板上的 ✔ 按钮，完成特征的创建，如图 3-430 所示。

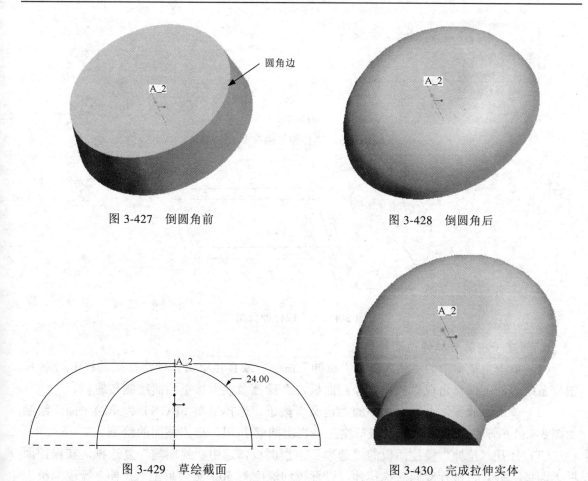

图 3-427　倒圆角前　　　　　　　　　　图 3-428　倒圆角后

图 3-429　草绘截面　　　　　　　　　　图 3-430　完成拉伸实体

5. 创建电吹风手柄第 1 个拉伸曲面特征

（1）单击主菜单中的"插入"｜"拉伸"命令，或直接单击基础特征工具栏中的 按钮，系统界面下部会出现"拉伸"操控面板，在操控面板上按下曲面绘制按钮 。

（2）单击"放置"上滑面板中的"定义"按钮，选择平面 FRONT 为草绘平面，绘制如图 3-431 所示的截面，然后单击草绘工具栏上的 按钮，退出截面的绘制。

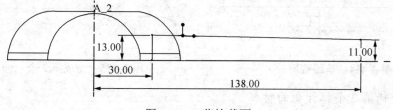

图 3-431　草绘截面

（3）打开"拉伸"操控面板的"选项"上滑面板，选中"封闭端"复选框，在操控面板上单击 按钮，进行双向对称拉伸，如图 3-432 所示。设置拉伸深度为 50，然后单击"拉伸"操控面板上的 按钮，完成特征的创建，如图 3-433 所示。

图 3-432 "拉伸"操控面板

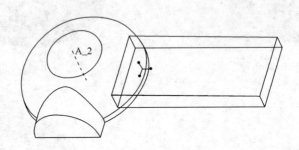

图 3-433 完成拉伸曲面

6. 创建手柄第 2 拉伸曲面特征

（1）单击主菜单中的"插入"｜"拉伸"命令，或直接单击基础特征工具栏中的 按钮，系统界面下部会出现"拉伸"操控面板，在操控面板上按下曲面绘制按钮 。

（2）单击"放置"上滑面板中的"定义"按钮，选择平面 FRONT 为草绘平面，绘制如图 3-434 所示的截面，然后单击草绘工具栏上的 按钮，退出截面的绘制。

（3）打开"拉伸"操控面板的"选项"上滑面板，选中"封闭端"复选框，在操控面板上选择 方式，进行双向对称拉伸，设置拉伸深度为 50，然后单击"拉伸"操控面板上的 按钮，完成特征的创建，如图 3-435 所示。

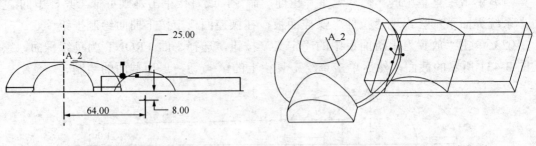

图 3-434 草绘截面　　　　　　　　图 3-435 完成第 2 个拉伸曲面

7. 创建手柄第 3 个拉伸曲面特征

（1）重复刚才的操作，选择 FRONT 为草绘平面，绘制如图 3-436 所示的截面，然后单击草绘工具栏上的 按钮，退出截面的绘制。

（2）打开"拉伸"操控面板的"选项"上滑面板，选中"封闭端"复选框，在操控面板上选择 方式，进行单向往后拉伸，设置拉伸深度为 25，然后单击"拉伸"操控面板上的 按钮，完成特征的创建，如图 3-437 所示。

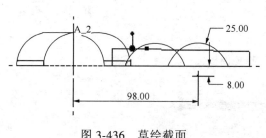

图 3-436　草绘截面

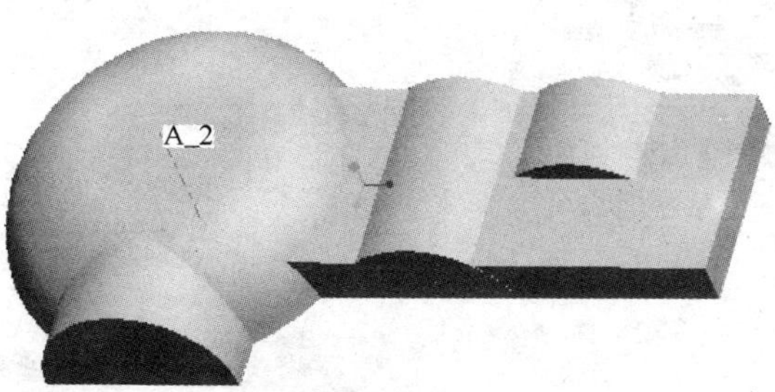

图 3-437　完成第 3 个拉伸曲面

8. 创建手柄第 4 个拉伸曲面特征

（1）单击主菜单中的"插入"│"拉伸"命令，或直接单击基础特征工具栏中的 按钮，系统界面下部会出现"拉伸"操控面板，在操控面板上按下曲面绘制按钮 。

（2）单击"放置"上滑面板中的"定义"按钮，选择平面 TOP 为草绘平面，绘制如图 3-438 所示的截面，然后单击草绘工具栏上的 按钮，退出截面的绘制。

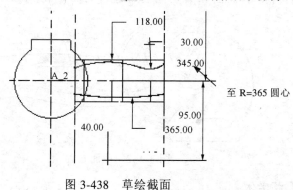

图 3-438　草绘截面

（3）在"拉伸"操控面板上选择 方式，进行单向往上拉伸，设置拉伸深度为 20，然后单击"拉伸"操控面板上的 按钮，完成特征的创建，如图 3-439 所示。

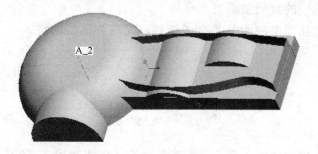

图 3-439　完成第 4 个拉伸曲面

9. 合并曲面

（1）选择第 1 个曲面，按住 Ctrl 键，选择第 2 个曲面，单击主菜单中的"编辑"│"合并"命令，或直接单击工具栏中的 按钮，系统界面下部会出现"合并"操控面板，如图 3-440 所示，确认后完成曲面第一次合并，如图 3-441 所示。

图 3-440 "合并"操控面板

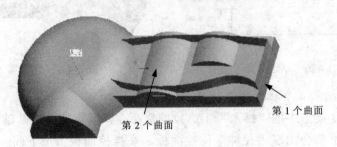

第 2 个曲面 第 1 个曲面

图 3-441 第一次曲面合并

（2）选择刚合并好的曲面和其余曲面，进行合并，得到如图 3-442 所示的图形。

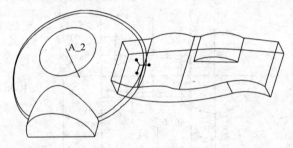

图 3-442 曲面合并

10. 由曲面生成实体

（1）选择刚才合并好的封闭曲面组，单击主菜单中的"编辑"｜"实体化"命令，系统弹出"实体化"操控面板，如图 3-443 所示。在"参照"上滑面板的"面组"收集器中已经显示出了刚才选中的封闭曲面组。

（2）单击"实体化"操控面板上的 ✔ 按钮，完成特征的创建。

图 3-443 "实体化"操控面板

11. 创建拔模特征

（1）单击主菜单中的"插入"｜"斜度"命令，或直接单击工程特征工具栏中的 按钮，系统界面下部会出现"拔模"操控面板，如图 3-444 所示。

图 3-444 "拔模"操控面板

（2）单击"参照"上滑面板，激活"拔模曲面"收集器，选择如图 3-445 所示的截面。激活"拔模枢轴"收集器，选择 TOP 为拔模枢轴面，系统还使用它来自动确定拖动方向。

（3）在操控面板的 $\angle$ 15.00 框中输入拔模角度为–2°。如果要改变拔模方向或拔模角度，则单击操控面板中的 按钮。

（4）单击操控面板中的 ✔ 按钮，完成拔模特征。

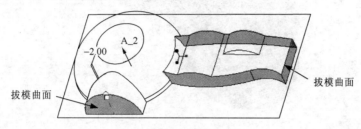

图 3-445　拔模曲面

12. 创建倒圆角特征

（1）单击主菜单中的"插入"｜"倒圆角"命令，或直接单击编辑特征工具栏中的 按钮，系统界面下部会出现"倒圆角"操控面板。

（2）单击"设置"按钮，选择图 3-445 所示的实体边界，圆角半径如图 3-446 所示，完成的倒圆角特征如图 3-447 所示。

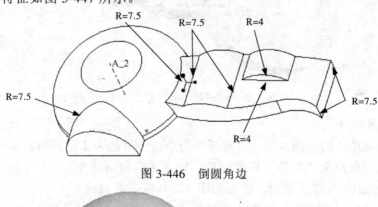

图 3-446　倒圆角边

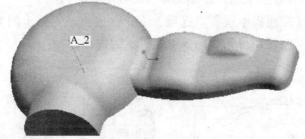

图 3-447　倒圆角

13. 创建抽壳特征

（1）单击主菜单中的"插入"｜"壳"命令，或直接单击工程特征工具栏中的 按钮，系统界面下部会出现"壳"操控面板。

（2）单击操控面板上的"选项"按钮，选择下表面为删除的表面，如图 3-448 所示。

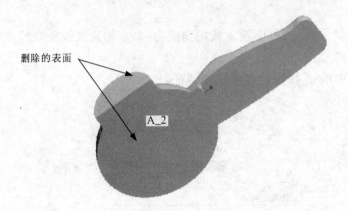

图 3-448　抽壳删除的表面

（3）在"厚度"框中输入 2，完成抽壳操作，生成如图 3-449 所示的图形。

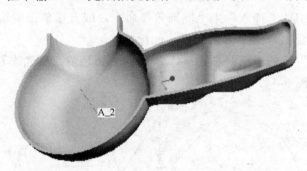

图 3-449　抽壳

14. 创建电源线口

（1）单击主菜单中的"插入"｜"拉伸"命令，或直接单击基础特征工具栏中的　按钮，系统界面下部会出现"拉伸"操控面板，按下去除材料按钮　。

（2）选择 RIGHT 为草绘平面，绘制如图 3-450 所示的截面。

（3）在"拉伸"操控面板中设置"选项"｜"深度"｜"第1侧"为"穿透"。

（4）单击"确定"按钮，得到如图 3-451 所示的图形。

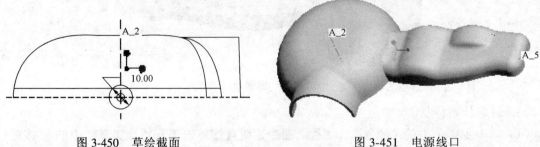

图 3-450　草绘截面　　　　　　　　　图 3-451　电源线口

15．创建散热栅

（1）单击主菜单中的"插入"｜"拉伸"命令，或直接单击基础特征工具栏中的 按钮，系统界面下部会出现"拉伸"操控面板，按下去除材料按钮 。

（2）选择 TOP 为草绘平面，绘制如图 3-452 所示的截面。

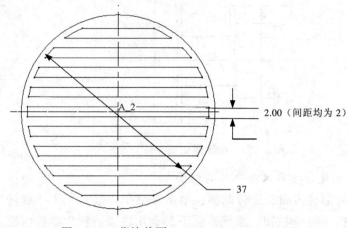

2.00（间距均为 2）

A_2

37

图 3-452 草绘截面

（3）在"拉伸"操控面板设置"选项"｜"深度"｜"第 1 侧"为"穿透"。

（4）单击"确定"按钮，得到如图 3-453 所示的图形。

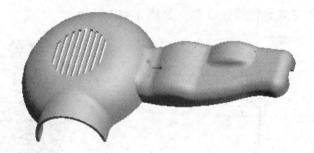

图 3-453 最终的电吹风外壳

3.3.8 风扇叶片

1．创建新零件

单击主菜单中的"文件"｜"新建"命令，弹出"新建"对话框，在"类型"选项组中选择"零件"类型，并在"名称"文本框中输入文件名，取消选择"使用默认模板"复选框。单击"确定"按钮，进入模板的设置对话框，选择 mmns_part_solid 模板（即公制），然后单击"确定"按钮，进入实体设计环境。

2．建立旋转实体特征

（1）单击主菜单中的"插入"｜"旋转"命令，或直接单击基础特征工具栏中的 按钮，系统界面下部会出现"旋转"操控面板。

（2）单击"位置"上滑面板中的"定义"按钮，选择 FRONT 平面为草绘平面，绘制如图 3-454 所示的截面，然后单击草绘工具栏上的 ✔ 按钮，退出截面的绘制。输入旋转角度 360，完成旋转特征绘制，如图 3-455 所示。

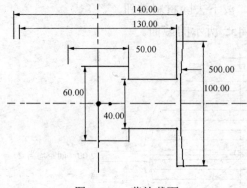

图 3-454　草绘截面

图 3-455　旋转实体

3. 创建第 1 片风扇叶片的曲面

（1）创建内圈的旋转曲面。单击主菜单"插入"｜"旋转"命令，或直接单击基础特征工具栏中的 ⊹ 按钮，系统界面下部会出现"旋转"操控面板，在操控面板上按下曲面绘制按钮 ▢。

单击"位置"上滑面板中的"定义"按钮，选择 FRONT 平面为草绘平面，绘制如图 3-456 所示的截面，然后单击草绘工具栏上的 ✔ 按钮，退出截面的绘制。选择双向旋转，输入旋转角度 180°，完成旋转特征绘制，如图 3-457 所示。

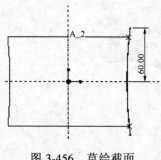

图 3-456　草绘截面

图 3-457　旋转曲面

（2）复制前一个曲面。选择刚才创建的曲面，单击主菜单中的"编辑"｜"复制"命令，再单击"编辑"｜"粘贴"命令，系统界面下部会出现"粘贴"操控面板，如图 3-458 所示。

图 3-458　"粘贴"操控面板

"参照"上滑面板的"面组"收集器中已经显示出了刚才选中的面组，单击 ✔ 按钮完成复制。此时图形没有任何变化，但实际上系统已在原位置复制了一个相同的曲面。

　　（3）创建外圈的旋转曲面。单击主菜单中的"插入"｜"旋转"命令，或直接单击基础特征工具栏中的 ⊕ 按钮，系统界面下部会出现"旋转"操控面板。在操控面板上按下曲面绘制按钮 ▢。

　　单击"位置"上滑面板中的"定义"按钮，选择 FRONT 平面为草绘平面，绘制如图 3-459 所示的截面（注意截面上下端点与上一曲面上下对齐，且圆心在 TOP 面上），然后单击草绘工具栏上的 ✔ 按钮，退出截面的绘制。选择双向旋转，输入旋转角度 180，完成旋转特征绘制，如图 3-460 所示。

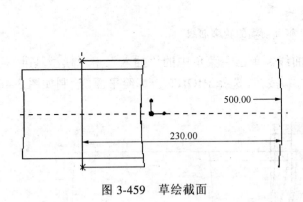

图 3-459　草绘截面

图 3-460　外圈的旋转曲面

　　（4）创建扇叶前端的轮廓曲线。单击主菜单中的"插入"｜"模型基准"｜"草绘"命令，或直接单击基准工具栏中的 按钮，选择 RIGHT 为草绘平面，绘制如图 3-461 所示两条样条曲线，单击 ✔ 按钮。

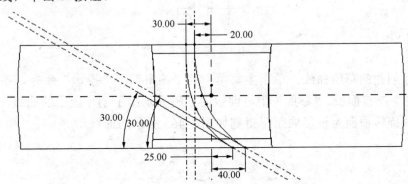

图 3-461　两条样条曲线

　　选择刚才创建的草绘曲线，单击主菜单中的"编辑"｜"投影"命令，系统界面下部会出现"投影"操控面板，如图 3-462 所示。"参照"上滑面板的已经显示出了刚才选中的曲线，选择第（3）步创建的外圈旋转曲面为投影曲面，得到如图 3-463 所示的曲线。

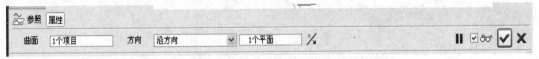

图 3-462　"投影"操控面板

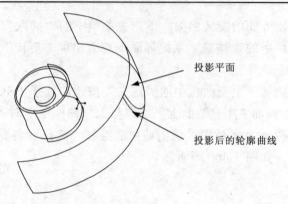

图 3-463　扇叶前端的轮廓曲线

（5）创建叶片与本体相接处的轮廓曲线。单击主菜单中的"插入"｜"模型基准"｜"草绘"命令，或直接单击基准工具栏中的 按钮，选择 RIGHT 为草绘平面，绘制如图 3-464 所示两条样条曲线，单击 按钮。

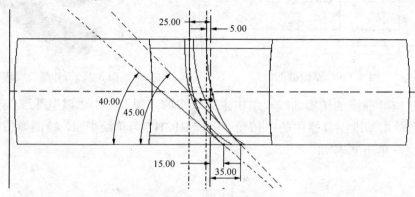

图 3-464　两条样条曲线

选择刚才创建的草绘曲线，单击主菜单中的"编辑"｜"投影"命令，系统界面下部会出现"投影"操控面板。"参照"上滑面板的已经显示出了刚才选中的曲线，选择第（3）步创建的内圈旋转曲面为投影曲面，得到如图 3-465 所示的曲线。

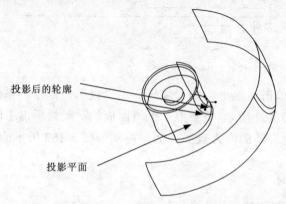

图 3-465　叶片与本体相接处的轮廓曲线

（6）创建叶片上方的曲面。为了绘图方便，隐藏外圈曲面。单击主菜单中的"插入"｜"旋转"命令，或直接单击基础特征工具栏中的✷按钮，系统界面下部会出现"旋转"操控面板，在操控面板上按下曲面绘制按钮◻。

单击"位置"上滑面板中的"定义"按钮，选择 FRONT 平面为草绘平面，绘制如图 3-466 所示的一条直线，然后单击草绘工具栏上的✔按钮，退出截面的绘制。选择双侧旋转，输入旋转角度为 180°，完成旋转特征的绘制，如图 3-467 所示。

（7）以镜像方式创建叶片下方的曲面。选择刚才创建的曲面，单击主菜单中的"编辑"｜"镜像"命令，选择 TOP 为镜像平面，得到如图 3-468 所示的图形。

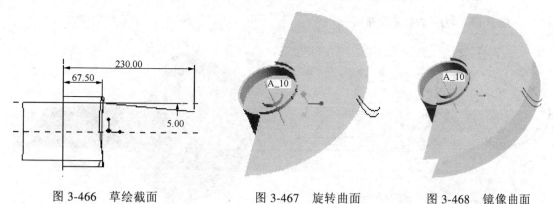

图 3-466　草绘截面　　　　图 3-467　旋转曲面　　　　图 3-468　镜像曲面

（8）创建叶片左边的曲面。为了绘图方便，隐藏叶片上、下方的曲面。单击主菜单中的"插入"｜"边界混合"命令，按住 Ctrl 键选择如图 3-469 所示的两条曲线，生成叶片左边的曲面，如图 3-470 所示。

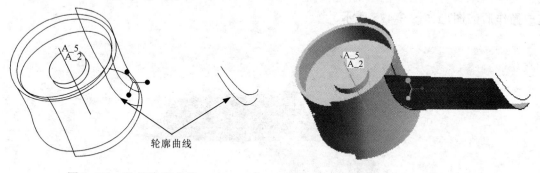

图 3-469　选择轮廓曲线　　　　　　　图 3-470　叶片左边的曲面

（9）创建叶片右边的曲面。单击主菜单中的"插入"｜"边界混合"命令，按住 Ctrl 键选择如图 3-471 所示的两条曲线，生成叶片右边的曲面，如图 3-472 所示。

（10）合并内圈曲面和叶片左右边的曲面。选择内侧面和左侧面，如图 3-473 所示，单击主菜单中的"编辑"｜"合并"命令，或直接单击工具栏中的◻按钮，完成曲面的第一次合并。

选择内侧面和右侧面，单击主菜单中的"编辑"｜"合并"命令，或直接单击工具栏中的◻按钮，完成曲面第二次合并。合并后的曲面如图 3-474 所示。

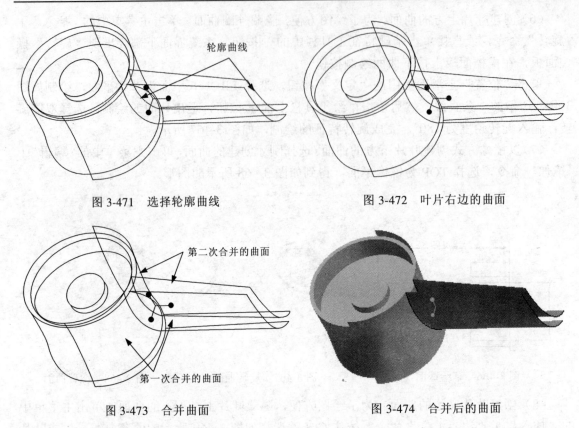

图 3-471　选择轮廓曲线　　　　　　　　　图 3-472　叶片右边的曲面

图 3-473　合并曲面　　　　　　　　　　　图 3-474　合并后的曲面

（11）创建叶片与本体相接处的圆角曲面。单击主菜单中的"插入"｜"倒圆角"命令，或直接单击编辑特征工具栏中的 按钮，选择叶片底部的两条边线，输入圆角半径 10，完成操作后的图形如图 3-475 所示。

图 3-475　倒圆角

（12）将曲面显示出来后合并所有曲面。合并顺序如图 3-476 所示，合并后的形状如图 3-477 所示。

（13）创建叶片前端上方的圆角。单击主菜单中的"插入"｜"倒圆角"命令，或直接单击编辑特征工具栏中的 按钮，选择叶片前端上方的两条边线，输入圆角半径 20，完成操作后的图形如图 3-478 所示。

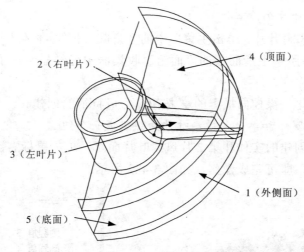

图 3-476　合并顺序

图 3-477　合并后的形状

图 3-478　叶片前端上方的圆角

（14）创建叶片前端下方的圆角。单击主菜单中的"插入" | "倒圆角"命令，或直接单击编辑特征工具栏中的 按钮，选择叶片前端上方的两条边线，输入圆角半径 15，完成操作后的图形如图 3-479 所示。

4. 复制出第 2 片风扇叶片

选择叶片曲面，单击主菜单中的"编辑" | "复制"命令，再单击主菜单中的"编辑" | "选择性粘贴"命令，系统界面下部会出现"选择性粘贴"操控面板，如图 3-480 所示。

图 3-479　叶片前端下方的圆角

图 3-480　"选择性粘贴"操控面板

"参照"上滑面板已有显示出刚才选择的面组，在"变换"上滑面板选择"旋转"选项，输入角度值 60，选择中间轴线作为旋转轴，完成的图形如图 3-481 所示。

5. 以第 2 片风扇叶片创建实体

（1）选择第 2 片风扇叶片，单击主菜单中的"编辑"｜"实体化"命令，系统弹出"实体化"操控面板。"参照"上滑面板的"面组"收集器中已经显示出了刚才选中的封闭曲面组。

（2）单击"实体化"操控面板上的 ✔ 按钮，完成特征的创建。

6. 将刚才创建的实体和第 2 片风扇叶片面组编成一个组

在模型树中选择创建的实体和第 2 片风扇叶片面组，单击鼠标右键，在弹出的快捷菜单中选择"组"选项，即可完成操作，如图 3-482 所示。

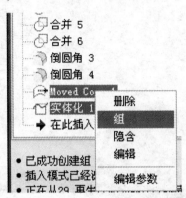

图 3-481　复制曲面　　　　　　　　　　　　　　图 3-482　"组"操作

7. 阵列组

选择刚才创建的组，单击鼠标右键，在弹出的快捷菜单中选择"阵列"选项或在主菜单中单击"编辑"｜"阵列"命令，系统界面下部会出现"阵列"操控面板，选择角度尺寸 60 为阵列改变的尺寸，输入增量为 60，如图 3-483 所示。输入阵列成员数为 6，完成阵列，效果如图 3-484 所示。

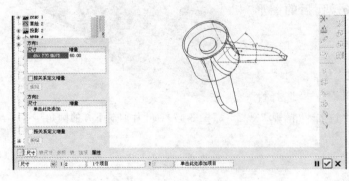

图 3-483　"阵列"操控面板　　　　　　　　　　图 3-484　阵列特征

8. 创建圆角特征

选择零件正面三边创建圆角，圆角半径为 5，完成后的图形如图 3-485 所示。再选择零件底面三边创建圆角，圆角半径为"5"，完成后的图形如图 3-486 所示。

图 3-485　零件正面圆角特征　　　　　　　　图 3-486　零件底面圆角特征

9. 创建固定轴用的键槽

单击主菜单中的"插入"｜"拉伸"命令，或直接单击基础特征工具栏中的 ⬚ 按钮，系统界面下部会出现"拉伸"操控面板。单击"放置"上滑面板中的"定义"按钮，选择 TOP 平面为草绘平面，绘制如图 3-487 所示的截面，然后单击草绘工具栏上的 ✔ 按钮，退出截面的绘制。

在"拉伸"操控面板中设置"选项"｜"深度"｜"第 1 侧"和"第 2 侧"均为"穿透"，最终的模型如图 3-488 所示。

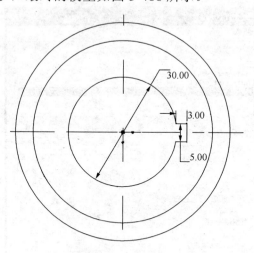

图 3-487　草绘截面　　　　　　　　　　　图 3-488　风扇叶片

第4章　曲面造型综合实例

4.1　幸运星造型

本节通过介绍幸运星的设计，使读者熟悉曲面造型的一些主要方法和原则。下面详细介绍其设计过程。

4.1.1　创建基础曲面

1. 创建填充曲面

（1）单击主菜单中的"文件"｜"新建"命令，弹出"新建"对话框，如图 4-1 所示。在"类型"选项组中选择"零件"类型，并在"名称"文本框中输入文件名，如 star，取消选择"使用默认模板"复选框，然后单击"确定"按钮，进入模板的设置对话框，如图 4-2 所示，选择 mmns_part_solid 模板，然后单击"确定"按钮，进入实体设计环境。

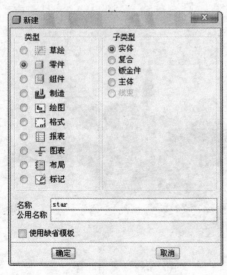

图 4-1　"新建"对话框　　　　　　图 4-2　"新文件选项"对话框

（2）单击主菜单中的"插入"｜"模型基准"｜"平面"命令，系统弹出"基准平面"对话框，如图 4-3 所示，单击 TOP 平面，创建关于 TOP 面偏移 5mm 的平面 DTM1。

（3）单击主菜单中的"编辑"｜"填充"命令，系统弹出"填充"操控面板，单击上滑面板中的"参照"，执行"草绘"命令，进行截面的绘制，如图 4-4 所示。选择 DTM1 平面为草绘平面，绘制直径为 25mm 的圆，如图 4-5 所示，然后单击工具栏上的 ✔ 按钮，退出截面的绘制。

（4）单击"填充"操控面板上的 ☑ 按钮，完成特征的创建，如图 4-6 所示。

图 4-3 "基准平面"对话框

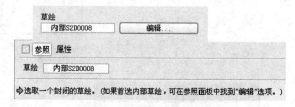

图 4-4 "填充"操控面板

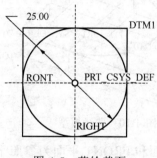

图 4-5 草绘截面

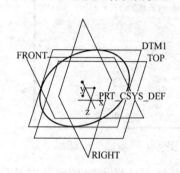

图 4-6 填充曲面

2. 创建边界混合曲面

（1）单击主菜单中的"插入"｜"模型基准"｜"点"｜"点"命令，系统弹出"基准点"对话框，如图 4-7 所示，选择填充曲面和 RIGHT 平面，创建交点 PNT0。

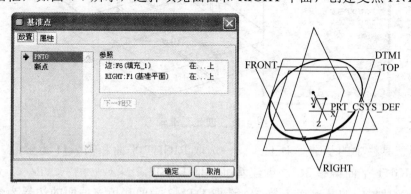

图 4-7 创建交点

（2）选择工具栏中的草绘工具 ，选取 RIGHT 平面为绘图平面，绘制如图 4-8 所示的样条曲线，曲线起点通过基准点 PNT0（单击主菜单中的"草绘"｜"参照"命令，选取 PNT0 为草绘参照，如图 4-9 所示），绘制结果如图 4-10 所示。

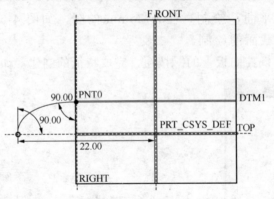

图 4-8　草绘曲线

图 4-9　"参照"对话框

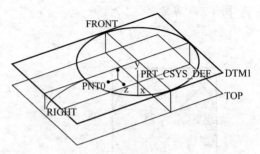

图 4-10　曲线模型

（3）选择工具栏中的基准轴工具 ，选取 RIGHT 平面和 FRONT 平面为参照平面，如图 4-11 所示，创建基准轴 A_1。

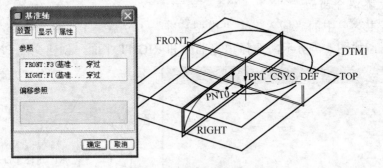

图 4-11　创建基准轴

（4）选择工具栏中的基准平面工具 ，选取 RIGHT 平面和轴 A_1 为参照，如图 4-12 所示，相对 RIGHT 平面偏移 36°，创建基准平面 DTM2。

（5）选择工具栏中的基准点工具 ，选取 DTM2 平面和填充曲面的边界为参照，如图 4-13 所示，创建基准点 PNT1。

（6）选择工具栏中的草绘工具 ，选取 DTM2 平面为绘图平面，绘制如图 4-14 所示的样条曲线（曲线起点通过基准点 PNT1，方法同图 4-9 所示），绘制结果如图 4-15 所示。

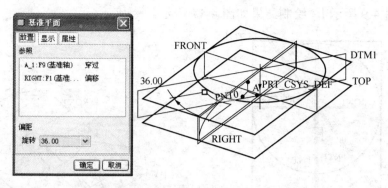

图 4-12　创建基准平面

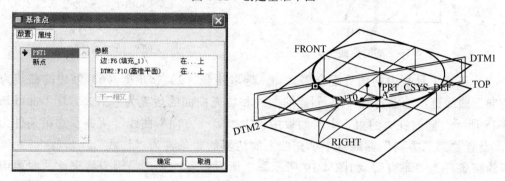

图 4-13　创建交点

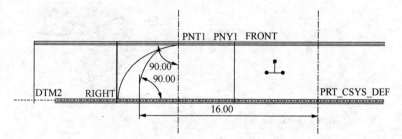

图 4-14　草绘曲线

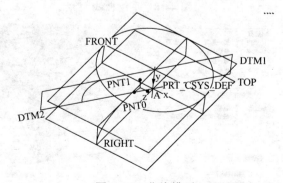

图 4-15　曲线模型

（7）选择工具栏中的草绘工具，选取 TOP 平面为绘图平面，绘制如图 4-16 所示的样条曲线［曲线起点通过步骤（2）所绘曲线的端点，终点通过步骤（6）所绘曲线的端点，设置方法同图 4-9 所示]，绘制结果如图 4-17 所示。

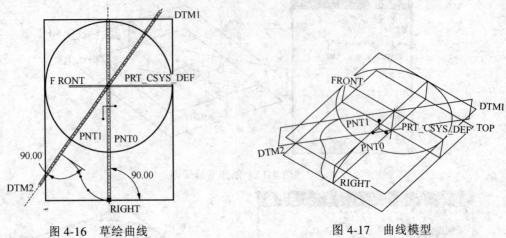

图 4-16　草绘曲线　　　　　　　　　　　　　图 4-17　曲线模型

　　（8）选择工具栏中的边界混合工具 ，选取步骤（2）和步骤（6）创建的曲线为"第一方向"曲线链，选取步骤（7）创建的曲线和填充曲面的边界为"第二方向"曲线链，如图 4-18 所示，同时在"约束"上滑面板中设置"第一方向"曲线链两曲线约束条件为"垂直"，设置"第二方向"曲线链中填充曲面的边界约束条件为"切线"， 步骤（7）创建的曲线约束条件为"垂直"，如图 4-19 所示。之所以设置约束，是因为将来此曲面要用来镜像处理以得到最后的模型，而添加的约束将使镜像得到的曲面在边界处没有尖角曲线。

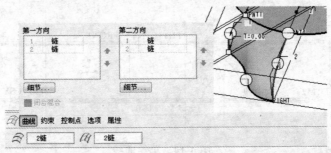

图 4-18　草绘曲线

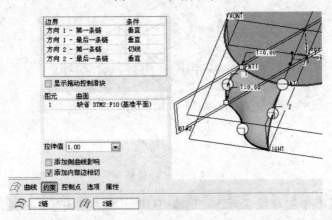

图 4-19　曲线模型

172

（9）单击操控面板上的"确定"按钮 ☑，曲面创建结果如图 4-20 所示。

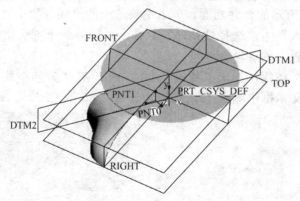

图 4-20　边界混合曲面

4.1.2　创建外形曲面

1. 镜像合并基础曲面

（1）选择如图 4-20 所示的边界混合曲面，选择工具栏中的镜像工具 ⚒，以 **RIGHT** 平面为镜像平面创建曲面，如图 4-21 所示。

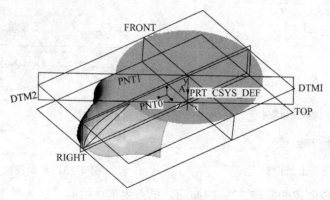

图 4-21　镜像曲面

（2）选取图 4-20 所示的边界混合曲面和图 4-21 所示的镜像曲面，选择工具栏中的合并工具 ⬚，将两个曲面合并，如图 4-22 所示。

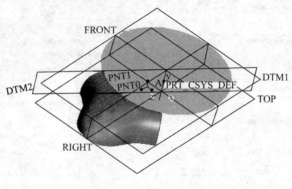

图 4-22　合并曲面

2. 建立阵列曲面

（1）选取图 4-22 所示的合并曲面，单击主菜单中的"插入"｜"复制"命令，然后再单击主菜单中的"插入"｜"选择性粘贴"命令，系统界面下部会出现"选择性粘贴"操控面板，单击操控面板上的旋转按钮 。

（2）单击"变换"按钮，弹出"变换"上滑面板，在"方向参照"收集器中选择基准轴 A_1，在"角度"文本框中输入 72，如图 4-23 所示。

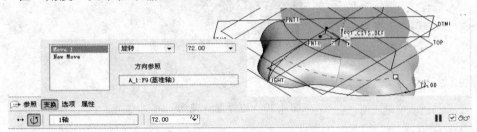

图 4-23 "选择性粘贴"操控面板

（3）在"选项"上滑面板中，取消选择"隐藏原始几何"复选框，如图 4-24 所示。单击操控面板上的"确定"按钮 ，曲面创建结果如图 4-25 所示。

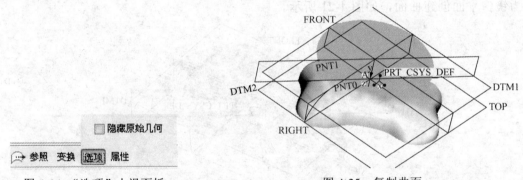

图 4-24 "选项"上滑面板　　　　　　　　　图 4-25 复制曲面

（4）选取上一步创建的旋转 72°的曲面，单击主菜单中的"插入"｜"复制"命令，系统弹出"阵列"操控面板，在"尺寸"上滑面板的"方向 1"收集器中选择旋转尺寸 72°，增量为 72。在操控面板的"阵列数"文本框中输入 4，如图 4-26 所示。

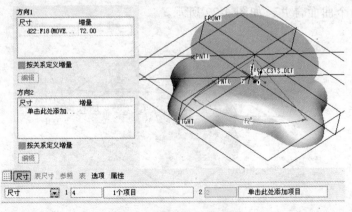

图 4-26 "阵列"操控面板

（5）单击操控面板上的"确定"按钮 ✅，曲面创建结果如图 4-27 所示。

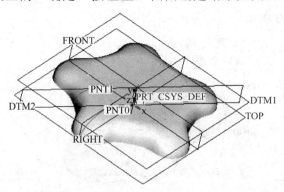

图 4-27　阵列曲面

3. 合并曲面

（1）选择图 4-22 所示的合并曲面和图 4-25 所示的复制旋转曲面，选择工具栏中的合并工具 ⬭，将两个曲面合并，如图 4-28 所示。

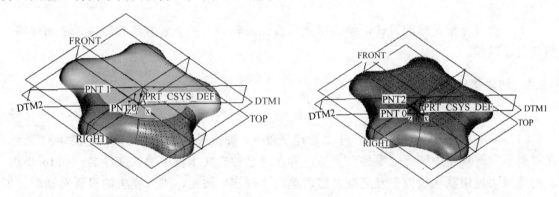

图 4-28　合并曲面

（2）依次合并图 4-27 所示的阵列曲面以及填充曲面，注意只能一次合并两个曲面，结果如图 4-29 所示。

4. 镜像合并曲面

（1）选择如图 4-28 所示的合并曲面，选择工具栏中的镜像工具 ⬭，以 TOP 平面为镜像平面创建曲面，如图 4-29 所示。

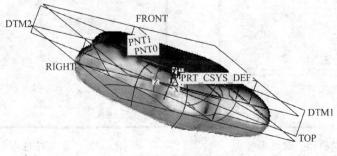

图 4-29　镜像曲面

（2）选择如图 4-29 所示的镜像曲面和原始曲面，选择工具栏中的合并工具，将两个曲面合并，如图 4-30 所示。

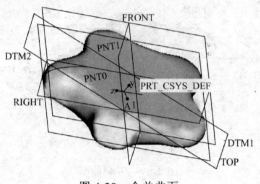

图 4-30　合并曲面

4.2　足　球　造　型

本节通过介绍足球的设计，使大家熟悉曲面编辑的一些主要方法和原则。下面详细介绍其设计过程。

4.2.1　创建基础曲面

1. 创建五边形

（1）单击主菜单中的"文件"｜"新建"命令，弹出"新建"对话框，如图 4-31 所示。在"类型"选项组中选择"零件"类型，并在"名称"文本框中输入文件名，如 football，取消选择"使用默认模板"复选框，然后单击"确定"按钮，进入模板的设置对话框，如图 4-32 所示，选择 mmns_part_solid 模板，然后单击"确定"按钮，进入实体设计环境。

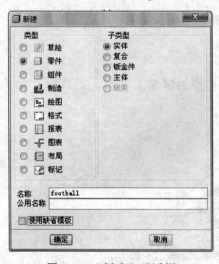

图 4-31　"新建"对话框

图 4-32　"新文件选项"对话框

（2）选择工具栏中的草绘工具，选取 TOP 平面为绘图平面，绘制如图 4-33 所示的五边形。在绘制时首先绘制一个圆，然后内接一个五边形，最后添加如图 4-34 所示的约束，同时用鼠标右键单击外接圆，在弹出快捷菜单中选择"构建"选项，把它变成构建线。

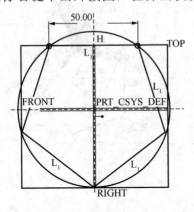

图 4-33　五边形曲线

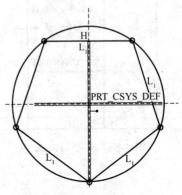

图 4-34　添加约束

2. 创建六边形

（1）选择工具栏中的旋转工具，弹出"旋转"操控面板，单击"曲面"按钮，如图 4-35 所示。选择 TOP 面为截面绘图平面，绘制如图 4-36 所示的截面线，旋转中心为五边形的一条边。

图 4-35　"旋转"操控面板

（2）单击操控面板上的"确定"按钮，曲面创建结果如图 4-37 所示。

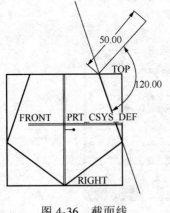

图 4-36　截面线

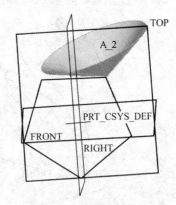

图 4-37　旋转曲面

（3）选择工具栏中的旋转工具，弹出"旋转"操控面板，单击"曲面"按钮。选择 TOP 面为截面绘图平面，绘制如图 4-38 所示的截面，旋转中心为五边形的一条边，此边与步骤（1）中的轴线相交。

（4）单击操控面板上的"确定"按钮，曲面创建结果如图 4-39 所示。选择创建好的两个旋转曲面，单击主菜单中的"编辑"｜"相交"命令，得到两个旋转曲面的相交曲线，如图 4-40 所示。

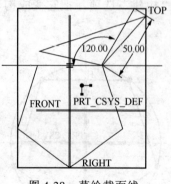

图 4-38　草绘截面线

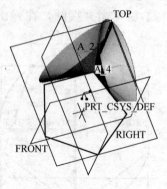

图 4-39　旋转曲面

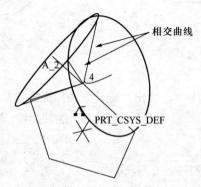

图 4-40　相交曲线

（5）选择工具栏中的基准平面工具 □，选取步骤（4）所创建相交曲线中的一条和与之相交的五边形的一条边为参照，如图 4-41 所示，创建基准平面 DTM1。

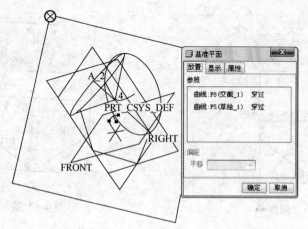

图 4-41　创建基准曲面

（6）选择工具栏中的草绘工具 ，选取 DTM1 平面为绘图平面，绘制如图 4-42 所示的六边形。在绘制时首先通过草绘工具栏中的"引用"工具 □，引用步骤（5）创建基准平面时使用的两条参照曲线，然后过引用的五边形边做垂直中心线，过引用的相交直线的端点做垂直于上一中心线的中心线，然后过中线的交点做六边形的外接圆，同时把它转变成构建线，如图 4-43 所示，此后只需做内接六边形即可。

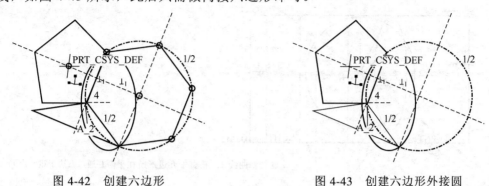

图 4-42　创建六边形　　　　　　　　　　图 4-43　创建六边形外接圆

3. 创建旋转轴线曲线

（1）选择工具栏中的基准点工具 ✕✕，选取五边形和六边形的公共边为参照，取偏移量为 0.5（即边的中点处），创建基准点 PNT0，同理创建对边的中点 PNT1，如图 4-44 所示。

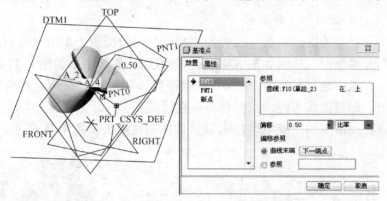

图 4-44　创建中点

（2）选择工具栏中的基准平面工具 ⬭，选取五边形与六边形公共边相对的顶点、基准点 PNT0、PNT1 为参照，如图 4-45 所示创建基准平面 DTM2。

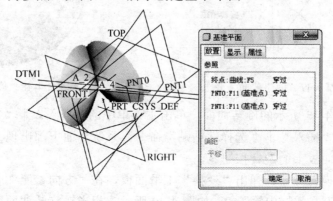

图 4-45　创建基准平面 DTM2

（3）选择工具栏中的草绘工具 ，选取 **DTM2** 平面为绘图平面，绘制如图 4-46 所示的两条旋转轴曲线。

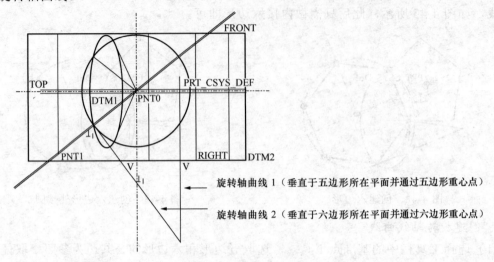

图 4-46　绘制旋转轴线

4. 创建五边形曲面和六边形曲面

（1）选择工具栏中的旋转工具 ，弹出"旋转"操控面板，单击"曲面"按钮。选择 **DTM2** 面为截面绘图平面，绘制如图 4-47 所示的截面，旋转中心如图 4-47 所示。在绘制截面时注意外侧圆弧 1 通过基准点 **PNT0**，内侧圆弧比其半径小 6mm，两段圆弧的端点要用直线进行封闭，即截面线为两段圆弧和两条直线。

（2）单击操控面板上的"确定"按钮 ，曲面创建结果如图 4-48 所示。

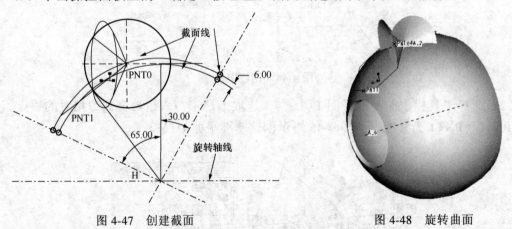

图 4-47　创建截面　　　　　　　　图 4-48　旋转曲面

（3）选取如图 4-48 所示的旋转曲面，单击主菜单中的"插入"｜"复制"命令，然后再单击主菜单中的"插入"｜"选择性粘贴"命令，系统界面下部出现"选择性粘贴"操控面板，单击操控面板上的旋转按钮 。

（4）单击"变换"按钮，弹出"变换"上滑面板，在"方向参照"收集器中选择基准轴 **A_6**，在"角度"文本框中输入 0，如图 4-49 所示，相当在旋转曲面所在位置上再次旋转了一个相同的曲面。

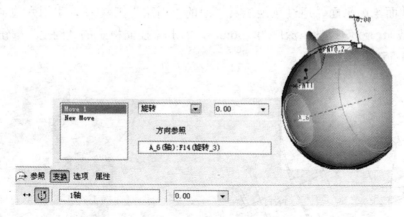

图 4-49 "选择性粘贴"操控面板

（5）在"选项"上滑面板中，取消选择"隐藏原始几何"复选框，如图 4-50 所示。单击操控面板上的"确定"按钮☑，曲面创建结果如图 4-51 所示。

图 4-50 "选项"上滑面板

图 4-51 复制曲面

（6）选择工具栏中的拉伸工具⬚，弹出"拉伸"操控面板，单击"曲面"按钮。选择 TOP 面为截面绘图平面，通过草绘工具栏中的"引用"工具⬚，引用五边形，绘制如图 4-52 所示的截面，双侧拉伸，深度为 106mm，单击操控面板上的"确定"按钮☑，曲面创建结果如图 4-53 所示（此时隐藏了两个旋转曲面）。

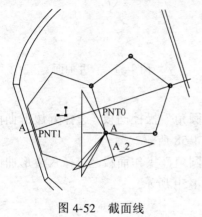

图 4-52 截面线

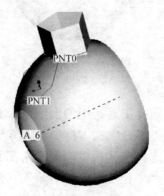

图 4-53 拉伸曲面

（7）选择工具栏中的拉伸工具 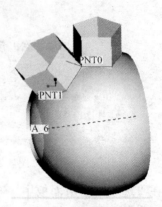，弹出"拉伸"操控面板，单击"曲面"按钮。选择 DTM1 面为截面绘图平面，通过草绘工具栏中的"引用"工具 □，引用六边形，绘制如图 4-54 所示的截面，双侧拉伸，深度为 106mm，单击操控面板上的"确定"按钮 ☑，曲面创建结果如图 4-55 所示。

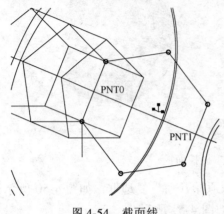

图 4-54　截面线

图 4-55　拉伸曲面

（8）选取图 4-53 所示的五边形拉伸曲面和图 4-48 所示的旋转曲面，选择工具栏中的合并工具 ⌒，将两个曲面合并，如图 4-56 所示（在旋转曲面位置上还有一个选择性粘贴的相同曲面）。

（9）选取图 4-55 所示的六边形拉伸曲面和图 4-51 所示的复制曲面，选择工具栏中的合并工具 ⌒，将两个曲面合并，如图 4-57 所示。

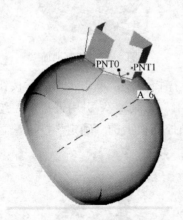

图 4-56　合并曲面

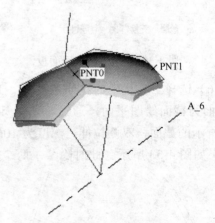

图 4-57　合并曲面

5. 倒圆角

（1）选择工具栏中的倒圆角工具 ⌒，弹出"倒圆角"操控面板，选择五边形曲面的五条边，在"半径"文本框中输入 6.5mm，结果如图 4-58 所示。

（2）选择工具栏中的倒圆角工具 ⌒，弹出"倒圆角"操作面板，选择六边形曲面的六条边，在"半径"文本框中输入 6.5mm，结果如图 4-59 所示。

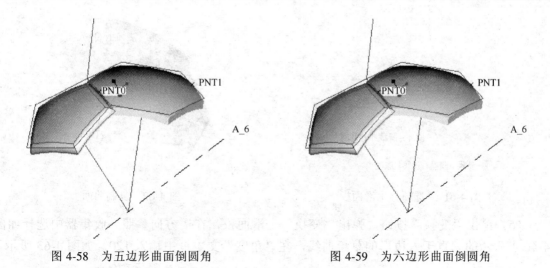

图 4-58　为五边形曲面倒圆角　　　　　图 4-59　为六边形曲面倒圆角

4.2.2　创建旋转复制曲面

1. 旋转复制曲面

（1）选取前面创建的六边形和五边形曲面，单击主菜单中的"插入"｜"复制"命令，然后再单击主菜单中的"插入"｜"选择性粘贴"命令，系统界面下部出现"选择性粘贴"操控面板，单击操控面板上的旋转按钮。

（2）单击"变换"按钮，弹出"变换"上滑面板，在"方向参照"收集器中选择如图 4-46 中所示的垂直于五边形的草绘曲线，在"角度"文本框中输入 72，如图 4-60 所示。

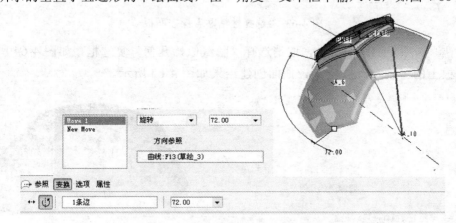

图 4-60　"选择性粘贴"操控面板

（3）在"选项"上滑面板中，取消选择"隐藏原始几何"复选框，如图 4-61 所示。单击操控面板上的"确定"按钮，曲面创建结果如图 4-62 所示。

（4）选取如图 4-62 所示的两个六边形和五边形曲面，单击主菜单中的"插入"｜"复制"命令，然后再单击主菜单中的"插入"｜"选择性粘贴"命令，系统界面下部出现"选择性粘贴"操控面板，单击操控面板上的旋转按钮。

图 4-61 "选项"上滑面板 　　　　　　　　图 4-62 复制曲面

（5）单击"变换"按钮，弹出"变换"上滑面板，在"方向参照"收集器中选择如图 4-46 中所示的垂直于六边形的草绘曲线，在"角度"文本框中输入 120，如图 4-63 所示。

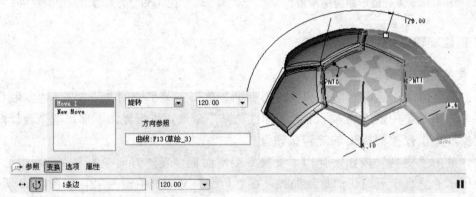

图 4-63 "选择性粘贴"操控面板

（6）在"选项"上滑面板中，取消选择"隐藏原始几何"复选框，如图 4-64 所示。单击操控面板上的"确定"按钮，曲面创建结果如图 4-65 所示。

图 4-64 "选项"上滑面板 　　　　　　　　图 4-65 复制曲面

（7）选取如图 4-65 所示的所有曲面，单击主菜单中的"插入"｜"复制"命令，然后再单击主菜单中的"插入"｜"选择性粘贴"命令，系统界面下部出现"选择性粘贴"操控面板，单击操控面板上的旋转按钮。

（8）单击"变换"按钮，弹出"变换"上滑面板，在"方向参照"收集器中选择如图 4-46 中所示的垂直于五边形的草绘曲线，在"角度"文本框中输入 72，如图 4-66 所示。

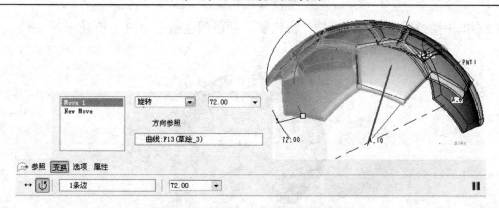

图 4-66 "选择性粘贴"操控面板

（9）在"选项"上滑面板中，取消选择"隐藏原始几何"复选框，如图 4-67 所示。单击操控面板上的"确定"按钮 ☑，曲面创建结果如图 4-68 所示。

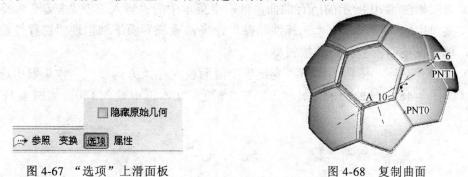

图 4-67 "选项"上滑面板　　　　　　　　图 4-68 复制曲面

2. 阵列曲面

（1）选取图 4-68 中创建的旋转 72°的曲面，单击主菜单中的"插入" ｜ "阵列"命令，系统弹出"阵列"操控面板，在"尺寸"上滑面板的"方向 1"收集器中选择旋转尺寸 72°，增量为 72。在操控面板的"阵列数"文本框中输入 4，如图 4-69 所示。

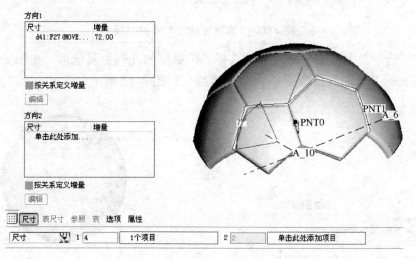

图 4-69 "阵列"操控面板

（2）单击操控面板上的"确定"按钮 ☑，曲面创建结果如图 4-70 所示。

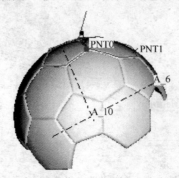

图 4-70　阵列曲面

3. 旋转复制曲面

（1）选取如图 4-70 所示的所有曲面，单击主菜单中的"插入"｜"复制"命令，然后再单击主菜单中的"插入"｜"选择性粘贴"命令，系统界面下部出现"选择性粘贴"操控面板，单击操控面板上的旋转按钮 ⓤ。

（2）单击"变换"按钮，弹出"变换"上滑面板，在"方向参照"收集器中选择基准轴 A_6（即图 4-48 旋转曲面的旋转轴），在"角度"文本框中输入 180，如图 4-71 所示。

图 4-71　"选择性粘贴"操控面板

（3）在"选项"上滑面板中，取消选择"隐藏原始几何"复选框，如图 4-72 所示。单击操控面板上的"确定"按钮 ☑，曲面创建结果如图 4-73 所示。

图 4-72　"选项"上滑面板　　　　　　　图 4-73　复制曲面

（4）选取如图 4-70 所示的所有曲面，单击主菜单中的"插入"｜"复制"命令，然后再单击主菜单中的"插入"｜"选择性粘贴"命令，系统界面下部出现"选择性粘贴"操控面板，单击操控面板上的旋转按钮 。

（5）单击"变换"按钮，弹出"变换"上滑面板，在"方向参照"收集器中选择如图 4-46 中所示的垂直于五边形的草绘曲线，在"角度"文本框中输入 36，如图 4-74 所示。

图 4-74　"选择性粘贴"操控面板

（6）在"选项"上滑面板中，取消选择"隐藏原始几何"复选框，如图 4-75 所示。单击操控面板上的"确定"按钮 ，曲面创建结果如图 4-76 所示。

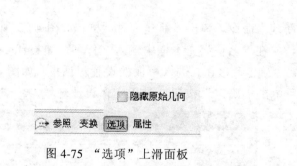

图 4-75　"选项"上滑面板

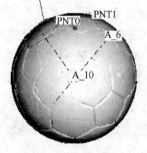

图 4-76　复制曲面

（7）隐藏重复的曲面，最后的模型如图 4-77 所示。

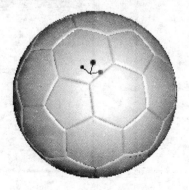

图 4-77　最后的模型

4.3 五边拆面造型

在曲面造型中，我们经常要使用到边界混合曲面造型，由于此命令一般需要两个方向的曲线边界，这样就可以精确地控制曲面的形状。要实现边界混合，就要求曲面的最外围是两组曲线，而且两个方向上的曲线大致垂直。但是在实际的应用过程中，往往会出现三边面、五边面甚至是更多边的面。因此对多边拆面就显得尤为重要，而且通过拆面我们可以更透彻地了解曲面造型的方法。下面介绍五边拆面的几个基本方法，最后的模型如图4-78所示。

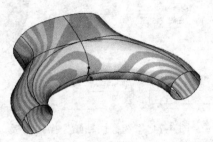

图 4-78 五边拆面模型

4.3.1 第一种方法

1. 创建 5 条边界曲线

（1）单击主菜单中的"文件" | "新建"命令，弹出"新建"对话框，如图4-79所示。在"类型"选项组中选择"零件"类型，并在"名称"文本框中输入文件名，如 surface_1，取消选择"使用默认模板"复选框。单击"确定"按钮，进入模板的设置对话框，如图4-80所示，选择 mmns_part_solid 模板，然后单击"确定"按钮，进入实体设计环境。

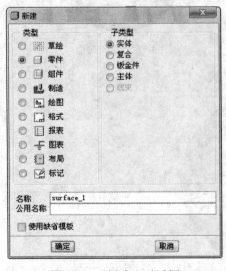

图 4-79 "新建"对话框

图 4-80 "新文件选项"对话框

（2）选择工具栏中的草绘工具 ⬚，选取 **TOP** 平面为绘图平面，绘制如图 4-81 所示的两条样条曲线。

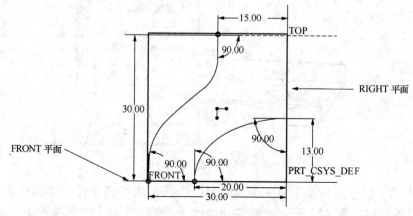

图 4-81　样条曲线

（3）选择工具栏中的草绘工具 ⬚，选取 **FRONT** 平面为绘图平面，绘制如图 4-82 所示的一个半圆弧，注意圆弧通过步骤（2）所创建样条曲线的两个端点（单击主菜单中的"草绘" | "参照"命令，选取两个端点为草绘参照，如图 4-83 所示）。

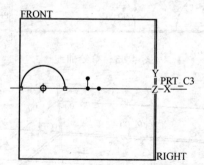

图 4-82　绘制半圆弧

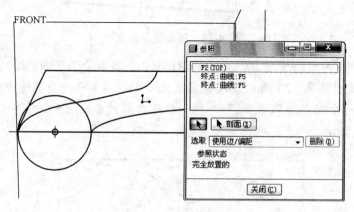

图 4-83　设置参照

（4）选择工具栏中的基准平面工具 ⬚，创建通过步骤（2）所创建曲线中一条的端点，并与 FRONT 平面平行的基准平面 DTM1，如图 4-84 所示。

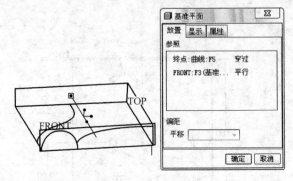

图 4-84　创建基准曲面

（5）选择工具栏中的草绘工具 ，选取 DTM1 平面为绘图平面，绘制样条，如图 4-85 所示，注意样条通过步骤（2）所创建样条曲线的一个端点（单击主菜单中的"草绘"│"参照"命令，选取一个端点为草绘参照），另一个端点落在 RIGHT 平面上，如图 4-86 所示。

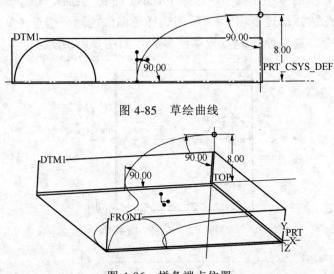

图 4-85　草绘曲线

图 4-86　样条端点位置

（6）选择工具栏中的草绘工具 ，选取 RIGHT 平面为绘图平面，绘制样条，如图 4-87 所示，注意样条通过步骤（2）所创建样条曲线的一个端点（单击主菜单中的"草绘"│"参照"命令，选取一个端点为草绘参照），另一个端点通过步骤（5）所创建样条曲线的一个端点，如图 4-88 所示。

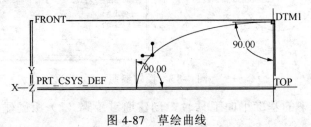

图 4-87　草绘曲线

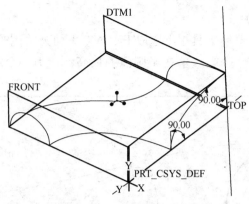

图 4-88 样条端点位置

至此，5 条边界曲线绘制完毕，我们注意到这 5 条边界是严格地依次连接在一起，这在以后创建边界混合曲面时是必须的。

2. 创建 5 个拉伸曲面

（1）选择工具栏中的拉伸工具，弹出"拉伸"操控面板，单击"曲面"按钮。选择 **TOP** 面为截面绘图平面，通过草绘工具栏中的"引用"工具，引用一条样条曲线，绘制如图 4-89 所示的截面，拉伸深度为 2mm，单击操控面板上的"确定"按钮，曲面创建结果如图 4-90 所示。

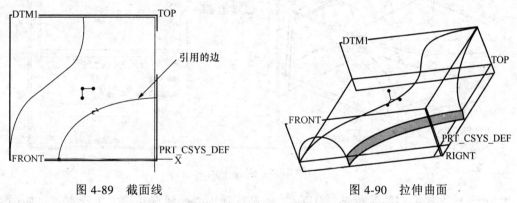

图 4-89 截面线

图 4-90 拉伸曲面

（2）重复步骤（1），创建过各个样条曲线的拉伸曲面，结果如图 4-91 所示。

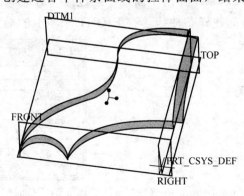

图 4-91 五个拉伸曲面

3. 创建边界混合曲面

（1）选择工具栏中的草绘工具 ，选取 FRONT 平面为绘图平面，绘制如图 4-92 所示的样条曲线，注意样条的一个端点落在半圆弧的最高点，另一个落在 RIGHT 平面上。

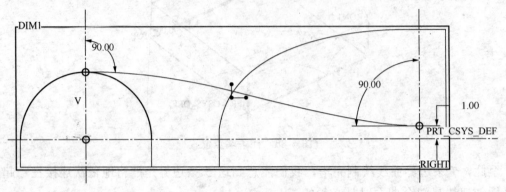

图 4-92　草绘曲线

（2）选择工具栏中的基准点工具 ，选取如图 4-88 所示的 RIGHT 平面上样条曲线为参照，创建基准点 PNT0，如图 4-93 所示。

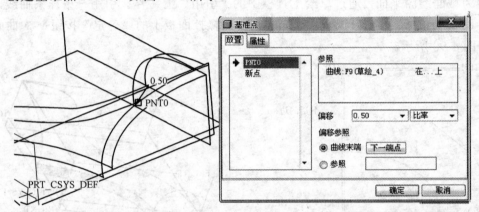

图 4-93　创建中点

（3）选择工具栏中的基准曲线工具 ，系统弹出"曲线选项"菜单管理器，如图 4-94 所示。选择"经过点"选项，系统弹出"曲线：经过点"对话框，如图 4-95 所示。选择基准点 PNT0 和步骤（1）所创建样条曲线落在 RIGHT 平面上的端点。

图 4-94　"曲线选项"菜单管理器

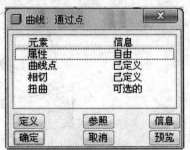

图 4-95　"曲线：通过点"对话框

（4）选取"曲线：经过点"对话框中的"相切"选项，单击"定义"按钮，系统弹出"定义相切"菜单管理器，如图 4-96 所示。选择"起始"｜"曲面"｜"相切"选项，然后选择 RIGHT 平面上的样条曲线为参照，以此定义起点处的约束，然后选择"终止"｜"曲面"｜"法向"选项，然后选择 FRONT 平面为参照，以此定义终点处的约束。然后单击"完成/返回"，单击"曲线：经过点"对话框中的"确定"按钮，完成样条曲线的创建，如图 4-97 所示。

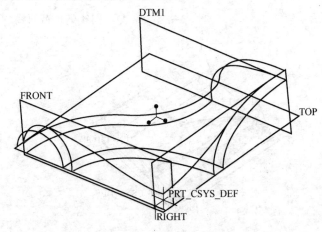

图 4-96　"定义相切"菜单管理器　　　　　　图 4-97　创建基准曲线

（5）选择工具栏中的基准点工具 ，过 PNT0 创建 PNT1 基准点，选取如图 4-92 所示样条曲线的圆弧上的端点为参照，创建基准点 PNT2，如图 4-98 所示。

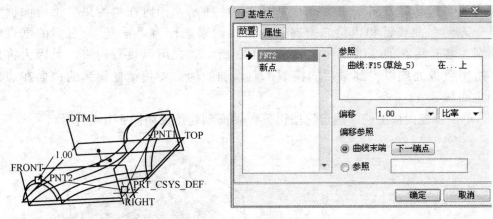

图 4-98　创建基准点

（6）选择工具栏中的拉伸工具 ，弹出"拉伸"上滑面板，单击"曲面"按钮。选择 RIGHT 面为截面绘图平面，通过草绘工具栏中的"引用"工具 ，引用一条样条曲线和四分之一圆弧，绘制如图 4-99 所示的截面，拉伸深度为 5mm，单击操控面板上的"确定"按钮 ，曲面创建结果如图 4-100 所示。

（7）重复步骤（1）的操作，创建经过图 4-97 所示样条曲线的拉伸曲面，结果如图 4-101 所示。

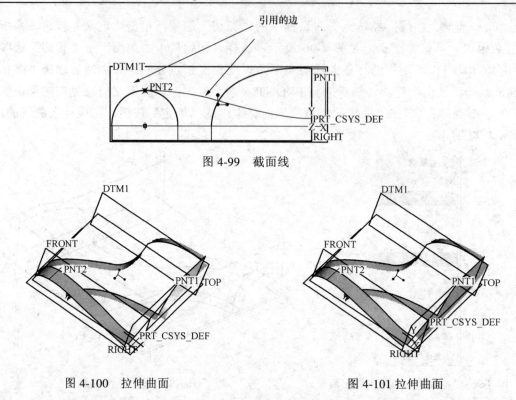

图 4-99　截面线

图 4-100　拉伸曲面　　　　　　　图 4-101 拉伸曲面

（8）选择工具栏中的边界混合工具 ，选取步骤（1）所创建的曲线和 DTM1 上的样条曲线为"第一方向"曲线链，选取步骤（4）所创建的曲线和 TOP 平面上的一条样条曲线为"第二方向"曲线链，如图 4-102 所示，同时在"约束"上滑面板中设置"第一方向"曲线链和"第二方向"两曲线约束条件为"垂直"，它们的垂直约束参照分别为各自所在的基准平面，如图 4-103 所示。之所以设置约束，是因为将来此曲面要用来镜像处理以得到最后的模型，而添加的约束将使镜像得到的曲面在边界处没有尖角曲线。

（9）单击操控面板上的"确定"按钮 ，曲面创建结果如图 4-104 所示。

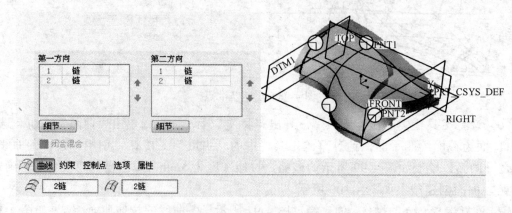

图 4-102　"边界混合"操控面板

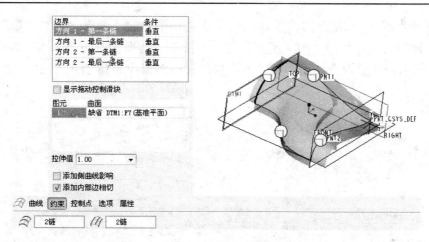

图 4-103 添加约束

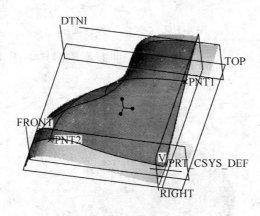

图 4-104 边界混合曲面

4. 创建修剪曲面

（1）选择工具栏中的草绘工具，选取 TOP 平面为绘图平面，绘制如图 4-105 所示的样条曲线，在绘制曲线时要选取基准点 PNT1 和基准点 PNT2 为参照，如图 4-106 所示，注意样条的一个端点落在基准点 PNT1 上，另一个端点落在基准点 PNT2 上。

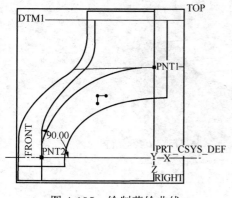

图 4-105 绘制草绘曲线

图 4-106 "参照"对话框

（2）选择步骤（1）创建的草绘曲线，单击主菜单中的"编辑"｜"投影"命令，弹出"投影"操控面板，如图 4-107 所示。在"参照"上滑面板中的"曲面"收集器中选择如图 4-104 所示的边界混合曲面，在"方向参照"收集器中选择 TOP 平面。

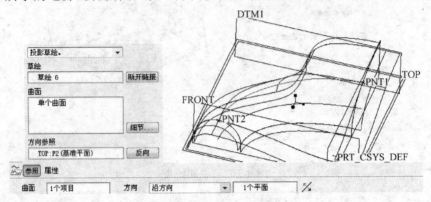

图 4-107 "投影"操控面板

（3）单击操控面板上的"确定"按钮 ☑，曲面创建结果如图 4-108 所示。

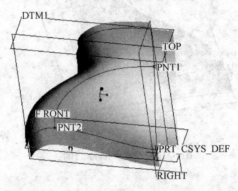

图 4-108 投影曲线

（4）选取如图 4-88 所示的曲线，选择工具栏中的修剪工具 ，系统弹出"修剪"操控面板，在"参照"上滑面板的"修剪对象"收集器中选择步骤（3）创建的投影曲线，如图 4-109 所示。

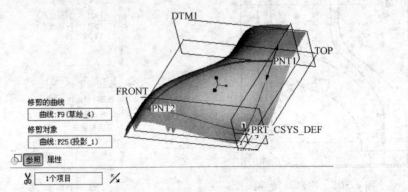

图 4-109 "修剪"操控面板

（5）选取如图 4-82 所示的圆弧曲线，选择工具栏中的修剪工具，系统弹出"修剪"操控面板，在"参照"上滑面板的"修剪对象"收集器中选择步骤（3）创建的投影曲线，如图 4-110 所示。

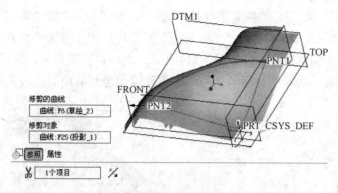

图 4-110　修剪曲线

（6）选取如图 4-104 所示的边界混合曲面，选择工具栏中的修剪工具，系统弹出"修剪"操控面板，在"参照"上滑面板的"修剪对象"收集器中选择步骤（3）中创建的投影曲线，如图 4-111 所示。

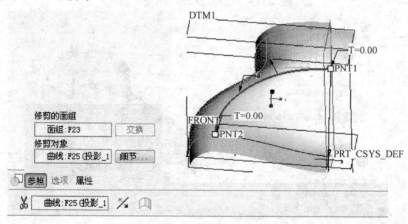

图 4-111　"修剪"操控面板

（7）单击操控面板上的"确定"按钮，曲面修剪结果如图 4-112 所示。

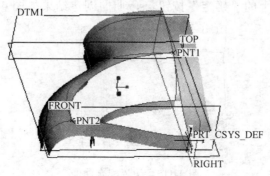

图 4-112　修剪曲面

197

5. 创建边界混合曲面

（1）选择工具栏中的边界混合工具 ，选取如图 4-113 所示的曲线 1 和曲线 2 为"第一方向"曲线链，选取曲线 3 和曲线 4 为"第二方向"曲线链，同时在"约束"上滑面板中设置"第一方向"曲线链中曲线 1 的约束条件是"切线"，参照为与之相邻的曲面，曲线 2 的约束条件为"垂直"，参照为 TOP 平面，"第二方向"两曲线约束条件为"垂直"，它们的垂直约束参照分别为各自所在的基准平面，如图 4-114 所示。之所以设置约束，是因为将来此曲面要用来镜像处理以得到最后的模型，而添加的约束将使镜像得到的曲面在边界处没有尖角曲线。

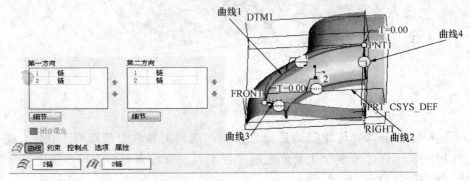

图 4-113 "边界混合"操控面板

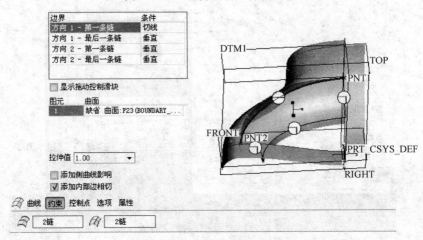

图 4-114 添加约束

（2）单击操控面板上的"确定"按钮 ，曲面创建结果如图 4-115 所示。

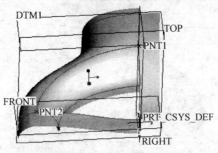

图 4-115 边界混合曲面

6. 镜像合并曲面

（1）在模型树上选择所有拉伸的曲面，单击鼠标右键，仕弹出的快捷菜单中选择"隐藏"选项，结果如图 4-116 所示。

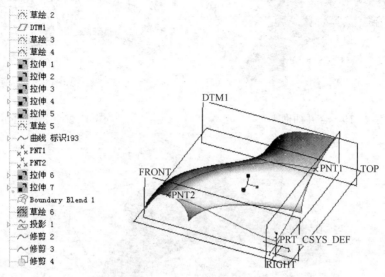

图 4-116　隐藏拉伸曲面

（2）选择如图 4-112 所示的修剪曲面和如图 4-115 所示的边界混合曲面，选择工具栏中的合并工具 ⬚，将两个曲面合并，如图 4-117 所示。

（3）选择如图 4-117 所示的合并曲面，选择工具栏中的镜像工具 ⬚，以 RIGHT 平面为镜像平面创建曲面，如图 4-118 所示。

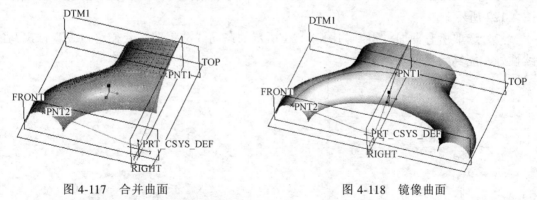

图 4-117　合并曲面　　　　　　　　　图 4-118　镜像曲面

（4）选择如图 4-118 所示的镜像曲面和原始曲面，选择工具栏中的合并工具 ⬚，将两个曲面合并，如图 4-119 所示。

（5）选择如图 4-119 所示的合并曲面，选择工具栏中的镜像工具 ⬚，以 TOP 平面为镜像平面创建曲面，如图 4-120 所示。

（6）选择如图 4-120 所示的镜像曲面和原始曲面，选择工具栏中的合并工具 ⬚，将两个曲面合并，如图 4-121 所示。

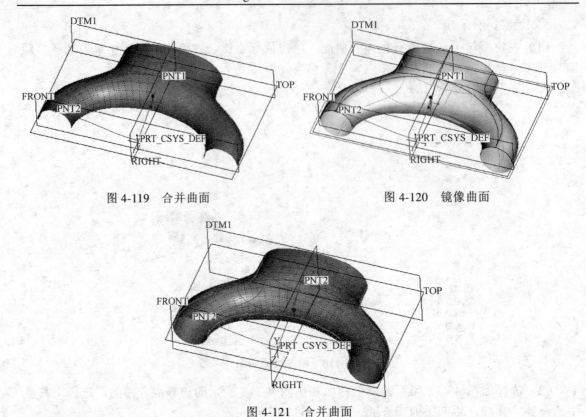

图 4-119　合并曲面　　　　　　　　　　图 4-120　镜像曲面

图 4-121　合并曲面

7. 分析曲面

（1）单击主菜单中的"分析"｜"几何"｜"反射"命令，弹出"反射"对话框，如图 4-122 所示。

（2）选取所有曲面，得到如图 4-123 所示的斑马线分析图，我们可以发现，斑马线连续性好，能够满足要求。

图 4-122　"反射"对话框

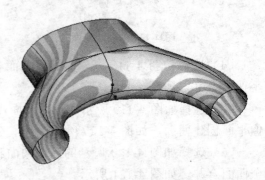

图 4-123　斑马线分析

4.3.2　第二种方法

1. 创建 5 条边界曲线

（1）单击主菜单中的"文件"｜"新建"命令，弹出"新建"对话框，如图 4-124 所示。在"类型"选项组中选择"零件"类型，并在"名称"文本框中输入文件名，如 surface_2，取消选择"使用默认模板"复选框。单击"确定"按钮，进入模板的设置对话框，如图 4-125 所示，选择 mmns_part_solid 模板，然后单击"确定"按钮，进入实体设计环境。

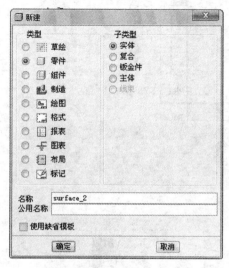

图 4-124　"新建"对话框

图 4-125　"新文件选项"对话框

（2）按照第一种方法的绘制步骤绘制 5 条边界样条，并把它们拉伸成曲面，结果如图 4-91 所示。

2. 创建边界混合曲面

（1）选择工具栏中的草绘工具，选取 FRONT 平面为绘图平面，绘制如图 4-126 所示的曲线。注意此曲线由两部分组成，一是约束符号左边的引用至 TOP 平面样条曲线的一部分（引用时是完整的样条，画出第二部分后删除约束符号上部的样条）；二是手工绘制的样条，其一端落在 RIGHT 平面上，另一端落在引用的样条上，在该端点样条与引用样条相切。

（2）选择工具栏中的草绘工具，选取 RIGHT 平面为绘图平面，绘制如图 4-127 所示的曲线。注意此曲线由两部分组成，一是约束符号左边的引用至 TOP 平面样条曲线的一部分（引用时是完整的样条，画出第二部分后删除约束符号上部的样条）；二是手工绘制的样条，其一端落在 TOP 平面上，另一端落在引用的样条上，在该端点样条与引用样条相切。

（3）选择工具栏中的边界混合工具，选取如图 4-128 所示曲线 1 和曲线 2 为"第一方向"曲线链，选取曲线 3 和曲线 4 为"第二方向"曲线链，同时在"约束"上滑面板中设置"第一方向"曲线链和"第二方向"两曲线约束条件为"垂直"，它们的垂直约束参照分别为各自所在的基准平面，如图 4-129 所示。之所以设置约束，是因为将来此曲面要用来镜像处理以得到最后的模型，而添加的约束将使镜像得到的曲面在边界处没有尖角曲线。

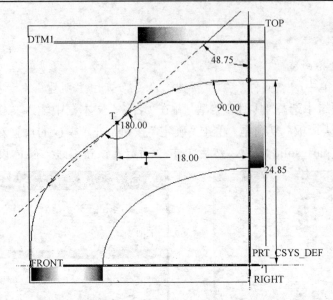

图 4-126　草绘曲线

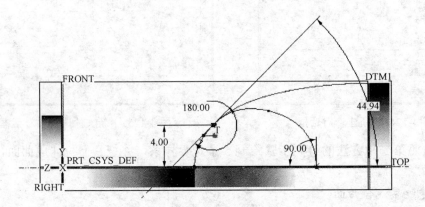

图 4-127　绘制曲线

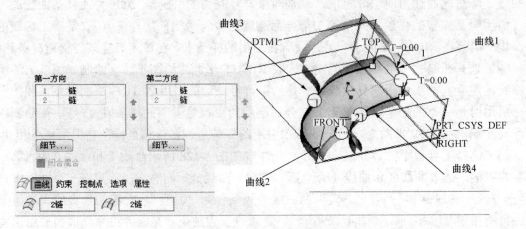

图 4-128　"边界混合"操控面板

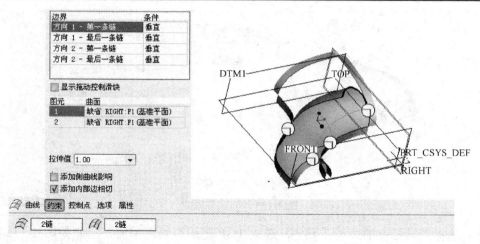

图 4-129　添加约束

（4）单击操控面板上的"确定"按钮 ☑，曲面创建结果如图 4-130 所示。

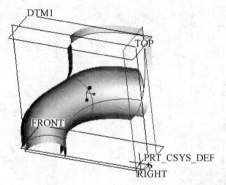

图 4-130　边界混合曲面

3. 创建修剪曲面

（1）选择工具栏中的基准点工具 ⁂，选取如图 4-127 所示样条曲线两部分样条相切的点为参照，创建基准点 PNT0，如图 4-131（a）所示。

（2）选取如图 4-126 所示样条曲线两部分样条相切的点为参照，创建基准点 PNT1，如图 4-131（b）所示。

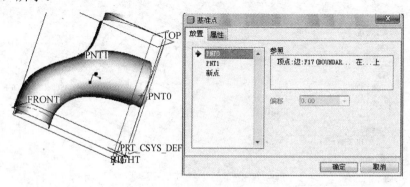

（a）创建基准点 PNT0

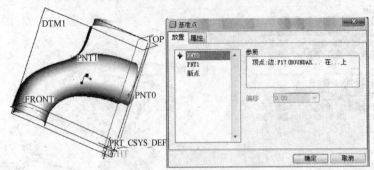

（b）创建基准点 PNT1

图 4-131　创建基准点

（3）选择工具栏中的草绘工具，选取 TOP 平面为绘图平面，绘制如图 4-132 所示的直线，在绘制曲线时要选取基准点 PNT0 为参照，如图 4-133 所示，注意直线的一个端点落在基准点 PNT1 上。

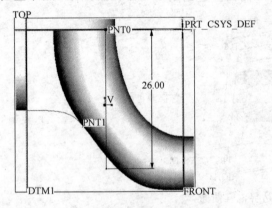

图 4-132　绘制草绘曲线

图 4-133　"参照"对话框

（4）选择步骤（3）中创建的草绘曲线，单击主菜单中的"编辑"｜"投影"命令，弹出"投影"操控面板，如图 4-134 所示。在"参照"上滑面板中的"曲面"收集器中选择如图 4-130 所示的边界混合曲面，在"方向参照"收集器中选择 TOP 平面。

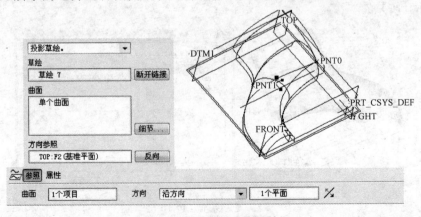

图 4-134　"投影"操控面板

（5）单击操控面板上的"确定"按钮 ☑，曲线创建结果如图 4-135 所示。

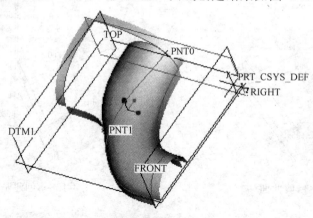

图 4-135　投影曲线

（6）选取如图 4-130 所示的边界混合曲面，选择工具栏中的修剪工具 ，系统弹出"修剪"操控面板，在"参照"上滑面板的"修剪对象"收集器中选择步骤（5）创建的投影曲线，如图 4-136 所示。

（7）单击操控面板上的"确定"按钮 ☑，曲面修剪结果如图 4-137 所示。

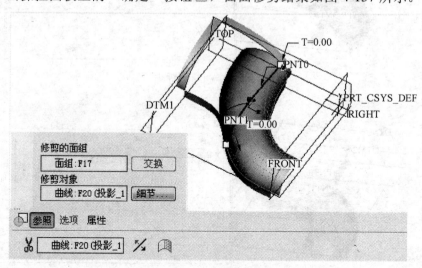

图 4-136　"修剪"操控面板

4. 创建边界混合曲面

（1）选择工具栏中的基准平面工具 ，创建 DTM1（在绘制五边界曲线时创建的基准平面）偏距 6mm 的基准平面 DTM2，如图 4-138 所示。

（2）选择工具栏中的基准点工具 ，选取如图 4-138 所示的 DTM2 平面和 RIGHT 平面上的样条曲线为参照，创建基准点 PNT2，如图 4-139 所示。

（3）选取如图 4-139 所示的 DTM2 平面和 TOP 平面上的样条曲线为参照，创建基准点 PNT3，如图 4-140 所示。

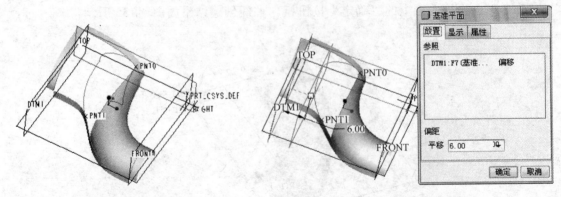

图 4-137 修剪曲面　　　　　　　　　　图 4-138　创建基准曲面

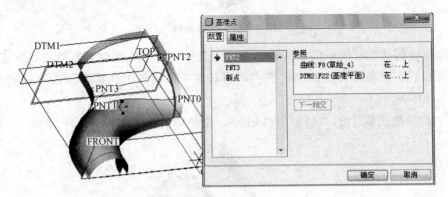

图 4-139　创建基准点

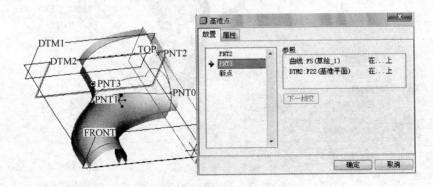

图 4-140　创建基准点

（4）选择工具栏中的草绘工具 ，选取 DTM2 平面为绘图平面，绘制如图 4-141 所示的样条曲线。在绘制曲线时要选取基准点 PNT2 和基准点 PNT3 为参照，如图 4-142 所示，注意直线的一个端点落在基准点 PNT1 上。

（5）单击操控面板上的"确定"按钮 ，结果如图 4-143 所示。

（6）选择工具栏中的边界混合工具 ，选取如图 4-144 所示曲线 1、曲线 2 和曲线 3 为"第一方向"曲线链，选取曲线 3 和曲线 4 为"第二方向"曲线链，在"约束"上滑面板中选择默认设置。

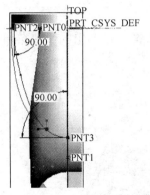

图 4-141　草绘曲线

图 4-142　"参照"对话框

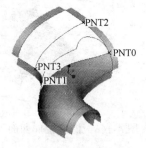

图 4-143　草绘曲线

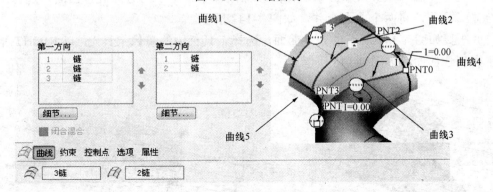

图 4-144　"边界混合"操控面板

（7）单击操控面板上的"确定"按钮 ☑，曲面创建结果如图 4-145 所示。

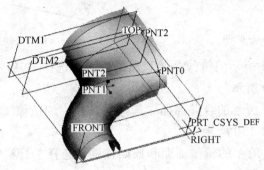

图 4-145　边界混合曲面

5. 镜像合并曲面

（1）在模型树上选择所有拉伸的曲面，单击鼠标右键，在弹出的快捷菜单中选择"隐藏"选项，结果如图 4-146 所示。

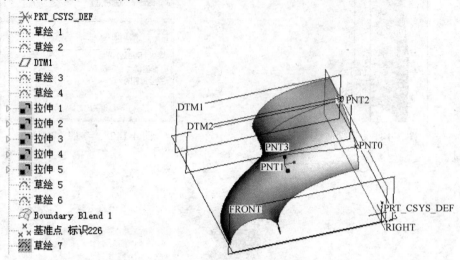

图 4-146　隐藏拉伸曲面

（2）选择如图 4-137 所示的修剪曲面和如图 4-145 所示的边界混合曲面，选择工具栏中的合并工具，将两个曲面合并，如图 4-147 所示。

（3）选择如图 4-147 所示的合并曲面，选择工具栏中的镜像工具，以 RIGHT 平面为镜像平面创建曲面，如图 4-148 所示。

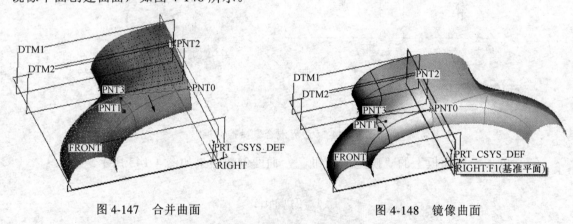

图 4-147　合并曲面　　　　　　　　图 4-148　镜像曲面

（4）选择如图 4-148 所示的镜像曲面和原始曲面，选择工具栏中的合并工具，将两个曲面合并，如图 4-149 所示。

（5）选择如图 4-149 所示的合并曲面，选择工具栏中的镜像工具，以 TOP 平面为镜像平面创建曲面，如图 4-150 所示。

（6）选择如图 4-150 所示的镜像曲面和原始曲面，选择工具栏中的合并工具，将两个曲面合并，如图 4-151 所示。

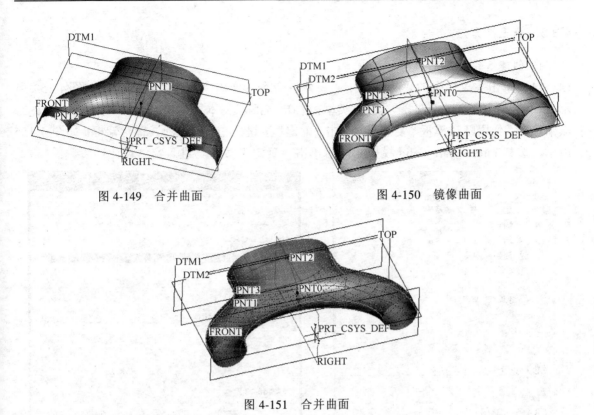

图 4-149　合并曲面　　　　　　　　　　图 4-150　镜像曲面

图 4-151　合并曲面

6. 分析曲面

（1）单击主菜单中的"分析"｜"几何"｜"反射"命令，弹出"反射"对话框，如图 4-152 所示。

（2）选取所有曲面，得到如图 4-153 所示的斑马线分析图，我们可以发现，斑马线连续性好，能够满足要求。

图 4-152　"反射"对话框

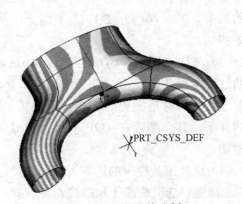

图 4-153　斑马线分析

4.3.3 第三种方法

1. 创建 5 条边界曲线

（1）单击主菜单中的"文件"|"新建"命令，弹出"新建"对话框，如图 4-154 所示。在"类型"选项组中选择"零件"类型，并在"名称"文本框中输入文件名，如 surface_3，取消选择"使用默认模板"复选框。单击"确定"按钮，进入模板的设置对话框，如图 4-155 所示，选择 mmns_part_solid 模板，然后单击"确定"按钮，进入实体设计环境。

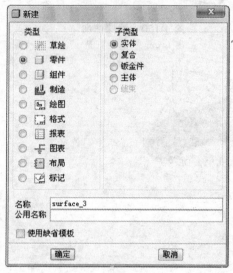
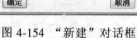

图 4-154 "新建"对话框

图 4-155 "新文件选项"对话框

（2）按照第一种方法的绘制步骤绘制五条边界样条，并把它们拉伸成曲面，结果如图 4-91 所示。

2. 创建边界混合曲面

（1）选择工具栏中的草绘工具，选取 FRONT 平面为绘图平面，绘制如图 4-156 所示的曲线。注意此曲线由两部分组成，一是约束符号左边的引用至 TOP 平面样条曲线的一部分（引用时是完整的样条，画出第二部分后删除约束符号上部的样条），二是手工绘制的样条，其一端落在 DTM1 平面上，另一端落在引用的样条上，在该端点样条与引用样条相切。

（2）选择工具栏中的草绘工具，选取 DTM1 平面为绘图平面，绘制如图 4-157 所示的曲线。注意此曲线由两部分组成，一是约束符号左边的引用至 RIGHT 平面样条曲线的一部分（引用时是完整的样条，画出第二部分后删除约束符号上部的样条），二是手工绘制的样条，其一端落在 TOP 平面上，另一端落在引用的样条上，在该端点样条与引用样条相切。

（3）选择工具栏中的边界混合工具，选取如图 4-158 所示曲线 1 和曲线 2 为"第一方向"曲线链，选取曲线 3 和曲线 4 为"第二方向"曲线链，同时在"约束"上滑面板中设置"第一方向"曲线链和"第二方向"两曲线约束条件为"垂直"，它们的垂直约束参照分别

为各自所在的基准平面，如图 4-159 所示。之所以设置约束，是因为将来此曲面要用来镜像
处理以得到最后的模型，而添加的约束将使镜像得到的曲面在边界处没有尖角曲线。

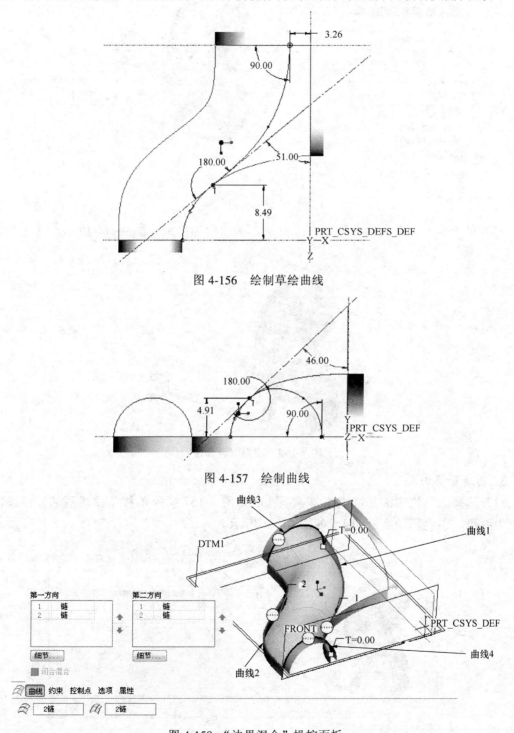

图 4-156　绘制草绘曲线

图 4-157　绘制曲线

图 4-158　"边界混合"操控面板

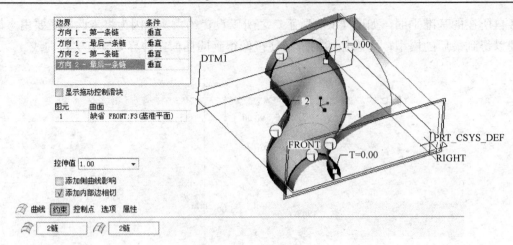

图 4-159　添加约束

（4）单击操控面板上的"确定"按钮☑，曲面创建结果如图 4-160 所示。

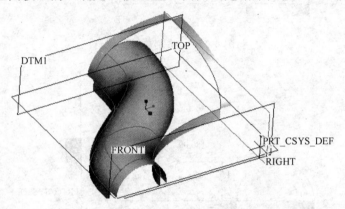

图 4-160　边界混合曲面

3. 创建修剪曲面

（1）选择工具栏中的基准点工具 ⁎⁎，选取如图 4-157 所示的样条曲线两部分样条相切的点为参照，创建基准点 PNT4，如图 4-161 所示。

图 4-161　创建基准点

（2）选取如图 4-156 所示的样条曲线两部分样条相切的点为参照，创建基准点 PNT5，如图 4-162 所示。

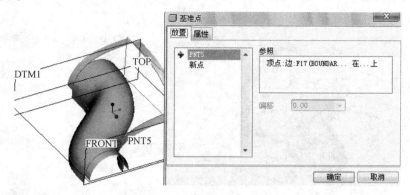

图 4-162　创建基准点

（3）选择工具栏中的基准平面工具 □，创建基准平面 DTM3，如图 4-163 所示。

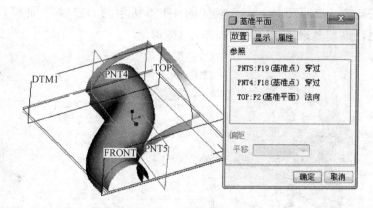

图 4-163　创建基准平面

（4）选取如图 4-160 所示的边界混合曲面，选择工具栏中的修剪工具 ⬭，系统弹出"修剪"操控面板，并在"参照"上滑面板的"修剪对象"收集器中选择步骤（3）中创建的基准平面 DTM3，如图 4-164 所示。

（5）单击操控面板上的"确定"按钮 ✓，曲面修剪结果如图 4-165 所示。

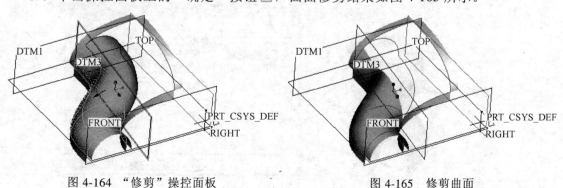

图 4-164　"修剪"操控面板　　　　　　图 4-165　修剪曲面

4. 创建边界混合曲面

（1）选择工具栏中的基准平面工具 ☐，创建 RIGHT 平面偏距 7mm 的基准平面 DTM4，如图 4-166 所示。

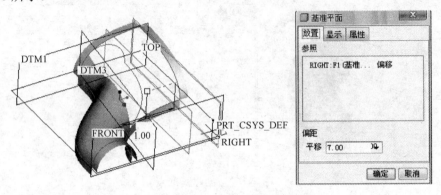

图 4-166　创建基准曲面

（2）选择工具栏基准点工具 ，选取如图 4-166 所示的 DTM4 平面和 DTM1 平面上的样条曲线为参照，创建基准点 PNT6；如图 4-167 所示。

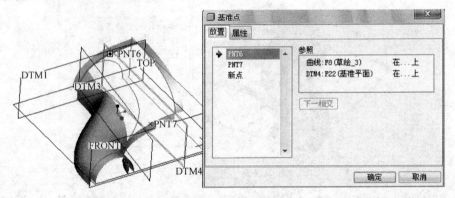

图 4-167　创建基准点

（3）选取如图 4-166 所示的 DTM4 平面和 TOP 平面上的样条曲线为参照，创建基准点 PNT7，如图 4-168 所示。

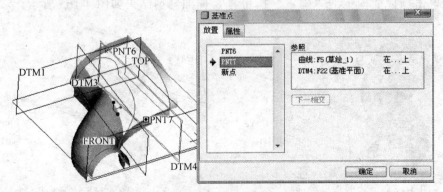

图 4-168　创建基准点

（4）选择工具栏中的草绘工具 ，选取 DTM2 平面为绘图平面，绘制如图 4-169 所示的样条曲线。在绘制曲线时要选取基准点 PNT6 和 PNT7 为参照，如图 4-170 所示，注意直线的一个端点落在基准点 PNT7 上。

（5）单击操控面板上的"确定"按钮 ，曲面绘制结果如图 4-171 所示。

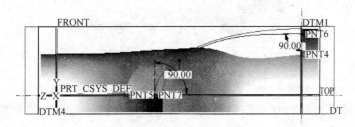

图 4-169　绘制草绘曲线

图 4-170　"参照"对话框

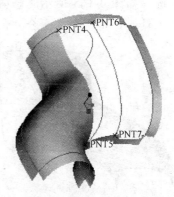

图 4-171　草绘曲线

（6）选择工具栏中的边界混合工具 ，选取如图 4-172 所示的曲线 1、曲线 2 和曲线 3 为"第一方向"曲线链，选取曲线 3 和曲线 4 为"第二方向"曲线链，在"约束"上滑面板中选择默认设置。

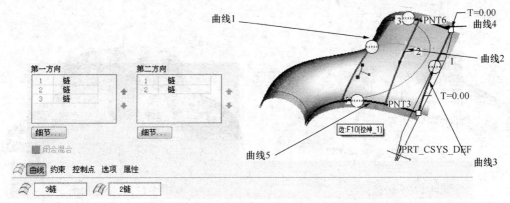

图 4-172　"边界混合"操控面板

（7）单击操控面板上的"确定"按钮 ，曲面创建结果如图 4-173 所示。

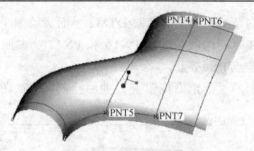

图 4-173　边界混合曲面

5. 镜像合并曲面

（1）在模型树上选择所有拉伸的曲面，单击鼠标右键，在弹出的快捷菜单中选择"隐藏"选项，如图 4-174 所示。

（2）选择如图 4-165 所示的修剪曲面和如图 4-173 所示的边界混合曲面，选择工具栏中的合并工具 ⌲ ，将两个曲面合并，如图 4-175 所示。

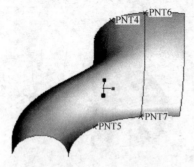

图 4-174　隐藏拉伸曲面

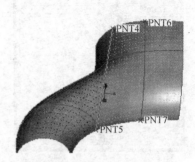

图 4-175　合并曲面

（3）选择如图 4-175 所示的合并曲面，选择工具栏中的镜像工具 ⫶ ，以 **RIGHT** 平面为镜像平面创建曲面，如图 4-176 所示。

（4）选择如图 4-176 所示的镜像曲面和原始曲面，选择工具栏中的合并工具 ⌲ ，将两个曲面合并，如图 4-177 所示。

图 4-176　镜像曲面　　　　　　　　　　图 4-177　合并曲面

（5）选择如图 4-177 所示的合并曲面，选择工具栏中的镜像工具 ⫶ ，以 TOP 平面为镜像平面创建曲面，如图 4-178 所示。

（6）选择如图 4-178 所示的镜像曲面和原始曲面，选择工具栏中的合并工具 ⌲ ，将两个曲面合并，如图 4-179 所示。

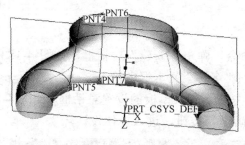

图 4-178　镜像曲面

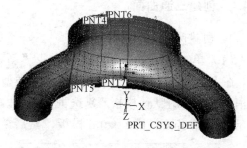

图 4-179　合并曲面

6. 分析曲面

（1）单击主菜单中的"分析"｜"几何"｜"反射"命令，弹出"反射"对话框，如图 4-180 所示。

（2）选取所有曲面，得到如图 4-181 所示的斑马线分析图，我们可以发现，斑马线连续性好，能够满足要求。

图 4-180　"反射"对话框

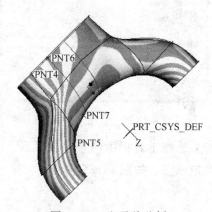

图 4-181　斑马线分析

4.4　三角顶尖造型

本节通过介绍三角顶尖的设计，使大家熟悉曲面设计与编辑的一些主要方法和原则。下面详细介绍其设计过程。最后的模型如图 4-182 所示。

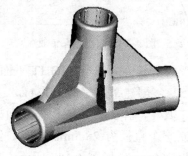

图 4-182　三角顶尖模型

4.4.1 创建三通曲面

1. 创建两侧圆柱曲面

（1）单击主菜单中的"文件"｜"新建"命令，弹出"新建"对话框，如图 4-183 所示。在"类型"选项组中选择"零件"类型，并在"名称"文本框中输入文件名，如 t_part，取消选择"使用默认模板"复选框。单击"确定"按钮，进入模板的设置对话框，如图 4-184 所示，选择 mmns_part_solid 模板，然后单击"确定"按钮，进入实体设计环境。

图 4-183 "新建"对话框

图 4-184 "新文件选项"对话框

（2）选择工具栏中的基准轴工具 ，选取 RIGHT 平面和 FRONT 平面为参照平面，创建基准轴 A_1，如图 4-185 所示。

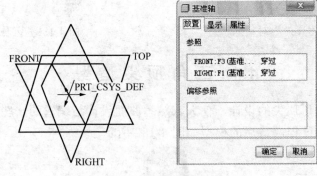

图 4-185 创建基准轴

（3）选择工具栏中的基准平面工具 ，选取 RIGHT 平面和轴 A_1 为参照，如图 4-186 所示，相对 RIGHT 平面偏移 15°，创建基准平面 DTM1。

（4）选择工具栏中的拉伸工具 ，弹出"拉伸"操控面板，单击"曲面"按钮。选择 DTM1 面为截面绘图平面，绘制一个直径为 28.5mm 的圆，如图 4-187 所示，在"拉伸"操控面板设置双侧拉伸，深度为 200mm，如图 4-188 所示。单击操控面板上的"确定"按

钮 ☑，曲面创建结果如图 4-189 所示。

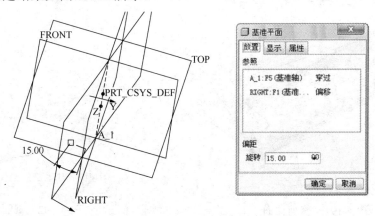

图 4-186 创建基准平面

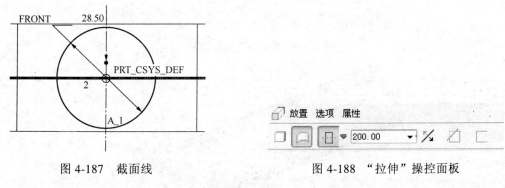

图 4-187 截面线

图 4-188 "拉伸"操控面板

（5）选取如图 4-189 所示的拉伸曲面，选择工具栏中的修剪工具 ⬚，系统弹出"修剪"操控面板，在"参照"上滑面板的"修剪对象"收集器中选择基准平面 DTM1，如图 4-190 所示。

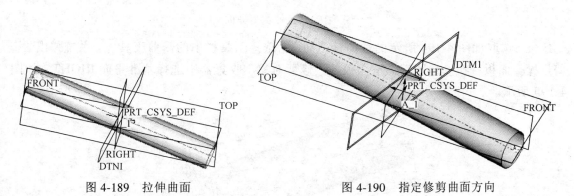

图 4-189 拉伸曲面

图 4-190 指定修剪曲面方向

（6）单击操控面板上的"确定"按钮 ☑，曲面修剪结果如图 4-191 所示。

（7）选择工具栏中的拉伸工具 ⬚，弹出"拉伸"操控面板，单击"曲面"按钮。选择 TOP 面为截面绘图平面，绘制一个直径为 28.5mm 的圆，如图 4-192 所示，在"拉伸"操控面板按下去除材料按钮 ☑，深度为 30.08mm，在"面组"收集器中选中如图 4-191 所示的修剪曲面，如图 4-193 所示。单击操控面板上的"确定"按钮 ☑，曲面创建结果如图 4-194 所示。

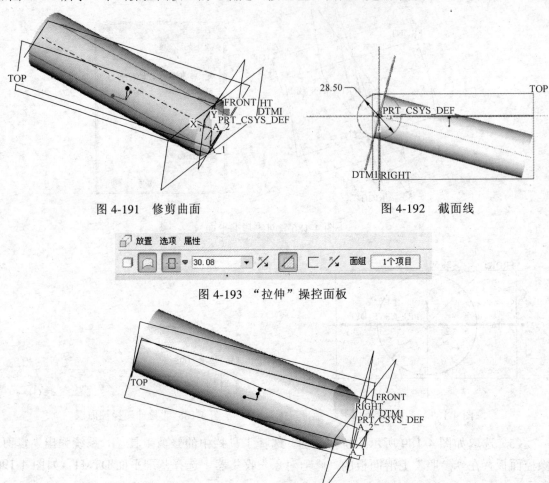

图 4-191　修剪曲面　　　　　　　　　　　　　图 4-192　截面线

图 4-193　"拉伸"操控面板

图 4-194　拉伸裁剪曲面

（8）选取如图 4-194 所示的拉伸裁剪曲面，选择工具栏中的修剪工具 ⬚，系统弹出"修剪"操控面板，在"参照"上滑面板的"修剪对象"收集器中选择基准平面 RIGHT，如图 4-195 所示。

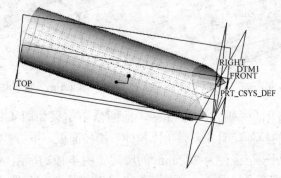

图 4-195　指定修剪曲面方向

（9）单击操控面板上的"确定"按钮 ☑，曲面修剪结果如图 4-196 所示。

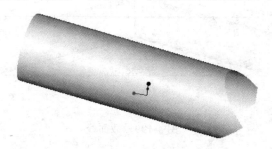

图 4-196　修剪曲面

（10）选择如图 4-196 所示的修剪曲面，选择工具栏中的镜像工具 ⅰ，以 RIGHT 平面为镜像平面创建曲面，如图 4-197 所示。

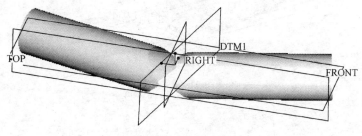

图 4-197　镜像曲面

（11）选择如图 4-197 所示的镜像曲面和原始曲面，选择工具栏中的合并工具 ⬚，将两个曲面合并，如图 4-198 所示。

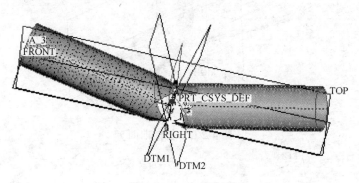

图 4-198　合并曲面

2. 创建直立圆柱曲面

（1）选择工具栏中的拉伸工具 ⬚，弹出"拉伸"操控面板，单击"曲面"按钮。选择 TOP 面为截面绘图平面，绘制一个直径为 28.5mm 的圆，如图 4-199 所示，在"拉伸"操控面板设置单侧拉伸，深度为 57.75mm，如图 4-200 所示。单击操控面板上的"确定"按钮 ☑，曲面创建结果如图 4-201 所示。

（2）选择如图 4-198 所示的合并曲面和如图 4-201 所示的拉伸曲面，选择工具栏中的合并工具 ⬚，将两个曲面合并，如图 4-202 所示。

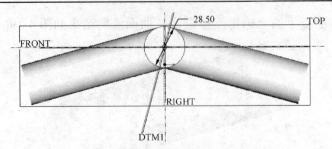

图 4-199　截面线

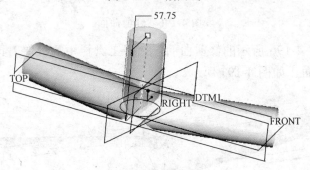

图 4-200　拉伸深度

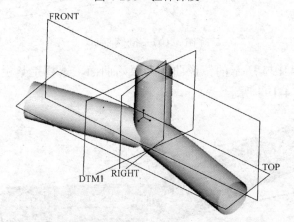

图 4-201　拉伸曲面

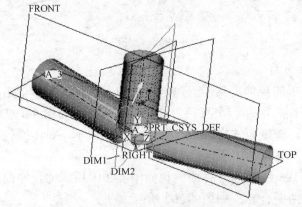

图 4-202　合并曲面

3. 封闭曲面

（1）选择工具栏中的拉伸工具 ⏷，弹出"拉伸"操控面板，单击"曲面"按钮。选择
DTM1 面为截面绘图平面，绘制如图 4-203 所示的圆弧，在"拉伸"操控面板中设置单侧
拉伸，深度为 54.52mm，如图 204 所示。单击操控面板上的"确定"按钮 ☑，曲面创建结
果如图 4-205 所示。

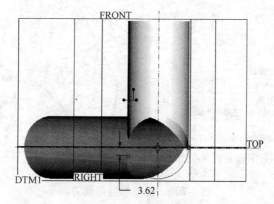

图 4-203　截面线

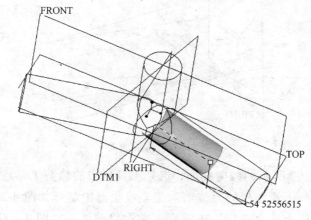

图 4-204　拉伸深度

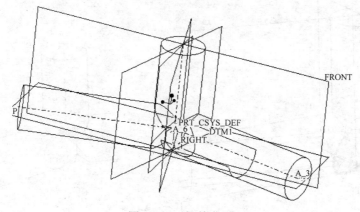

图 4-205　拉伸曲面

（2）选取如图 4-205 所示的拉伸曲面，选择工具栏中的修剪工具 ⬚，系统弹出"修剪"操控面板，在"参照"上滑面板的"修剪对象"收集器中选择基准平面 RIGHT，如图 4-206 所示。

（3）单击操控面板上的"确定"按钮 ☑，曲面修剪结果如图 4-207 所示。

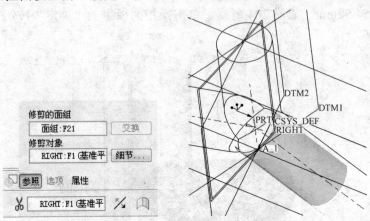

图 4-206　指定修剪曲面方向

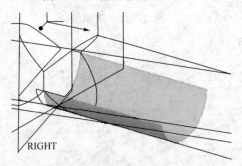

图 4-207　修剪曲面

（4）选取如图 4-207 所示的修剪曲面，选择工具栏中的修剪工具 ⬚，系统弹出"修剪"操控面板，在"参照"上滑面板的"修剪对象"收集器中选择如图 4-208 所示的相贯线。

（5）单击操控面板上的"确定"按钮 ☑，曲面修剪结果如图 4-209 所示。

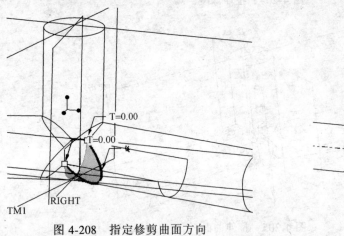

图 4-208　指定修剪曲面方向

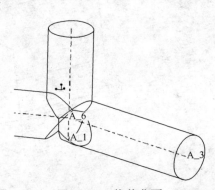

图 4-209　修剪曲面

（6）选择如图 4-209 所示的修剪曲面，选择工具栏中的镜像工具 ⚒，以 RIGHT 平面为镜像平面创建曲面，如图 4-210 所示。

（7）选择如图 4-210 所示的镜像曲面和如图 4-202 所示的合并曲面，选择工具栏中的合并工具 ⬠，将两个曲面合并，如图 4-211 所示。

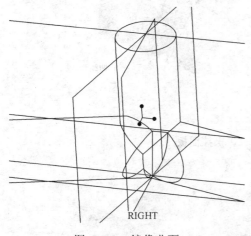

图 4-210　镜像曲面

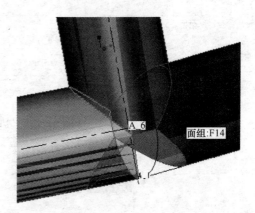

图 4-211　合并曲面

（8）选择如图 4-211 所示的合并曲面和如图 4-209 所示的修剪曲面，选择工具栏中的合并工具 ⬠，将两个曲面合并，如图 4-212 所示。

图 4-212　合并曲面

（9）选择工具栏中的边界混合工具 ⬗，选取如图 4-213 所示的曲线 2 和曲线 3 为"第一方向"曲线链，选取曲线 1 为"第二方向"曲线链，同时在"约束"上滑面板中设置"第一方向"曲线链和　"第二方向"曲线约束条件为"切线"，它们的相切约束参照分别为各自相邻的曲面，如图 4-214 所示。之所以设置约束，目的是保证曲面的光顺。

（10）单击操控面板上的"确定"按钮 ☑，曲面创建结果如图 4-215 所示。

（11）选择如图 4-215 所示的边界混合曲面和如图 4-212 所示的合并曲面，选择工具栏中的合并工具 ⬠，将两个曲面合并，如图 4-216 所示。

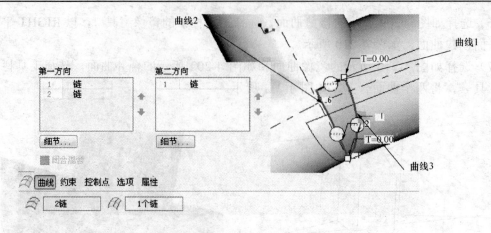

图 4-213 "边界混合"操控面板

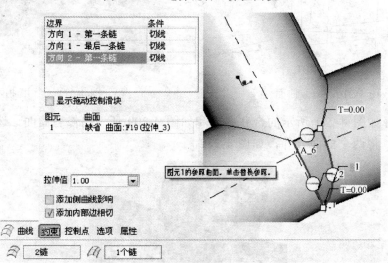

图 4-214 添加约束

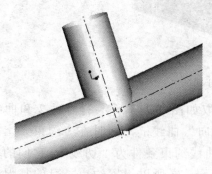

图 4-215 边界混合曲面

图 4-216 合并曲面

4.4.2 创建内部曲面

1. 创建偏移曲面

（1）选择如图 4-216 所示的合并曲面，单击主菜单中的"编辑"｜"偏移"命令，弹出"偏移"操控面板，设定偏移距离为 3.5mm，如图 4-217 所示。

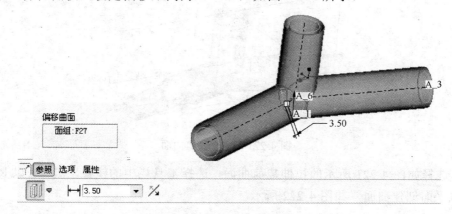

图 4-217　"偏移"操控面板

（2）单击操控面板上的"确定"按钮 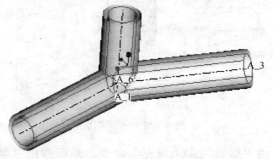，曲面创建结果如图 4-218 所示。

图 4-218　偏移曲面

2. 创建三角顶尖轮廓曲面

（1）选择工具栏中的拉伸工具 ，弹出"拉伸"操控面板，单击"曲面"按钮。选择 TOP 面为截面绘图平面，绘制一条直线，如图 4-219 所示，在"拉伸"操控面板设置双侧拉伸，按下去除材料按钮 ，深度为 60mm，在"面组"收集器中选中如图 4-216 所示的合并修剪曲面，如图 4-220 所示。单击操控面板上的"确定"按钮 ，曲面创建结果如图 4-221 所示。

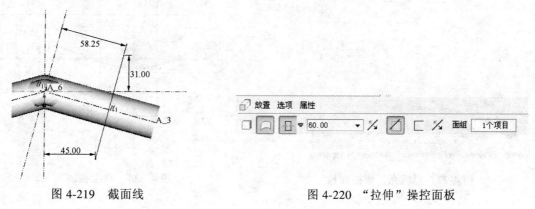

图 4-219　截面线　　　　　　　　　　图 4-220　"拉伸"操控面板

227

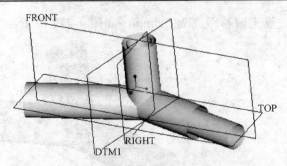

图 4-221　拉伸裁剪曲面

（2）选择如图 4-221 所示的拉伸裁剪曲面，选择工具栏中的镜像工具，以 RIGHT 平面为镜像平面创建曲面，如图 4-222 所示。

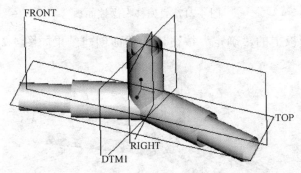

图 4-222　镜像曲面

（3）单击主菜单中的"编辑"｜"填充"命令，系统弹出"填充"操控面板，单击上滑面板中的"参照"，执行"草绘"命令，进行截面的绘制，如图 4-223 所示。选择 DTM2 平面（平行于 TOP 面并通过直立圆柱面端圆弧）为草绘平面，绘制如图 4-224 所示的截面，然后单击工具栏上的 ✔ 按钮，退出截面的绘制。

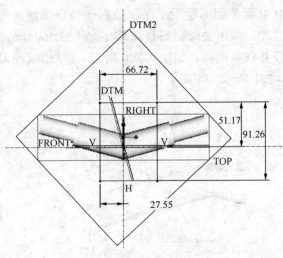

图 4-223　"填充"操控面板

图 4-224　草绘截面

（4）单击"填充"操控面板上的☑按钮，完成特征的创建，如图 4-225 所示。

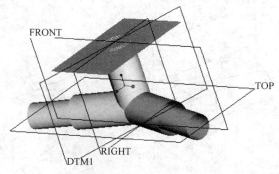

图 4-225　填充曲面

（5）选择如图 4-225 所示的填充曲面和如图 4-222 所示的镜像曲面（外侧曲面），选择工具栏中的合并工具◻，指定合并曲面的方向，如图 4-226 所示，将两个曲面合并，结果如图 2-227 所示。

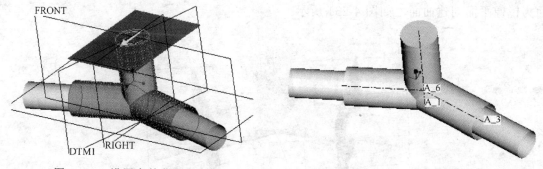

图 4-226　设置合并曲面方向　　　　　　　图 4-227　合并曲面

（6）单击主菜单中的"编辑"｜"填充"命令，系统弹出"填充"操控面板，单击上滑面板中的"参照"，执行"草绘"命令，绘制如图 4-228 所示的截面，选择 DTM4 平面（通过侧边外圆柱面端圆弧）为草绘平面，如图 4-229 所示，然后单击工具栏中的 ✔ 按钮，退出截面的绘制。

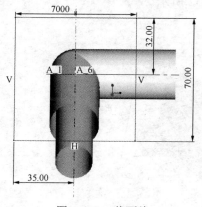

图 4-228　截面线

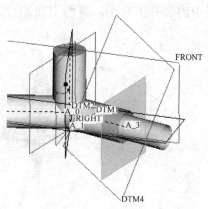

图 4-229　草绘截面

（7）单击"填充"操控面板上的☑按钮，完成特征的创建，如图 4-230 所示。

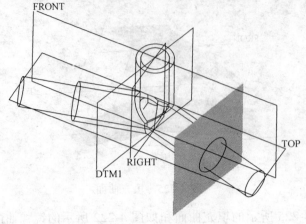

图 4-230　填充曲面

（8）选择如图 4-230 所示的拉伸裁剪曲面，选择工具栏中的镜像工具 ，以 RIGHT 平面为镜像平面创建曲面，如图 4-231 所示。

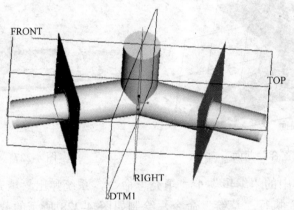

图 4-231　镜像曲面

（9）选择如图 4-230 所示的填充曲面和如图 4-227 所示的合并曲面（外侧曲面），选择工具栏中的合并工具 ，将两个曲面合并，如图 4-232 所示。

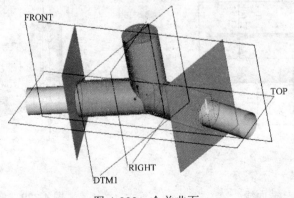

图 4-232　合并曲面

（10）选择如图 4-232 所示的合并曲面和如图 4-231 所示的镜像曲面，选择工具栏中的合并工具 ⬚，将两个曲面合并，如图 4-233 所示。

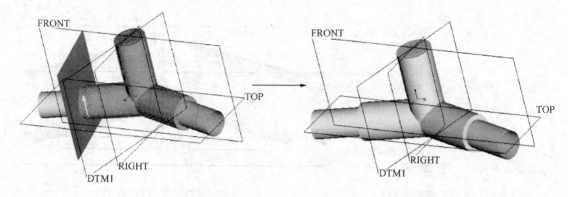

图 4-233　合并曲面

（11）单击主菜单中的"编辑"｜"实体化"命令，系统弹出"实体化"操控面板，如图 4-234 所示，选择如图 4-233 所示的合并曲面，单击"实体化"操控面板上的☑按钮，完成特征的创建，如图 4-235 所示。

图 4-234　"实体化"操控面板

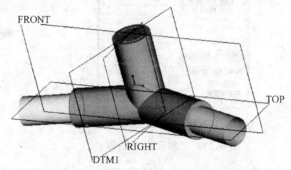

图 4-235　实体化曲面

（12）选择工具栏中的倒圆角工具 ⬚，弹出"倒圆角"操控面板，选择如图 2-235 所示的实体中间的边界，在"半径"输入框中输入 36.5，结果如图 4-236 所示。

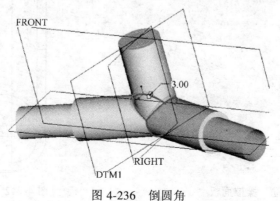

图 4-236　倒圆角

（13）选择工具栏中的筋工具 ⬚，系统弹出"筋"操控面板，在"厚度"文本框中输入

6，如图 4-237 所示，在"参照"上滑面板中选择 TOP 平面为草绘平面，绘制如图 4-238 所示的截面。

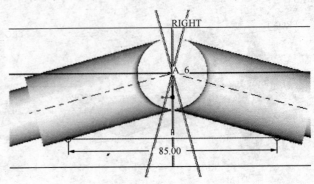

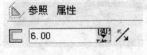

图 4-237 "筋"操控面板

图 4-238 草绘直线

（14）在绘制直线时要选取侧面圆柱的两边为参照，如图 4-239 所示。单击"筋"操控面板上的 ☑ 按钮，完成特征的创建，如图 4-240 所示。

图 4-239 "参照"对话框

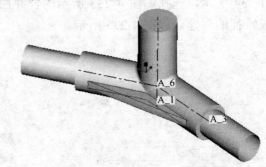

图 4-240 创建的筋

（15）选择工具栏中的筋工具 ，系统弹出"筋"操控面板，在"厚度"文本框中输入6，如图 4-241 所示，在"参照"上滑面板中选择 RIGHT 平面为草绘平面，绘制如图 4-242 所示的截面。

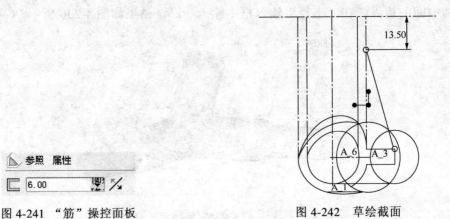

图 4-241 "筋"操控面板

图 4-242 草绘截面

（16）在绘制直线时要选取直立圆柱的边和如图 4-240 所示筋的上边顶点为参照，如图

4-243 所示。单击"筋"操控面板上的☑按钮，完成特征的创建，如图 4-244 所示。

图 4-243　"参照"对话框

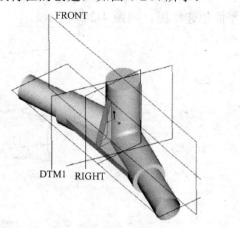

图 4-244　创建的筋

（17）选择工具栏中的筋工具△，系统弹出"筋"操控面板，在"厚度"文本框中输入 6，在"参照"上滑面板中选择 DTM5 平面为草绘平面，DTM5 通过圆柱面中心轴线并垂直于 TOP 平面，如图 4-245 所示，绘制如图 4-246 所示的截面。

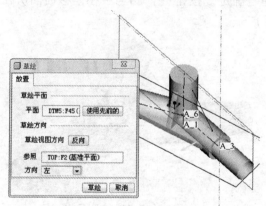

图 4-245　"筋"操控面板

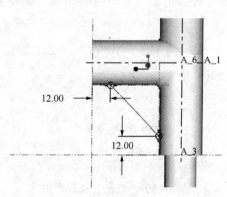

图 4-246　草绘直线

（18）在绘制直线时要选取侧面圆柱和直立圆柱两边为参照，如图 4-247 所示。单击 "筋"操控面板上的☑按钮，完成特征的创建，如图 4-248 所示。

图 4-247　"参照"对话框

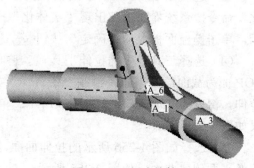

图 4-248　创建的筋

233

（19）选择如图 4-248 所示的筋，选择工具栏中的镜像工具，以 RIGHT 平面为镜像平面创建曲面，如图 4-249 所示。

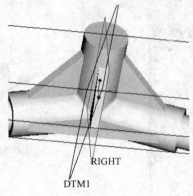

图 4-249　镜像筋

3. 创建三角顶尖内部曲面

（1）选取如图 4-218 所示的偏移曲面（内侧曲面），单击主菜单中的"插入"｜"复制"命令，然后再单击主菜单中的"插入"｜"粘贴"命令，系统界面下部出现"粘贴"操控面板，如图 4-250 所示，单击操控面板上的"确定"按钮，相当于在偏移曲面所在位置上再次创建了一个相同的曲面，如图 4-251 所示。

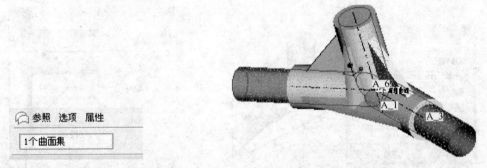

图 4-250　"粘贴"操控面板　　　　　图 4-251　复制曲面

（2）在模型树的复制曲面特征上单击鼠标右键，在弹出的快捷菜单中选择"隐藏"选项，隐藏复制的曲面特征。

（3）选取如图 4-218 所示的偏移曲面（内侧曲面），单击主菜单中的"插入"｜"实体化"命令，系统界面下部出现"实体化"操控面板，按下去除材料按钮，如图 4-252 所示，单击操控面板上的"确定"按钮，相当于曲面裁剪了实体，如图 4-253 所示。

（4）选择工具栏中的拉伸工具，弹出"拉伸"操控面板，单击"曲面"按钮。选择 TOP 面为截面绘图平面，绘制一条直线，如图 4-254 所示，在"拉伸"操控面板设置双侧拉伸，深度为 73mm，如图 4-255 所示。单击操控面板上的"确定"按钮，曲面创建结果如图 4-256 所示。

（5）选择如图 4-256 所示的拉伸曲面，选择工具栏中的镜像工具，以 RIGHT 平面为镜像平面创建曲面，如图 4-257 所示。

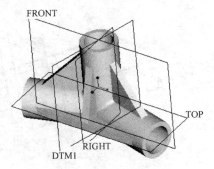

图 4-253 实体化曲面

图 4-252 "实体化"操控面板

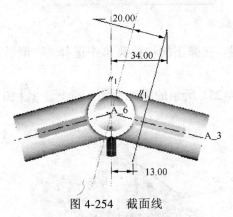

图 4-254 截面线

图 4-255 "拉伸"操控面板

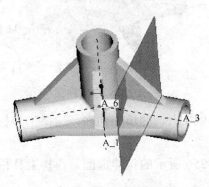

图 4-256 拉伸曲面

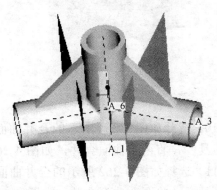

图 4-257 镜像曲面

（6）单击主菜单中的"编辑"｜"填充"命令，系统弹出"填充"操控面板，单击上滑面板中的"参照"，执行"草绘"命令，绘制如图 4-258 所示的截面，选择 DTM7 平面（TOP 平面的偏距平面，偏距为 30mm）为草绘平面，如图 4-259 所示，然后单击工具栏中的 ✔ 按钮，退出截面的绘制。

（7）单击"填充"操控面板上的 ☑ 按钮，完成特征的创建，如图 4-260 所示。

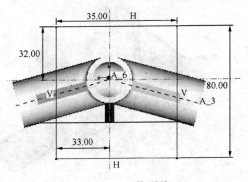

图 4-258 截面线

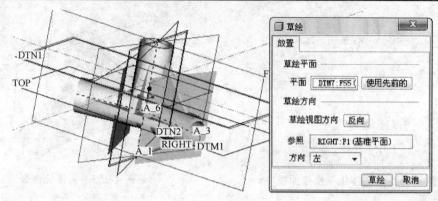

图 4-259　草绘截面

（8）在模型树的复制曲面特征上单击鼠标右键，在弹出的快捷菜单中选择"取消隐藏"选项。

（9）选择如图 4-257 所示的镜像曲面和如图 4-251 所示的复制曲面，选择工具栏中的合并工具，将两个曲面合并，如图 4-261 所示。

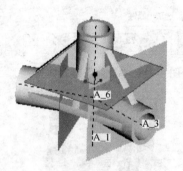

图 4-260　填充曲面

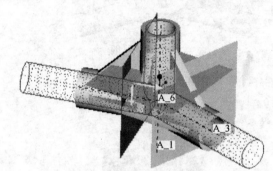

图 4-261　合并曲面

（10）选择如图 4-261 所示的合并曲面和如图 4-260 所示的填充曲面，选择工具栏中的合并工具，将两个曲面合并，如图 4-262 所示。

（11）选择如图 4-262 所示的合并曲面和如图 4-256 所示的拉伸曲面，选择工具栏中的合并工具，将两个曲面合并，如图 4-263 所示。

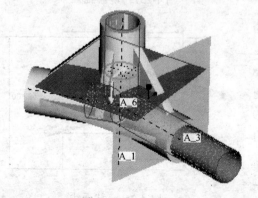

图 4-262　合并曲面

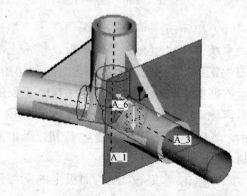

图 4-263　合并曲面

（12）单击主菜单中的"编辑"|"实体化"命令，系统弹出"实体化"操控面板，如图 4-264 所示，选择如图 4-263 所示的合并曲面，单击"实体化"操控面板上的 ☑ 按钮，完成特征的创建，如图 4-265 所示。

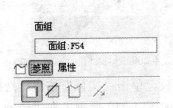

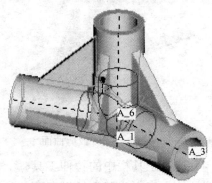

图 4-264　"实体化"操控面板

图 4-265　实体化曲面

4.4.3　创建内部细节特征

1．创建直立圆柱镶条

（1）选择工具栏中的旋转工具 ◆，弹出"旋转"操控面板，单击"实体"按钮。选择 RIGHT 面为截面绘图平面，绘制如图 4-266 所示的截面，注意长 67mm 的边与内壁重合，在"旋转"操控面板中设置按下去除材料按钮 ☑，深度为 360，如图 4-267 所示。

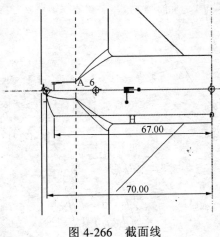

图 4-266　截面线

图 4-267　"旋转"操控面板

（2）单击操控面板上的"确定"按钮 ☑，曲面创建结果如图 4-268 所示。

（3）选择工具栏中的倒圆角工具 ◥，弹出"倒圆角"操控面板，选择如图 2-268 所示的旋转裁剪实体的边界，在"半径"输入框中输入 5，结果如图 4-269 所示。

237

图 4-268 旋转裁剪曲面

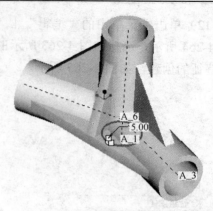

图 4-269 倒圆角

（4）选择工具栏中的拉伸工具 ，弹出"拉伸"操控面板，单击"实体"按钮。选择直立圆柱的上表面为截面绘图平面，绘制一个矩形条直线，如图 4-270 所示，在"拉伸"操控面板设置深度为 65mm，如图 4-271 所示。 单击操控面板上的"确定"按钮 ，曲面创建结果如图 4-272 所示。

图 4-270 截面线

图 4-271 "拉伸"操控面板

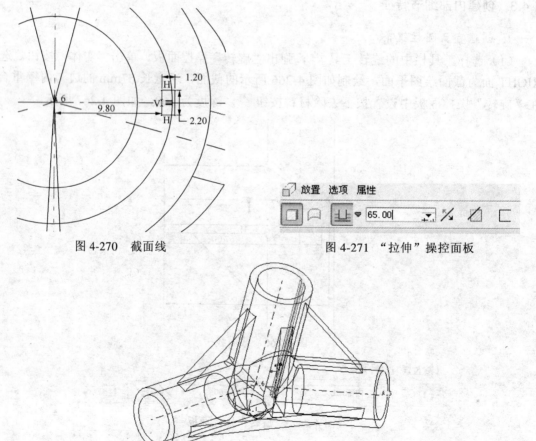

图 4-272 拉伸实体

（5）选择工具栏中的倒圆角工具 ，弹出"倒圆角"操控面板，选择如图 2-272 所示的拉伸实体的边界，在"半径"输入框中输入 0.4，结果如图 4-273 所示。

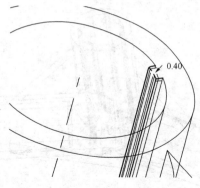

图 4-273　倒圆角

（6）在模型树上按住 Ctrl 键选择步骤（4）中创建的拉伸实体和步骤（5）中倒的圆角，单击鼠标右键，在弹出的快捷菜单中选择"组"选项，把两个特征归组，如图 4-274 所示。

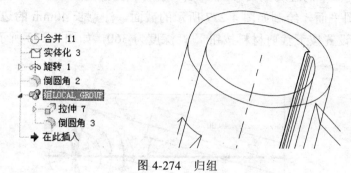

图 4-274　归组

2. 阵列镶条

（1）选取图 4-274 创建的归组特征，单击主菜单中的"插入"｜"阵列"命令，系统弹出"阵列"操控面板，在操控面板上的"阵列方法"下拉列表框中选择"轴"选项，然后在"方向"收集器中选择基准轴 A_1，在"阵列数量"文本框中输入 8，在"阵列增量"输入框中输入 45，如图 4-275 所示。

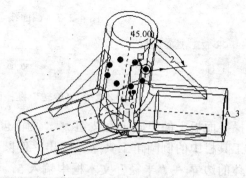

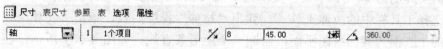

图 4-275　"阵列"操控面板

（2）单击操控面板上的"确定"按钮☑，创建结果如图 4-276 所示。

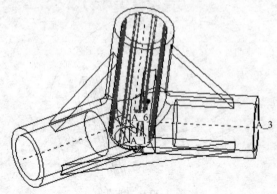

图 4-276　阵列曲面

3. 创建侧面圆柱镶条

（1）选择工具栏中的旋转工具 ⚬，弹出"旋转"操控面板，单击"实体"按钮。选择 TOP 面为截面绘图平面，绘制如图 4-277 所示的截面，注意长 40mm 的边与内壁重合，在"旋转"操控面板设置按下裁剪材料按钮☑，深度为 360，如图 4-278 所示。

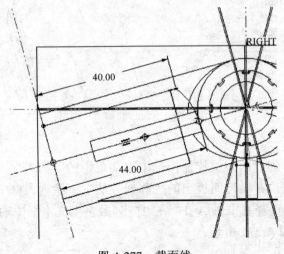

图 4-277　截面线

图 4-278　"旋转"操控面板

（2）单击操控面板上的"确定"按钮☑，曲面创建结果如图 4-279 所示。

（3）选择工具栏中的倒圆角工具 ⟍，弹出"倒圆角"操控面板，选择如图 2-279 所示的旋转裁剪实体的边界，在"半径"文本框中输入 5，结果如图 4-280 所示。

（4）选择工具栏中的拉伸工具 ⟋，弹出"拉伸"操控面板，单击"实体"按钮。选择侧面圆柱的上表面为截面绘图平面，绘制一个矩形条直线，如图 4-281 所示，在"拉伸"操控面板设置深度为 40mm，如图 4-282 所示。单击操控面板上的"确定"按钮☑，曲面创建结果如图 4-283 所示。

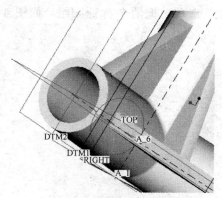

图 4-279　旋转裁剪曲面

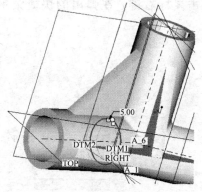

图 4-280　倒圆角

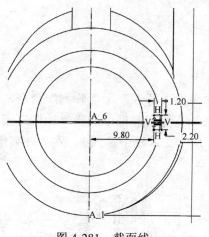

图 4-281　截面线

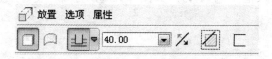

图 4-282　"拉伸"操控面板

（5）选择工具栏中的倒圆角工具 ，弹出"倒圆角"操控面板，选择如图 2-283 的拉伸实体的边界，"半径"输入框中输入 0.4，结果如图 4-284 所示。

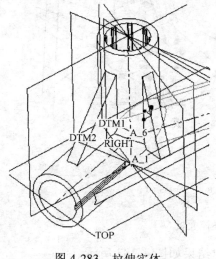

图 4-283　拉伸实体

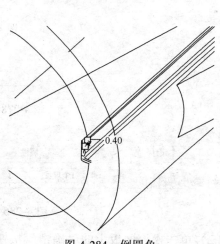

图 4-284　倒圆角

（6）在模型树上按住 **Ctrl** 键选择步骤（4）中创建的拉伸实体和步骤（5）中倒的圆角，单击鼠标右键，在弹出的快捷菜单中选择"组"选项，把两个特征归组，如图 4-285 所示。

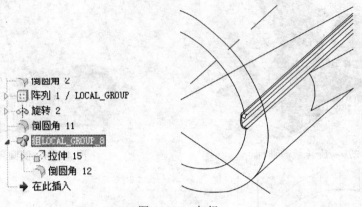

图 4-285　归组

4.　阵列镶条

（1）选取图 4-285 创建的归组特征，单击主菜单中的"插入"｜"阵列"命令，系统弹出"阵列"操控面板，在操控面板中的"阵列方法"下拉列表框中选择"轴"选项，然后在"方向"收集器中选择基准轴 A_6，在"阵列数量"文本框中输入 8，在"阵列增量"输入框中输入 45，如图 4-286 所示。

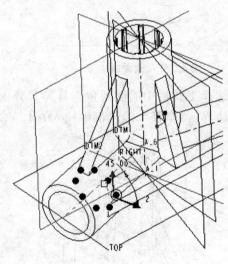

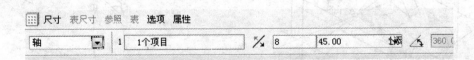

图 4-286　"阵列"操控面板

（2）单击操控面板上的"确定"按钮 ☑，创建结果如图 4-287 所示。

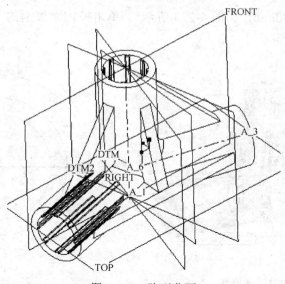

图 4-287　阵列曲面

5. 创建另一个侧面圆柱镶条

（1）选择工具栏中的旋转工具 ，弹出"旋转"操控面板，单击"实体"按钮。选择 TOP 面为截面绘图平面，绘制如图 4-288 所示的截面，注意长 40mm 的边与内壁重合，在"旋转"操控面板设置按下去除材料按钮 ，深度为 360，如图 4-289 所示。

（2）单击操控面板上的"确定"按钮 ，曲面创建结果如图 4-290 所示。

图 4-288　截面线

图 4-290　旋转裁剪曲面

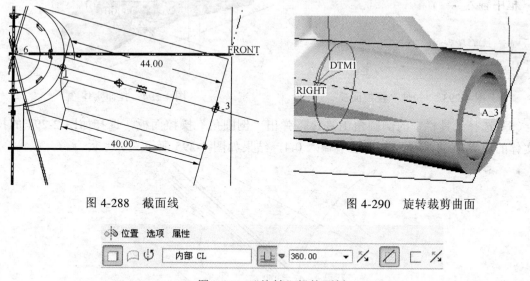

图 4-289　"旋转"操控面板

（3）选择工具栏中的倒圆角工具 ，弹出"倒圆角"操控面板，选择如图 2-290 所示的旋转裁剪实体的边界，在"半径"输入框中输入 5，结果如图 4-291 所示。

（4）选择工具栏中的拉伸工具 ，弹出"拉伸"操控面板，单击"实体"按钮。选择侧面圆柱的上表面为截面绘图平面，绘制一个矩形条直线，如图 4-292 所示，在"拉伸"

操控面板设置深度为 40mm，如图 4-293 所示。 单击操控面板上的"确定"按钮☑，曲面创建结果如图 4-294 所示。

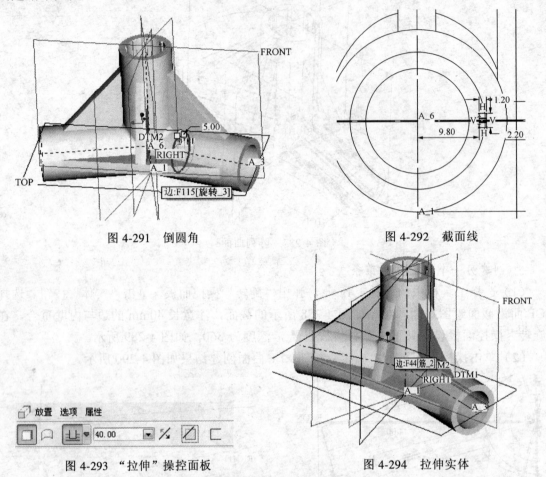

图 4-291　倒圆角

图 4-292　截面线

图 4-293　"拉伸"操控面板

图 4-294　拉伸实体

（5）选择工具栏中的倒圆角工具，弹出"倒圆角"操控面板，选择如图 2-294 的拉伸实体的边界,在"半径"文本框中输入 0.4，结果如图 4-295 所示。

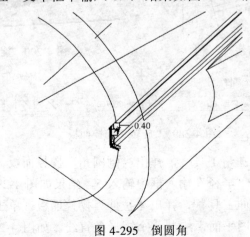

图 4-295　倒圆角

244

（6）在模型树上按住 Ctrl 键选择步骤（4）中创建的拉伸实体和步骤（5）中倒的圆角，单击鼠标右键，选择"组"，把两个特征归组，如图 4-296 所示。

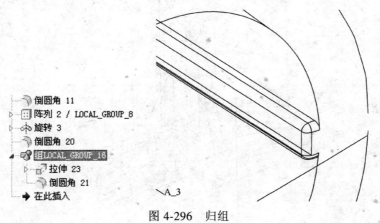

图 4-296 归组

6. 阵列镶条

（1）选取图 4-296 中的归组特征，单击主菜单中的"插入"｜"阵列"命令，系统弹出"阵列"操控面板，在操控面板中的"阵列方法"下拉列表框中选择"轴"选项，然后在"方向"收集器中选择基准轴 A_3，在"阵列数量"输入框中输入 8，在"阵列增量"文本框中输入 45，如图 4-297 所示。

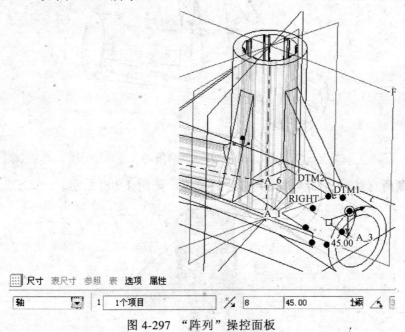

图 4-297 "阵列"操控面板

（2）单击操控面板上的"确定"按钮 ✓，创建结果如图 4-298 所示。

7. 最后结果

（1）选择工具栏中的倒圆角工具 ✎，弹出"倒圆角"操控面板，选择三个圆柱外边，在"半径"输入框中输入 2，结果如图 4-299 所示。

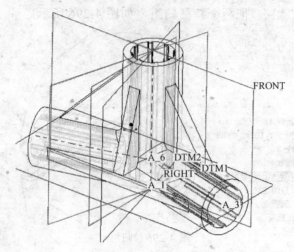

图 4-298　阵列曲面

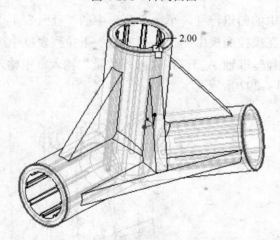

图 4-299　倒圆角

（2）隐藏所有基准及曲线，得到最后的模型，如图 4-300 所示。

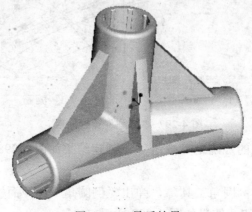

图 4-300　最后结果